夏至

秀才干爹

城墙下的老董

小镇无贼

咸猪手

蝴蝶表妹

小说·映象

吕学敏 著

陕西新华出版传媒集团

太白文艺出版社·西安

图书在版编目（CIP）数据

蝴蝶表妹 / 吕学敏著. -- 西安：太白文艺出版社，
2022.1
（小说·映像）
ISBN 978-7-5513-1979-9

Ⅰ.①蝴… Ⅱ.①吕… Ⅲ.①短篇小说—小说集—中
国—当代 Ⅳ.①I247.7

中国版本图书馆CIP数据核字(2021)第257687号

小说 · 映像

蝴蝶表妹
HUDIE BIAOMEI

作　者	吕学敏
责任编辑	蔡晶晶
封面绘图	张瑜娟
封面设计	郑江迪
版式设计	新纪元文化传播
出版发行	陕西新华出版传媒集团 太白文艺出版社
经　销	新华书店
印　刷	西安市建明工贸有限责任公司
开　本	880mm×1230mm 1/32
字　数	215千字
印　张	8.875
版　次	2022年1月第1版
印　次	2022年1月第1次印刷
书　号	ISBN 978-7-5513-1979-9
定　价	58.00元

小说·映象

　　吕学敏，陕西商州人，陕西省作家协会理事，陕西省作家协会签约作家，陕西第一届百优作家，铜川市政协委员。出版有长篇小说《子宫》《腿林》《须根系》《白狐》《早晨》《童话庄》，散文集《清夜闲步》《青堂瓦舍》，短篇小说选集《槐花香》。长篇小说《子宫》获第十四届中国人口文化奖（文学类）三等奖、陕西人口文化奖一等奖；《垄上》获北京首届"作家杯"原创小说二等奖；《须根系》获首届铜川文学奖。另获其他文学类奖项10多次。短篇小说《粉红·文物》收入《陕西文学六十年作品选》一书。

目　　录

独 臂 人

那会儿风云变幻。"文革"的末端并没有少了辣味。此时，在商州的一个村里，树上的高音喇叭正在播着关于"农业学大寨""水利是农业的命脉"的内容，女声尖利如锥子，高亢、热烈，似油星四溅。正是午饭时间，家家的烟冒了一会儿就歇下来，人们端出饭来聚在一棵大树下吃，一块石头上落一个屁股。家家饭稀，没有稠的，汤里映着树，喝一口"树"一摇，喝一口"树"一摇，一口一口把"树"喝进肚里。稀饭里煮着大块的红苕，往往男人碗里的红苕块堆得高出碗沿。因饭里红苕多，味甜，因而这饭是就着酸菜（浆水菜）吃的，吃几辈子了。饭稀，人却高兴，吃饭的地方最热闹，赛嘴。

村里人大都集中在三片住，最北边的一片，二十几户人家，中间那片住的是多数，南边这里人少。像个葫芦。北边这片人吃饭时，从不见高贵端碗出来。原因是，这里人家的饭更稀，端出来丢人。

老　魏

整村人都姓黎，唯高贵一家三口三个姓。他姓高，他的母亲姓林，他的继父姓魏，一看就是外来户。高贵怎么来的，得先说高贵继父是怎么来的。

高贵的继父姓魏。操外地口音，人猜是江苏人。姓魏的是解放初从外面来的，乡领导领进村，给村干部交代是打过仗的，有功，安置在这里，成了村里的人。村干部问，分地不？乡干部躁了，吼道："不分地饿死呀！"村里把富农的房子给他"匀"了两间。姓魏的感激不尽。因来时交代打过仗，村里人就呼他老红军。住了几年，村干部才知道姓魏的跟着陈毅打过仗，先被国民党俘虏了，后来又被共产党俘虏了。有被国民党俘虏的历史，他就臭了，老家没人，被随便安置，才到这里的。分了地，种庄稼，自己做饭吃。他住的房子是一个稍大院子里的两间，面朝南。西面住着一家，北面住着一家。都是"匀"得的。他来得晚，"匀"得的房是最烂的。低矮不说，年代久了，房脊上长了许多松沓草。草是很易在瓦缝里扎根的，根在瓦里破坏，房就漏雨。房脊上在晴天总齐集不少的长尾巴鸟，好像这一带的长尾巴鸟喜好在此开会，驱也驱不走。因一年一年过去，屋子漏雨严重了，老魏给村干部说了，村干部答应给抹衬些泥。又过了一年，始终没有人去解决屋漏，还是遇雨屋里滴答。这样的屋子，里面没有多余的家具，盘了土灶，有锅碗就行了。房子一侧隔开，盘了炕，炕头挖出一小方洞，放煤油灯。这就足够一个老汉生活了。炕下平时不易发现的是一个陶质的尿壶，晚上的尿壶是要放在枕边的，用起来方便。早上老魏起来了，脸没有洗，先把尿壶提到村边自己地里倒在葱行里，再回来洗脸。洗了脸，这时就该听到村干部拉长声喊着让男劳力去哪里做啥活儿，女劳力去哪里做啥活儿。他不说话，就提了工具跟着一起上地。一个白净无须的老头，起初干不惯这里的农活，后来熟悉了，手也宽大起来，有劲，且掌心有了茧子。

老魏到这个村时已经四十多岁了，在本地几个村里根本找不到和他过日子的女人。一个人到底不行，拿过枪的男人，家里的活儿做不来。后来在村里人帮助下，从更远的南山里找了一个女人。这女人是死了丈夫的，还带着一个男孩。这个男孩就是高贵。老魏成了高贵的继父。这个家成了不同姓氏的三口之家。

高贵和母亲

高贵母亲嫁给老红军时三十五六岁，高贵已经十多岁了。高贵母亲是个矮小的女人，瘦弱，却白，是那种菜叶子的白。我记得她眼睛里总射出凶光，噘着嘴，不说话。她说了别人大多也听不懂。她和村里的女人不来往，甚至同一个院子里的女人也不来往，从大门里端直出去，又端直进来，目不斜视。似是她从嫁过来时就耳朵沉，人们给她说了，她听不见，大家才和她不说话了吧。这个分析应该是对的。她嫁过来，高贵就是村里的孩子了，跟着同年龄段的孩子一起长，很快。但嫁过来的高贵母亲和老红军关系怎么样呢？听村里的女人嘁喳，说没有在一起睡。高贵的家的确在两头各有一间小房子，盘着炕，老魏睡东边，高贵母亲睡西边。中间靠后窗的地方，高贵在那里支着小床睡。这就是一家三口。饭，先前还在一起吃，到高贵快二十岁时，不知怎么分开吃了，老红军自己做饭。于是就在门两侧各立了锅灶，都不阔大，尽量少占地方。饭，都是简单的，几乎见不到什么菜。二十世纪七十年代初，已经有电了，在屋子中央的房梁上悬了一个小灯泡，灯泡常年受烟熏，瓦数又小，发红，像猫眼。一个灯泡的光要照顾整个屋里，两旁锅灶上就不是很亮堂，做饭几乎是在半黑里摸索着做。高贵的母亲做饭时，低矮的屋里汹涌着烟。屋子没有后窗，风进不来，烟出不去。那烟筒里也是被堵实的样子。满村里就只有高贵家做饭时，烟雾从门里漫出。一次，我们下了学，路过高贵家院门口，见烟雾腾腾，以为里面着火了，就叫了大人。大人进去看，高贵母亲静静地坐在灶下的草墩上拉风箱，见人进来，问："吃了没?"来人见罢便走了。

三口人的家，三个人各不依靠，似三棵树。高贵因母亲听不见，回去也不说话，吃了饭就又出去。很快，高贵长成高大、有模样的小伙子，再不用吃闲饭，可以上地挣工分了。他有的是力气，担粪、担尿、翻地、割麦都行，不偷懒，还有眼色，生产队长已经把他当大人来分活儿了。一天挣八个工分。虽然很累，但高贵年轻，睡一晚上，第二天力气又从身子里冒出来，照样能干。每天下工了，他不免心里还高兴一下，看着西边天上的云彩，一点也不感到疲惫。他还喜欢不停地捕捉在头顶上乱飞的蜜蜂或蝴蝶。土地嘛，小路是撵着土地的，土地周围到处是花朵，红的、白的、粉的、紫的。野草一丛一丛，早上来干活能看见草叶上滚着的露珠，乱飞的小东西们在叶子上一踏，就不见了。这里坡地多平地少，在坡地上干活，能看到村里去，瓦房，树丛，炊烟，偶尔还可以听到谁家嗓子特好的公鸡叫唤，歌唱家一样，嘹亮的打鸣声传上坡。高贵问，谁家的鸡? 大家就猜一阵。这种猜测已经多次了，终弄不清是谁家的"歌唱家"。那个贫困的年代没有使高贵低头，劳动反而使他快乐。

水利是农业的命脉

高贵十七八岁时，农业学大寨，工业学大庆。他怎么学？就是跟着大人学，干活儿。农村自然没有工业，大庆不必学。农业发展离不开水利，于是，毛主席挥手说，水利是农业的命脉。话一出，全国农村都在为兴修水利埋头苦战。几乎一夜之间，红旗渠精神就飘荡得全国人民都知道了。这里也缺水，兴修水利是那个时期的大事，县上喊，公社喊，大队喊，小队喊，没人不喊。喊了就得干，不是"嘴儿匠"，而是要看成绩的。

修翻水垭是公社组织的水利工程。是把丹江河水从西边一侧引到东边，这要把山打通。这个工程巨大，公社的喇叭一安到山上喊，这个工程就启动了。这个工程如果一打通，能浇五六千亩地，据公社的黑脸书记说，到那时地能浇了，柜里粮食盛不下，往出流。"往出流"的目标一直激荡着工地的几百人。这个工程不是一两个村能完成的，倾了全公社之力。黑脸书记每天穿着布鞋督战。阵势吓人。

队长手执喇叭筒，找到高贵，说，你也去吧，挣工分。队长是看到他家可怜，有几分照顾之意。再之，每家都要抽人去，凡有劳力的，不得推托；若故意不去，就会遭到批判、戴帽子，认为其反对毛主席指示，或者是灵魂深处有问题。

高贵答应，行。他跟着大人去翻水垭。

把一座小山打通，干部们说，一年后，从那边过来的水会经过洞哗哗流到地里。这里聚集了数百人，热闹非凡。人员分了几个组，组长由村干部担任。放炮组、运输组、测量组、宣传组、修理组，还有后勤组。各组听干部安排，放炮组负责放了炮，就不管了，运输组就用架子车往出运土石。测量宣传的，都各司其职。修理组是负责修理坏了的工具和架子车等，用不成了的只要送过来，他们就得没日没夜地修，修好了送过去。修理组比其他组还忙。后勤组里的人大都是公社领导信得过的红人，供应吃喝用，包括布手套、头盔、胶筒子鞋，以及架子车、铁镐、铁锨等。供应不上停了工，书记直接去骂，他们绝不敢吭声。洞里石头多，铁具也没办法，放炮是必须的。每天要放几次炮，炮放了，就听一声哨子，人们赶紧运土石。从县城每十天就要运回来一车炸药，说是县长特批的。买运炸药的人是专挑的，能说会道，眼睛活，比其他人要有能耐。

高贵被安排在放炮组。高贵年轻，腿脚又比别人麻利，到放炮组是公社书记看了人才定的。放炮组的工分比其他组一天多二分，很实惠，高贵乐意去。

河水把高贵他们要打通的山绕了多半，差不多像个岛。对面的山崖是红的，半崖上长着挺立的树，每到夕阳西下时，群集的鸟儿回来了，在那里聒噪着。

一天和平时一样。一声炮响过，没见高贵出来，在外面指挥的干部急了，嘶声问："高贵呢？高贵呢？"高贵是等炮响，可过了几分钟，炮没响，高贵就进去看，刚进去，炮响了。祸事出来了，很大，一伙人赶紧进去抬高贵，抬出来就往县医院跑。大伙从河里蹚过去，黄昏时的身影匆忙得让人害怕，让人永远记住了那个血汪汪的快落山的日头。

河边的黑云散布开，像个硕大的黑天，散在河堤上。

过了三个月，高贵回来变成一只手，左手在，右手没有了。

高贵成了独臂人。

独　臂　人

高贵成了独臂人，以后的日子怎么过？谁看了心里都很清楚。公社应该给一点钱吧，但没有给。公社书记去过高贵的屋里，村书记去过高贵的屋里，翻水垭总指挥去过高贵的屋里。高贵说："不怪你们，怪我。"工程上的人觉得高贵的命太不好了。高贵成独臂人的几个月后，翻水垭工程停了，怎么停的？没人知道，有人揣测与高贵出事有关。

高贵的母亲不久就死了，有人说是儿子成了独臂人，她觉得实在活不下去了，才死的。有人还说，她是受了打击，心脏停了，死的。高贵母亲死的前几天去看了翻水垭，那是她嫁到这里第一次走出离村十几里的地方。

老魏死时，高贵伺候得很好，身上干净，像睡了一样。

到了改革开放时候，高贵不能坐着等吃的，他脑子活，最先开始了做生意。做什么呢？他赶集，卖布。那时才开始放开市场，布很少。高贵就配了假手，骑自行车卖布。从城里批发回来，逢集日，就骑车子带了各种布去卖。布有不同的料子，做窗帘的、做女人裙子的、做老人衣服的，厚的薄的、深颜色浅颜色的，啥都有。夜村镇、棣花镇、茶坊镇、会峪镇，这几个镇他都去，一四七，二五八，三六九，记得非常准，每个集都不落下。不管冬夏，早上吃了饭，他就骑车子出村，他去赶集去了。一串铃，小孩子还跟着他跑一段。回来时已经黄昏了，他把没卖完的布从车子上卸下来扛到屋里，把车子从门口提回去停靠在院子里，才开始做饭。他虽是一只手，可锻炼得啥饭也能做，擀面、炒菜，女人最显摆本事的烙煎饼他也会了。他吃得很滋润，一些有女人伺候的男人都羡慕他。高贵还能做针线，给自己补衣服、补袜子，他的假手把衣服压住，左手自如地拿着针线，过来一针过去一针，行家一样。邻居大嫂要给他帮忙，他还不肯。因好政策，他挣了钱。钱使他在村里有了样子，别人也看得起了。他先把自己家的门窗换了，再把屋里收拾了一番，粉刷过，屋外的光线进来，屋里亮堂多了。他买了录音机，是村里最早买录音机的，回来做饭时就放开，流行歌曲，满院子满屋子回荡着，女人和孩子都来听，和他说话，看他做饭。

这时他已经跨四十岁了。原来村里的女人谁正眼看过他？可现在不一样了，不仅看他，还羡慕他。原来他曾托人说过媒，根本不行，还去更远的山里说过媒，就是成不了。如今，在他不怎么考虑自己的婚姻时，婚姻却找上门来了。是村主任的妹妹，玲玲。玲玲比高贵小十多岁，高中生。她看上了高贵。玲玲不是俏丽的那种，但身体好，宛如长在水旁的树一样，朝气蓬勃而光润。村主任开始不愿意，后来同意了。二人结了婚，还生了一个男孩，男孩像个小豆子，可爱极了，蹦跳得满院春色。

有了钱，不一样。这道理极简单。高贵盖起了二层小楼。他是村里第三家撑起二层小楼的。楼房面南，敞亮，晴天时早早就有太阳把小楼的瓷片涂得闪闪亮。高贵又要出门去赶集了，屋里的女人喊着让他赶紧吃饭。今天去茶坊。女人说："茶坊是露水集，赶紧些。"高贵应着。

小楼东边玲玲种了一丛花，已经蔓成一片了。她又种了爬山虎，直上去，不到两年，爬山虎已经把东边的墙罩住了，郁郁葱葱。

院门外一个声音问高贵在不在，玲玲说："赶集了。你进来喝茶吧。"屋外说："不了。"玲玲出去看，不见人影。她没听出谁的声。

高贵比我大十几岁，是我的邻居。我原以为他是独臂，会一辈子凄惨下去，不承想，他是个努力的人，过得不错，还比别人要好。人的命运还是在自己。他已经六十多岁了，现在皓首，早已不再去赶集挣钱了，他在家里专心种药卖钱，收入不少。他还能左手拉二胡，闲了屋里飘出二胡音，惹得院子里的鸡狗猫鹅翘首静听，那场景很美好。

2015 年 5 月 6 日

归　里

坐马车回村

崔百仁想回村里了，就在市场上见到了棍子。

城里的菜市场里，有时会有一个退休的老者，走得悠然，果然今天就来了。他就是崔百仁。买菜不是他的职责，有时也例外买一次两次。中国男人买菜多是入歧途，买不了，买回去一看多半是坏的，还贵。他也是这样的男人。崔百仁退休多年，有七十多岁了，老伴死后，儿子们给他雇了一个保姆做饭洗衣，他平日就是在城里走动，见熟人招呼，笑容满面，足与野菊媲美。正是春深时候，他的坎肩穿着正好，里外都不热。今天的菜市场和昨日并没有不同，只是那个放自行车和摩托车的蓝棚子塌下一角，类似一篇没写完的很糟糕的作文。蔚蓝的天上是白云，也有飞过的云雀。

凑巧了，市场边一个拉大粪的车，把臭气带过来。老崔从侧面看过去，那个拉大粪的男人像本村的棍子，凑近一看，果然是。"棍子，是你啊！"棍子也一奇。棍子细瘦，人如其名，若切了他的臂膀，活似棍子。这一点，崔百仁曾在心里笑过几次这个满身臭烘烘的村侄。这爷俩（棍子是老崔村里的本家有点远的侄子）曾在两月前见过面。老崔在城里工作几十年，常在城里见到本村的人，见了就邀到家里吃饭喝茶，叙掌故。这个棍子侄子也去过几次，把家里放茶叶的地方都记下了，去了就自己沏。"棍子，几时回去？"棍子是用马车拉大粪。在这个城里，能见上用马车的只有拉大粪的。原来城西也有个拉大粪的，后来不见了，听说出车祸死了。于是这么大一个城，就只有棍子一个拉大粪的了。他整天忙，拉了东城拉西城。大粪是拉到城东三十里外的一个农场，卖钱。棍子虽然看着精明，其实心里空得很。老崔对这样一个远房侄子心里还是佩服的，能找到赚钱的门路。"棍子啊，你的马车停在这里把半个市场都弄臭了。""嘿嘿嘿，没办法啊。"老崔一看到棍子，就突然想回村里去，他近来总想回村里。"棍子，我搭你车回去吧？"棍子的车老崔从来没坐过，一辆臭烘烘的马车。棍子哪里肯信老崔叔会坐他的车，况且一个近八十的人，坐这颠簸若摇筛子的马车，路上出了事谁担得起呀。棍子就问："坐我的马车，开玩笑吧？"棍子知道老崔叔每次回村里都是他儿子开着明晃晃的小车送去，转一圈，又回城里来的。"你是不让我坐？"老崔还是磨着坐上了。这样的马车，老崔在小时常坐，他的一个大伯在旧社会也是来城里拉大粪的，光头，起早上城，在晨光里耀得像个太阳。大粪那种味儿崔百仁早习惯了，甚至有点喜欢。每次走到城里公厕处，鼻子便像被唤醒的青蛙，格外活跃起来。

他们一人坐一边车辕。大粪送到了卸掉，他们再朝东走，走十几里就回村里了。老崔让棍子给儿子打个电话，说自己回村里了；又让棍子给保姆也说，不用做饭了。安排妥帖，老崔高兴得像片树叶子。路边是柳树，叶子嫩黄，风吹枝条摇荡着。春天里，暖融融的。州河离大路不远，流淌着，一如继往。河边偶尔有女人洗衣。河边有杨树，高挑得傻子一样，老崔看着杨树，真觉得杨树是傻子，挺拔的身子，才冒出的叶子还没有孩子耳朵大。真是傻子，立在河边。马车不太快，但老崔已经感觉到吊在空里的双腿有点凉了，裤腿在风里荡。这样的感觉小时有过，今天又有了。他简直像年轻了回来。路上也有坑洼，间或颠一下。老崔说："棍子，让再快一点。"棍子说："叔呀，我怕把你颠散架了，我担待不起啊。"老崔说："叔没事，颠到河里就洗个澡。"马车于是嗖嗖地奔。爷俩在春风里在马车上朝东飘飞，把一股臭气遗落在车后。

路上棍子老远看见一个担子，棍子说："你看你看。"两头筐里是三个大萝卜，一个个的竟那么大，像横躺着一个孩子。崔百仁看了，也是一惊，他真没有见过这么大的，"嘿，这么粗啊！"萝卜头上是冒出的嫩黄的缨子。崔百仁知道，能放到春首的萝卜多半是糠的，即使用大油煎着也不好吃。"嘿，真大啊！"挑担子的人摇摇摆摆，落在了他们车后。

老房子塌了

崔百仁有个心思，想在村里重新盖房。他家原本有房子的，可几十年来，他当兵出去后，转业在县城工作，两个儿子一个女儿长大都在城里谋事，原来的房子就冷落了。房子没人住，便破败得快，瓦缝里长草了，木窗格里挂蛛网了，土墙也裂了，墙缝里能出入老鼠。前几年房子一角已塌下来，整座房子像个垮肩的老人。院子本来不小，也属敞亮的，又面东，曾被阴阳先生说风水不错。崔百仁也深信此言，他的儿子女儿都在城里，且似乎算是有出息的，他以为就是明证。可现在院子里草是主人。春天的草正在努力，里面几株野花也很有姿态，引诱着两只蜂在忙乱，这样的情景使他的院子不至于冷寂。在去年的雨季，他回来过一次，本来院墙塌得不像样子了，院子里又显得那么低，还灌了水，水差点成了塘，夹杂着蛙声，使他心疼了好长时间。再一次雨里，棍子父亲给他打电话，说房子塌了。崔百仁回来一看，真塌了，只竖着一面墙，也像会随时倒去，没有了房的样子，就差夷为平地了。他孤身立在那里，心疼得流下眼泪。他用袖子抹了三下泪。他是从这里出生长大的，伴了几十年，父亲给他留下的，在他手里房子没有了。他心里一直在默念：没有了，没有了。他是从这里出生长大，又走出去的啊。他的儿子女儿也是在这里落地生根，一个个像小毛球，在这院子里爬前爬后的，大了，就出去了，不要这个院子房子，还有院子里的那口水井了。他想重新把房子盖起来，可两个儿子不愿意，言下之意是没人住，盖了也是空着，是放在那里等着破旧。也对，他以为对。可不重盖，没了屋子，回来没处住，在亲戚家或者邻居家将就一宿两宿的，也实在不像话。家是栖身之处，也是盛心之地。

他在村里走一圈，一个人给他说，你的房子那里盖不成了。他再走一圈，又有两个人说，你的房子那里盖不成了，没出路，被遮得像个僻角。这话都对。可在哪里盖呢？

有人提议买了别人家的老庄子盖。这主意很不错。看来也只有这样了。棍子的父亲就这样跟着崔百仁走了几个圈。他们是同龄人，又交好，两个人是一起参军体检的，他过关了，棍子父亲没有过，因为身上烧过伤，盆子大一片伤痕。崔百仁给体检的军官说，那是救人被烧伤的。可那军官不管不顾，并用眼神制止了他。那时的人像堵墙，方正在那里，就没法过。棍子父亲没被录取，回来了。棍子父亲是救邻居家陷在火里的孩子，把头发衣服也烧没了，身上落下了那片伤。那一幕崔百仁知道。两个人的好，也就是他回来了去棍子父亲那里坐坐，啜一口酒，满口香。花生米、萝卜丝，有时是地里的青菜生调了佐酒。再没别的。村里的交情就这么简单而深厚。

棍子父亲说："你那儿不行了，重买个地方盖。"

崔百仁听棍子父亲的。

"那买谁家的呢？"

棍子父亲说了两家的旧庄子。

这两处如何

在村里走，年长的认识，年轻的就不认识。有的孩子乱呼，就有错了辈分的。只说了孩子的爷辈或父辈才明白这孩子是谁家的。崔百仁几乎是多半个村里孩子的爷。这爷算是大爷了。

有两处地方，棍子父亲说可以考虑。

一处，是崔大发的。崔大发比崔百仁小七八岁。老房子不要了，崔大发在新庄子处盖了房。他一个儿子，三个女儿。儿子在新房处开了小卖部，崔大发两口子守着小卖部兼看管孙子。小孙子上初中，回来吃饭，他们两口子把这个孙子的饭很当事，不敢马虎，即使偶尔两人去一下集上，也是掐着时间，常回来时提着裤子一样跑。时间紧啊。大孙子上高中，在学校住，只有周末回来一下，二人思谋着给两个孙子改善一下生活。儿子两口子在城里开饭馆，忙得很，还雇了人。村里人都说他们挣了钱，钱是不缺的。崔大发也觉得儿子挣了钱，新房的排场阔气村里人都看得见，还贴了瓷砖，明晃晃的。儿子有了钱，崔大发两口子便对那个小卖部不太在乎，有一分好，没一分也行，儿子回来给柜盖上扔的钱他们两口子用不完。只是儿子扔钱的样子像钱是没用的东西，就朝中堂先人牌位那里一扔。是给先人显摆吗？三个女儿出嫁了，各有各的日子，据说都嫁得不错，回来身后都是一群，家里能挤满了。

小卖部里有油盐酱醋，烟多是便宜的，几块的、十几块的，再贵的没人要。再就是卫生纸、鞭炮、作业本子、方便面、小副食等。能跑的小孩子常出入，拿几块钱买糖，细棍上挑个圆蛋的那种，一天跑几趟，小腿儿为了嘴很辛苦。呵呵，这群小东西。到了过年前后，他们会进一点酒和稍高档点的盒子，但也卖不动。易坏的不敢进。村村大致都有这样的小卖部，且有好几个。

崔百仁回来时要从这里经过，还会进去看看，夸几句崔大发的日子，赞叹一下，那两口子听罢满脸溢喜。

崔大发的老房子是个敞院子，面东，向阳，只三间，再过几年也倒不了。里面放着零碎东西。檐下吊着的两串玉米已不见了，大约被耗子偷了去，只余下垂挂的绳子，还拴着玉米芯子。这肯定是他们忘了，耗子糟蹋完就不再动了。猪圈是原来的，石头墙围成四方的，留个方洞，竖置着石槽。村里的猪圈大都那样。崔大发家过去可是很会养猪的，一年一头像牛的大猪，售了能保住全家一年的用度。四邻都羡慕。他家房顶瓦还在，稍有零乱，屋里不见有雨漏。面南的一边还有一间低房子，是灶房。灶房的窗格已坏，从窗外看进去，立着的大瓮还在，盛水的。在村里，家家都有这样的大瓮，蓄水管吃用五六天的。一口没了一边锅耳朵的铁锅也在，没有锅盖，灰土把黑锅变成了黄锅。墙上挂着的箸笼子是塑料的，插了三根筷子。

崔大发儿子要三千块，连那间灶房。崔百仁觉得不贵。他的房子已经没有了，对这样的老房子，他实在稀罕，即使人家要一万两万，他也觉得值。他是想买过去。他要的房子，不是砖盖的楼房，是土墙蓝瓦木柱的房子。像这样的房子，他只想收拾了里面，很惬意地住进去。

晚饭是在棍子家吃的。棍子从城里回来已不早了。稀饭、烙油饼，撒了葱花；菜是洋芋丝、椿头，一碗油辣子。崔百仁和棍子父亲碰了两盅。晚饭时棍子提到了腊八的老房子。一提到腊八，崔百仁一夜都没睡好。他第二日和棍子父亲就去看了。

腊八的户口本上不叫腊八，她的官名是李棣花。她的娘家在棣花，便叫了棣花，李棣花。李棣花的房子也久不住人了。是座两间的房子，基地高，面南，用青砖砌的山墙还好，两侧还有个"吉"字，通风，也是祈福的意思。过去的老房子，山墙两侧都有"吉"字。民间处处能感受到福祥气息。房子左侧是村里的池塘，池塘旁有一棵柳树，崔百仁记得，柳树垂下的枝叶就搭在水里。夏日里的蛙鸣是很厉害的，吵破天，不过住在边上的几家习惯了，吵声也灌不进耳朵去。西边一家的房墙挡了边，恰做了院子的一侧。那家的少半院墙也恰是李棣花的院墙，只是土墙被雨水打落得多半成土堆了，最低处能越人，猫狗也能出入。这格局和崔百仁家的房子很相似。这一点崔百仁心里知道。

"腊八不回来了，住省城了。"棍子父亲说。

李棣花住省城的事，崔百仁知道。已经好多年了。李棣花的儿子出息，在省城做了官，回来过几次，母亲搬走后他就不太回来了。听说村里人去省城求他办事，还是极利索的，没有推托过。都说有良心。对于李棣花，崔百仁是忘不了的。崔百仁心里有一块地，几十年这块地里偏长着李棣花一棵苗。这里面的故事，棍子父亲不知道。棍子父亲只知道村里有他们俩的闲话。那闲话如飘叶，似清露。这是崔百仁当兵前的事。待崔百仁当兵了，回来在城里安了家，才没人说了。崔百仁看见李棣花旧房门前的那个缺了口的猪槽里竟长出殷绿的韭菜，正是春深时候，长这样的韭菜不奇怪，可偏是长在石槽里，也长成长方形的绿，没人割，很衬这个季节。谁种的呢？棍子父亲说，嘿，你看长的。他也猜不出是谁种的，总之很青莹似胖孩般的韭菜。这时从那土墙豁口处冒出来一个女孩脸，后面还有一个兔娃娃似的弟弟。这女孩红衣服，扎着两个横起的辫角，红是红白是白的脸，真似什么花变的，在看着崔百仁和棍子父亲这两个老头笑。可能这女孩和弟弟已经在那里立了好长时间，他们没看到。他们说话女孩也许听到了。那毕竟是孩子。

崔百仁问："你叫啥？"

棍子父亲说："这是腊八的侄孙女。"

"哦。她父亲我也不知道了。"

他以为那个旧房子不贵

李棣花和省城的儿子同意把旧房子卖了。崔百仁要。李棣花儿子出口说，给五千就行了。这个价，村里人也觉得合适。可这个价，崔百仁不同意了，他认为李棣花和儿子是故意的，成心气他崔百仁。崔百仁执意要出两万。在崔百仁心里，这个旧房子就是值两万，一分都不能少，少了他不要。他要的就是昔日的气象和他过去的感觉，这个旧房子太合适了。

棍子父亲说："有嫌便宜的吗？"

崔百仁说："我觉得合适就合适，我不占便宜。"

"你真犟。"

"我就是觉得值。"

崔百仁有钱吗?

崔百仁给李棣花的儿子说:"我分三次把两万块钱给完。"他果然分了三次,五千、七千、八千,整两万。李棣花儿子不要不行,只得接着。第一次的五千收了,到第二次第三次,接了钱,李棣花儿子偷偷把钱给了棍子父亲,让棍子父亲悄悄还给崔百仁的大儿子。

以后崔百仁也曾坐过几次棍子的臭马车,从村里到城里,从城里到村里。崔百仁买到手的旧房子也把里面收拾好了,他偶尔回来住。很满意,谁都能看出他的喜意。他在这个旧房子家里还待过客,从崔大发那里买了几样吃的,摆出来,请大家吃。他在门前还开了一片地,种菜,也种花。

他常给来他家的人夸:"你们看像不像我过去的房子?"人家说,像,他就笑得格外灿烂。

棍子父亲给崔百仁大儿子说:"退钱的事不要给你父亲说,说了,他心里不好受。你就瞒到他死吧。"这话崔百仁的大儿子一直记着。

都五六年了,崔百仁在村里待的时间越来越多,身体还比以前强多了。八十多岁的人了。

昨天他还坐了棍子的马车回城里。棍子一路上放开嗓子唱,崔百仁坐着欢喜了一路,脚搭在车边,荡在空里,满目的精神。由于快,差点把路上摇摆着屁股的谁家过路的鹅撞了,崔百仁还骂了几句棍子。那两只鹅啊,也不怕什么,像两朵白花,开在路上。

棍子有时嘴也漏,凡张口就是算钱的账:"叔呀,听说你给我腊八婶的钱,退回来一万五。你知道吗?"

崔百仁说："你听谁说的？啊？"

棍子吓得不敢说了，装着没听见。

"你听谁说的？啊？"

棍子故意大声说："啊？我听不见。"

马车只顾朝城里奔，臭气遗落在路上。路上的两朵白花已看不见了。

2017 年 4 月 29 日

好好学习　天天向上

子茱小学

　　子茱小学是清朝末年这里的乡贤硕儒倡议捐建的。清朝末年是中国最易产生新思想新文化的时期。这里的思想就曾很先进过一阵子。本县捐建的有好几所学校。这里就一所小学，初中是这个镇和另一个镇合用的，离这里并不近。这里原来不是镇，人口不多，建了镇于是才有了点意思。地势也怪，在一个高台上，高台是个长方形，门帘样，东西两边低。小学在东头。小学最初是借用祁家祠堂，学生多了后，在祠堂里传道授业解惑实在有点不阔气，就在祠堂前边盖了两层楼。祠堂废弃后，出进不方便了，村里就分给了两个孤寡人在那里养羊。于是遇到一时北风涌起，满学校都能闻到羊粪蛋的气味。惯了，师生的鼻子惯了，都不说。还曾发生过两次羊娃偷跑过来在操场里撒欢的事，校长发火了，学生们却相反，看到羊娃过来，欢欣异常，争抢着去追羊，比过六一儿童节还高兴。校长发火后再没有过这种欢愉如过节的事。前面这两层楼从远处看，墙和顶显得很薄，总觉得是偷懒又偷工减料的木匠为了省料用细薄板子不经意搭起来的。虽然看着轻薄，但有了大风，还是毋庸担心的。毕竟学校有了百年多的历史，变化是时时有的。比如原来学校的墙上贴的是孔子孟子李白屈原，还有曹雪芹祖冲之张衡；后来曾换成马克思恩格斯列宁毛主席，还有邱少云罗盛教雷锋等。现在贴的杂了，有中外文学家、科学家，也有文化名人。每个时代的学校标语也不同。二楼的楼道墙上是专留贴标语的地，字大，站在远处就能看到。即使标语宣传画再换，教室前面墙上永是"好好学习　天天向上"八个字。楼里面的桌子凳子换了几茬，不太陈旧，还过得去。闹铃是新潮的，是本地在外一个实业老板捐赠的，电铃，纯铜且大，是周围学校均没有的。学校都有红旗飘扬，不锈钢旗杆，红旗旧了换新的，这一点不得马虎，教育局有严格要求的。一般学校应该围墙的，可这所学校没有，用篱笆把操场围起来。南边立着一木门，是原来镇综合社的木门，综合社倒了，木门也没有了用处，就卸给了学校。木门的确有年代了，木门上还有着原来在综合社时谁画的几行字。有门，却没锁过，是不用锁还是根本就锁不成，原因待考。这所小学的教学质量统考时有时名次靠前，有时名次靠后，不确定。镇上好像对学校不太重视，很少检查，很少派人员参加什么活动。但从学校的大喇叭上可以听得出学校还是很认真教学的，校长常在喇叭上训话，那些话很在行，很严厉，声播得很远，周边几个村都能听清。学校给学生发新的《三字经》，每人一册。要求学生背过，常看见学生闭眼站在树下叽里呱啦地发声，那是在背《新三字经》。

> 我中华，礼仪邦，
>
> 讲文明，国运昌，
>
> 华夏史，似长河，
>
> 五千年，豪杰多。

学校的校长是个女的，浓眉圆眼，脸很大，个子低，皮肤黝黑发亮，就像过去宣传画上光芒四射的天安门。她很能干，言洁行芳。校长的老公是镇党委的副书记。校长老公算是镇上的老人手，凭干得不错慢慢上去的，晋升得艰难。书记和镇长都是县上派的。虽然官小，然校长老公在这里资格老，就根基扎实，人事他说了算。但校长当上这个官是不是与校长老公有关，说不清。现在小学里普遍女老师居多，这里也是一样，二十几个老师，只有两个男老师，真正的贾宝玉。男老师在这群女老师中间久了，也"公公"起来，没有脾气，说话慢声细气，还爱打扮。这一点校长看出来了，可没办法。

学校的木门左边有两棵刺楸，很高大了。周边方圆几里很少有刺楸，这里竟有两棵。刺楸满身长刺，好像每个毛孔都出刺。树身下面的刺老了，也是被人蹭了，一般无须惧怕；树上面则刺密而尖，特别在叶深处，刺也更长尖，连鸟儿都不敢落脚，这树俗名叫"鸟不宿"是有道理的。树叶子像极了小手，若有风雨，就像无数小手在拍动。树身下面已经磨光了，宽阔，上面常有粉笔写的"我爱某某某"或者"谁谁谁和谁谁谁好"，还有"我日谁谁谁他妈"之类的脏话。有人写就有人擦，擦了还是有人写。两棵树下面成了广告牌和咒语栏，很有点文化气象。校长经常会安排校工去擦，并监视，可今天擦了明天准会有，不顶事。

学校门首的斜对面有个碾坊。碾子已经不用多年了，"坊"也已经不是了坊，罩碾子的房子早已不在了，只余碾子还在。碾子也转不动了，碾磙子上的木棍子朽了，碾盘子还是抢手货，扫净了可以晒东西，豆子呀陈米呀辣子面呀，有虫絮舍不得倒的包谷糁呀，东家晒了西家晒，少有闲置的时候。传说旧社会里那个看碾坊的老头，是个鳏夫，一辈子没娶妻，靠看碾坊为生，到晚年像个咔咔的机器，不用看人只靠听声就知道是他。他越到后来，浑身几乎没有好的地方，且咔咔得异常严重，但他的牙极好，若不是肠胃不消化，他的牙真能切了铁咽下去。至今这里谁的牙急着早掉了，人们就拿那个碾坊老头的牙开涮打趣。这是过去的事，在去年还有一次与碾坊有关的事。一个有太阳的日子，碾盘子上晒了辣子面，一股风作怪，把那些辣子面朝学校方向掀起带跑了，于是乎，学校的师生们个个打喷嚏，喷嚏打得有令山河昏暗之势，还不知道缘故。于是校长马上安排厨房里熬姜汤，治感冒。学校里几百个人同时感冒那是大事，不敢说出去，教育局知道了是会问责的。在快散学时，姜汤熬好了，里面还放了红糖，姜汤用奇大的铁锅盛放了支在操场中央，太阳下大锅里是满满的黑水，很像中药。学生排队，厨子戴着口罩手执一柄长勺给每个老师和学生分。这场面壮观极了。在分到一半时，校长才知道是对面碾盘上晒的辣面子惹的祸，分姜汤的厨子就问："还分不？"校长看着还有半锅的黑水说："分，预防总没有瞎处。"分完了，人人仰起脖子喝姜汤，一派鹅场风光。

和碾坊并排不远处，是戏台，村里的，不常用，只有年节时学校放了假，才请几出戏，一般是秦腔《谢瑶环》《四进士》《赶坡》，或《铡美案》，演戏的是县剧团那些散了的人马拼凑成的班子。平时不用的台子，敞着，风可以穿堂，常年有一只野猴子在此留居，骑坐在木梁上，来人也不怕。这野猴子很得学生们的"人缘"，有的学生从家里出来，带着给猴子吃的馍或者水果，老远扔给了猴子才去学校。

学校遇到的麻烦事多了。有个疯子常在木门那儿叫嚷。这很干扰学校的正常教学秩序。每个地方的名人常常是那些讨饭的、孤寡人和疯子，他们和地方首脑一样名气不凡。地方首脑常因晋升、调离走了，这些名人则生于斯长于斯，人们几乎天天看到，话题总围绕着他们，于是他们成为名副其实的名人。这个疯子三十多了，无父无母，村里管着。站在学校门口看到学生在操场上玩时，就欢呼，要参与进来。这怎么行？于是校长就让校工去挡，几次疯子和校工打起来，彼此都流了血。最后镇上要求村里给疯子买了一台电视机，在学校上课时派人陪疯子看电视，还给疯子买了学校课本，给疯子留作业，每次都给疯子批一百分，让他高兴。这样好多了。关于疯子还有个笑话。说是在疯子的父亲还没死时，疯子父亲一心想给疯子娶个媳妇，一次父子俩端着饭碗说话，父亲想说服儿子愿意娶媳妇，儿子却瞪眼死劲地问父亲："娶了媳妇好处是啥？"连问了几遍，非得从父亲那里要出答案不可。父亲无法，就瞪眼气愤地说："你上去就知道了。"这话是在自家院里说的，却被风带了出来，一时间满镇的人都知道了，传为话柄。这个故事经过镇上一个干部编演，续了后面的，说是疯儿子一日问老子："你光知道好处，那坏处呢？"老子回答不上来。疯儿子说："你只知其一不知其二。"老子不甘这么无知，就想把疯儿子难一下，就问："那你说坏处是啥？"疯儿子知道却概括不出来，急得瞪着眼说："反正，反正，下来你就知道了。"这个笑话在镇政府里人人皆知，尤其校长老公说起这个段子绘声绘色，每次县上领导来检查招呼吃饭时，饭桌上镇副书记必定要温习这个段子，营造气氛。

陈明辰在子荣小学上学。

黑巧胡同

陈明辰住在黑巧胡同。

学校的东边不是地势低嘛，像个盆地。这个盆地很大，周围几个村的地都在那里。站在高处远望，盆地里在天气晴好的时候地连地绿连绿，绕着地跑得像细线样子的那是水渠，水渠里的水四季不断。盆地里多是种菜，四周靠边的地才种麦子苞谷高粱。地多不规则，椭圆的三角的菱形的都有。在一年春夏秋三季里，盆地里的绿不断，很有风景。只是在雨天，盆地里是茫茫的雾，整个盆地就是个雾池子，雾在里面翻动，很好看。河是在盆地靠东边的地方，站这里高处看河，河细得不值一提。可走到河跟前一看，嚯，河还不小，河边还有养鸭养鹅的人家，虽鹅鸭不多，但鹅鸭的叫声使整个盆地显得生机盎然。鸭蛋鹅蛋多自家舍不得吃，卖给镇政府的干部或学校的老师。

从镇上和学校这块高地下到盆地里，是要走一条 S 形的路，从路被鞋磨得发亮的程度看，这路很久长了，谁也记不得是哪个朝代修的。这路奇特，是石头路。这里的石头并不多，可这条路全是白石头和青石头。白石头在路的下部分，青石头在路的上部分。石头排列得如幼儿园里的孩子，整齐却不缺情趣。在石头路的缝隙里自然要长细草，脚把草踏得不会长高，草却还要努力地长起来。在石头路的两边是用石头砌的斜坡墙，两边差不多高，是怕土墙滑下来才这样的。砌墙用的是大石头，石头缝隙间是用白灰泥勾的缝子，白灰泥已经没有一点白色，全历久得成为浅黑色。勾过的缝子里露出石头的形状，大小不一，奇形怪状，这样一直延伸到盆地里。有了这些图画般的面貌，从学校散学出来的学生回去时，手总不闲，要有什么把玩着才行，他们就会一边跑着一边手摸着一个个勾缝子里的石头，满心欢喜地跑下去。有了这条石头 S 路，孩子们的童年至少在这里没有枯燥。雨天时，水在石缝隙间跑，孩子们穿了雨鞋，还可以看着雨水越过石头路像绸子被风吹皱着那样，很开心。

有时还可以看见蚂蚁在那样的水里挣扎。

东边是这样的，那么西边呢？西边是一个断茬，沉下去的那片不大，是一个村子的地。只有十多块地，地边有柿树。柿树皆是"火晶"品种，果实只有核桃大小，到秋季成熟时却火红得不一般，一棵树就是一个火球。主家收了柿子提到学校和镇政府门口卖，往往卖不了几个，全是熟人尝完的，都咂嘴说甜。从西边低处上来有个豁口，修了路，汽车可以上来，直开到镇政府门口。过去路没有铺柏油，若长期不下雨，车跑上来就会带着一团尘，尘停了车就到了，路边的人常捂着脸骂开车的开那么快是死呀。后来路铺了柏油后，没有尘了，大车小车来往空气很干净。

现在该给大家介绍一个胡同了。既然是个小镇，就会有若干铺面，卖粮油的，卖调和的，卖百货的，卖五金杂货笤帚的，卖冷饮鸡鱼啤酒的；还有电器铺和打印铺等，应有尽有。在这些铺面的后面有个胡同，叫黑巧胡同。这个名字的来历有几种说法，其中一个说法是，在明朝时，朝廷里有个叫海春明的人以下犯上，犯了杀头罪，就跑到这里隐身安家，改名姓黑。黑家人口不少，来了就与本地人婚嫁起来，兴盛出一个胡同，近百口人。说是在乾隆时候，这黑家里出了一个西施版的女儿，叫巧儿，很有名气，被誉为"黑牡丹"。据说方圆百里的浪荡公子为了看一眼黑牡丹，饥食干粮渴饮河水守在周围。看了都摇头弓背地回去，说自己不配。这西施最后嫁了一个太守。这胡同就叫了"黑巧胡同"。还有一个说法——实在不足为信，说是胡同一年四季总是灰突突的不清明，还飞一种不知名儿的雀儿。"雀儿"和"巧儿"混了音。可到这胡同来的人看了并不觉得胡同里灰突突，也没有看到过飞哪种雀儿。

胡同里多数人家姓黑，有少数姓梅和姓陈的。姓梅的是从山西大槐树下来的；姓陈的则是河南发大水那年，一根扁担两头担了孩子和锅碗落身在这里的。

陈明辰就是这个胡同陈姓家的孩子。

陈明辰是这个胡同的名人，在子苿小学读四年级。陈明辰怎么成名人呢？因为啥名呢？因为逃学，是"逃学名人"。曾有两次，陈明辰因为逃学被老师拉着入胡同去找家长，一街两行的人都看得见。这比在大喇叭里广播还效果好。于是，陈明辰就出名了。陈明辰一出来，街两边的大人都认识，都指点着说，看，逃学名人上学了。今天不会又照个面就逃学了吧。有的老人嘀咕，你说这孩子长得没说的，眼睛也大，窗户似的明亮，鼻头也圆得好看，就是个子比同龄孩子低点，怎么就不会学习呢？心里是实屁眼窝窝？这里的"实屁眼窝窝"是指心里不开窍，像不透气的泥窝窝。陈明辰平时出来给家里买肥皂洗衣粉或者味精调料什么的，人家收了钱把东西给他，最后会补一句，这几天还逃学吗？陈明辰听了不高兴，眼一翻，不吭声，走了。心里恨问话的。

陈明辰这孩子真的长得一点也不差，挺聪明的样子，也白。由于营养不良，脖子细得像绳子。和他同龄的孩子都上初中了，他还在四年级徘徊，是本年级的"老同志"，虽然个子并不高。

陈明辰的家是黑巧胡同从右边朝左边数的第六家。前五家只有两家有孩子上学，一家的父亲在街上跑三轮车拉东西，也拉人。从这里到县城，一天挣不了多少钱。母亲在家做饭。房子也有些破，屋里老有霉味儿。孩子从学校回来就坐在霉味儿里的一张小桌子上写作业。作业本子也有一股霉味儿。那孩子成绩不错。那个屋里的女人不会说话似的，一天说不了几句话。身子细得像根要干透的藤，老让人担心有风吹就会倒。另一家是个女孩。女孩天生逃学的概率不大，只要背上书包，学校就是她的去处。有几个女孩逃学捉青蛙逮绿蛇的？况且这个女孩子的父亲是镇政府的厨子，虽不懂辅导功课，却把孩子的学业抓得紧，三天两头还带着一身葱花味儿地去问老师孩子的功课。如果彼此在街上买菜遇见了，那厨子还会把给镇政府买的菜取几根放在老师的袋子里，笑着说，没事。如果碰见女老师了，那厨子则兴致大增，说不定还会不厌其烦地给女老师教几招做菜的手艺。厨子做了几十年饭，不少吃的，所以身板宽，脖子粗，皮肤黝黑，汗里都飘出油花味儿，出来在街上，在肩上老搭着一条毛巾，擦汗，也擦油，毛巾已经看不出是白毛巾了。这厨子的女儿成绩一般。虽然一般，但常给人说陈明辰的逃学，看不起陈家儿子。

黑巧胡同的东边两排也有五六个孩子念书，有的已经念到初中或高中。但像陈明辰那样逃学的只有一个，已经彻底不念了，到城里姑妈家帮忙看店卖香油了。因此，那家不缺香油，整个胡同如果鼻子尖的闻到的香油味儿，一定是那个屋里飘出来的。胡同里的狗爱去那个家闲逛也是为了那香味儿。

陈明辰的家是这样的。陈明辰的父亲原来是镇综合社的人，综合社倒了，他就没事干了。后来也乱跑着干活，但挣的都是小钱，不够家用。过了不长时间，陈明辰的父亲得了病，慢性的，据说是肝病，看不起病，人就变瘦，一天比一天瘦，干不了重活，多数时间就在家里睡觉养病，瘦得让人担心。有人说，镇政府厨子的身子如果在刀功好的人跟前至少能切出三个陈明辰的父亲。还真是那样。陈明辰母亲在陈明辰几岁大的时候，受不了这个家的日子，就走了，跟着一个河南来弹棉花的人走了。走时在冬天，穿着一身红棉袄，把家里的两条床单也卷在怀里拿走了。女人走了，这个家就塌了。好一点的是陈明辰的爷爷奶奶还在。可奶奶也是病身子，在炕上躺的时候多。爷爷却是好身体，快八十了，每天虽然嘴里不离烟锅子，还大声地咳痰，但地里的活儿基本都是他干。他知道自己还是家里的主要劳力，一天不歇，从早上起来开始，就窸窸窣窣地动，直到晚上睡下，但鼾声起来，震动也不小。陈明辰的奶奶嫌鼾声高了会用拐棍在炕沿上敲，但敲了后鼾声还是照旧。陈明辰的学业如何，爷爷是最关心的，老问，陈明辰高兴了给爷爷说几句，谎话多，爷爷听了却信。爷爷常给陈明辰教育的话是举例谁家的人在县城做了局长科长。在爷爷的眼里心里，局长科长堪比过去的巡按太守，虽不用戴过去的冠冕，但回来应该有人用轿子抬的，多威风，那才能把一个门庭风光得让人不敢在人面前说大话。陈明辰的心里和爷爷想的有差距，他根本不知道以后做什么好，更不知做官的好处有啥。几次爷爷用拐棍敲他面前的桌子，也敲过他的头，但那是慢慢地轻轻地敲，吓他，让他好好学。

陈明辰家的房子算是整个胡同最烂的，老漏水，很怕连阴雨。房子还是综合社原来给分的。综合社在这个胡同里有十多间房，都是原来综合社里的老人手住着。陈明辰家的房顶揭了修过几次，今年雨水少，还行，没有往年雨来了就在屋里大盆小盆地接，晚上叮咚得睡不着，还要记着倒满了的水盆的现象。

没有妈的日子没过多久，在陈明辰八岁时，父亲遇见了过去的一位女同学，也离异了，没有孩子，二人就连说带笑地没几天时间便住到一起了，算是重组了家庭。与女同学的相会和结合算是陈明辰父亲这一辈子做得最浪漫最神速的一件事。二人是在县城的羊肉泡馍馆邂逅的，同去吃羊肉泡馍，服务员端错了碗，二人争抢起来，却看着像是哪里见过似的，就不抢了开始聊，等两碗羊肉泡馍都凉了，二人的事情基本也谈定了。都是单身，那就夫妻一场呗。结婚很简单，在街上开了两桌，只响了一挂子炮，整个街上包括镇政府和学校都知道陈明辰的父亲、那个病歪歪的男人又恋了一个女人，结婚了。没有人不叹陈明辰父亲的，本事啊。那女同学还长得不错，比陈明辰的生母好看多了。这女人身体好，一身的力气，把这个病歪歪的家立马撑起来了，日渐有了气象。陈明辰回去也是热热的现成饭，他吃了就出门。自从有了后妈，父亲几乎把陈明辰的学习忘记了，这让陈明辰很满意。

在这个小镇上像这样神速的爱情不多见。

逃学报告

陈明辰实在体会不出学习的好处。老师一讲课，他就犯迷糊，瞌睡排山倒海，用棍子也无法把眼皮撑起来。"陈明辰，陈明辰！"老师常常这样在课堂上吼。这样一吼同学们就哄堂大笑。学习怎么这样让人烦？书本上的字在他面前个个是陌生丑陋的，像虫子，他恨不得把那些虫子喂到鸡嘴里。因他成绩老是在后面，已经习惯落人后了，所以他并不觉丢人现眼。老师表扬的同学就那几个，陈明辰的名字只是班长点名时，陈明辰答"到"，"到"后就沉没了，除过老师课堂上撒气时叫他。他是老受批评的"常委"。学不好，自己就感觉矮人一截，课后他也不主动玩了，默默去没人的角落捏自己的手指玩，最常玩的是把一只手的手指一根一根都翻着背到前面那根手指上，这样的手样子很奇怪，像只背了山的螃蟹，或者更像一个鹰头。课间是可以随便跑的，他已经不喜欢跑了，上厕所就朝一个半壁上的小破洞尿，每次都能尿上去。出了厕所他就站在操场一角看那个三年级代数学课的年轻男老师投篮球。那老师投篮球很准。高年级女生嘀咕着也看。咦，进去了；咦，又进去了。篮环和篮板间的螺丝松了，球击上去声音很大。如果球跑到篱笆跟前时，低年级的学生总挤着去拾，拾了不给那个老师，却要自己努力去投，常因为无力，球投得挨不到环就掉下来了，还得意。

逃学的好处他倒是慢慢体会出来了。

第一次出走。那天散了学陈明辰实在不想回去，可去哪儿呀？对，去三中，他好久不见孙易了。三中离这里不远，主要是这个镇和杨骑镇的初中学生，从这里能坐车去。陈明辰没有钱，他准备走着去。孙易是陈明辰小学时的同学，二人要好。按陈明辰的话就是"铁"。孙易虽比陈明辰还小三个月，可孙易长得高大，比同班同学都高出一截，陈明辰却是一个"缩水版"。二人要好其实是陈明辰为了寻求庇护，陈明辰受了欺负，孙易就是保镖，上去就用拳脚，几次还拿了砖要拍对方。这样几次后，谁也不敢欺负陈明辰了，陈明辰自然更看重自己和孙易的关系，从家里拿出瓜子或者用塑料袋子提了油糕，就在学校的一个角落里分享，一片纸这个擦了嘴角的油那个又擦。时间在孩子们身上也很快，只同了几年学，孙易学习较好，考上了三中，二人分开了。孙易走后，陈明辰也去过三中几次，都是在大门口见的。陈明辰等到散学，在门口见了，二人一起走着回去。

"你好着？"

"嗯，好着。"

"有人打你没？"

"没。"

说话就这么简单，一点没有大人的啰唆状。有时也说说谁谁谁挨批了，或者谁谁谁又考了多少分，或者谁谁谁的名次进了退了等。二人的家不在一起，孙易的家在镇子的东边不远，二人一起走到镇上的高台上，把陈明辰送回去了，孙易才脚下飞快，背着书包从那条石头路上跑回去。跑起来书包起来落下地在孙易身上哐哐响。孩子们的友谊简单得像个没有标点的短句子，或像是一个刚吐出曙色的清露淋淋的早晨。

就在这次见面后几天，已经快过五一了，天热起来步子也急乱，陈明辰去见了孙易。

"我不想回去，想到你家住几天。"

"能行吗?"

"行。"

"你给家里怎么说?"

"我不想回，没处去。"

二人就到孙易家。孙易的母亲离婚了，原来是供销社的职工，父亲在城里工作。孙易父亲后来在城里找了一个女人。现在孙易母亲给一个烂厂子看门，工资不多，还天天得去。

到了家里，孙易给母亲说，陈明辰家里大人不在，在咱们家住几天。母亲只"哦"了一声。她认识陈明辰，原来经常来家。还曾说过陈明辰长得像个女孩子，一定乖。孙易母亲做了饭端上桌，匆匆吃罢背上小包就走了，说上班。等孙易母亲哐地关了门，二人几乎是同时长舒一口气，饭也不吃了，开始玩电脑。玩了不多久，孙易要去学校，就给陈明辰说了电脑开机的密码，让陈明辰在家玩游戏等他来。孙易一走，陈明辰立马感觉这个家是自己的，浑身也轻松起来，把鞋脱了光着脚舒服，去拉了一泡屎，坐在电脑前全神贯注地玩。口渴了端起桌子上孙易的杯子喝一气。孩子的脚快，这样的时间也快，等到门口有了响声，孙易跑得气喘吁吁开门回来，陈明辰觉得还没有几个钟头。

"玩美了？"

"那个打枪过桥的有意思。"

陈明辰起来让孙易玩。等门口又有响动时，孙易几乎以迅雷不及掩耳之势，关了机子，装得一脸平静地等母亲进门。这次饭桌上孙易母亲又问陈明辰一句："你给家里说好了？"孙易抢着答："说好了，他一个人住家里害怕。"问答了这话，陈明辰感到心里从没有过的踏实，吃饭时才认真看了看这个家里。家具已经不新了。洗衣机缩在门后。墙上还有孙易上小学时爱贴的大头像。长沙发中央破了一个洞，坐上去不平。沙发扶手被手摸得脏了。厨房里的抽油烟机是很早的那种，油烟已经糊住了。孙易卧室里窗子口上悬着一个不大的中国结，已经不太红了，恰在此时，一缕阳光照在那结上。

在孙易家待了三天，还是被陈明辰父亲打听出来了，终于骑着自行车把陈明辰接回去了。陈明辰父亲怎么知道的，至今是谜。陈明辰父亲接陈明辰的时候没有那么亲切友好，先是扯着耳朵把陈明辰扯到屋外，再就是往脖子上扇了几巴掌，很响。陈明辰没有觉得疼，也不哭。他没有流泪的矫情习惯。自行车已经很破旧了，陈明辰坐在车子后面，听着车链子噌噌地响，父亲扭动身子在使劲蹬车，路边地里的庄稼竟然那么高了，有的地里麦子已经黄透了，只等开镰。陈明辰知道，麦子收割时学校还要放假，农村学校都这样。一只灰色的蝴蝶是看到他穿了白色衣服稀奇吗？跟着跑，跟了好一段了，近了近了，陈明辰挥手一抓，没有抓住，车子却猛地一晃，父亲举一只手向后打一下，伴着一句："咋啦？你想死呀？"陈明辰说："蝴蝶。"他是安然坐着车子回去的，是看着车子和父亲和自己在地上移动的浅紫色影子回去的。

回来后陈明辰才知道这几天的出走使得家里人的眉眼比以前更凶酷了，也才知道他的出走，家里真的乱成一团，家人到处去找，老师来家里问了两次。结果是，爷爷的棍子真的落在腿上，床上的奶奶把他叫到跟前，先是拧耳朵，后来就狠摸他的脸，流泪像淌河。后妈把他叫到厨房里说："你一走，家里都疯了。娃呀，你怎么不长心呢？"的确，陈明辰的心还没有到能完整地装下这个家。于是他答应好好学习，天天向上，再不逃学了。

第一次的离家出走博得了毫无诗情画意的暴打，陈明辰的父亲还说："听着，不要和孙易来往了，我再看见你和孙易来往，小心你的腿。"

虽然严厉训斥的声音还在头顶上没有散去，但是第二次的逃学离家还是发生了。陈明辰觉得第一次距离有点近，这次想去远点的地方。最合适的目标就是另一个镇子。这个镇子叫杨骑镇。传说宋时杨七郎的马在此饮了甘冽的泉水，一天跑了八百里路。去杨骑镇时，陈明辰还是去见了孙易，在学校门口给孙易说："我去杨骑镇了，不想再回家。"

"那回来又得挨打。"

"挨就挨呗。"

"几天？"

"看吧。"

孙易掏了五块钱给陈明辰。

已经是临夏末了，蝉噪如鸭子。陈明辰还提了一件衣服，下了那条石头路，朝东，过了河。他怕被熟人看见，尽量走树林里或小路。上了大路，他遇到一辆三轮车，扬了扬手，三轮车竟停了，问他去哪里，他说去杨骑镇姨妈家。开三轮车的头发花白，话可多，车前面还坐了一个女的，二人一直说话。三轮车突突着到了杨骑镇中央时，他们竟忘了车上还有一个学生，继续说，等陈明辰要求下车时，他们才想起车上还有个活物。这个镇陈明辰曾来过一次，那时还小，是父亲骑车带来的，还在这里吃了饭，稀面条，就是那次在面条里吃出苍蝇的，他至今记得。这次看来，镇子不一样了，门面多得很，楼高耸着，乱跑的鸡狗也没有了，几个穿着制服的工商局工作人员从食堂里出来，抹嘴，说笑，打着嗝，朝一边走去。在一溜门前的垃圾桶上站着两只麻雀，一只寻食，另一只东张西望。这时的陈明辰真觉得饿了。吃什么呢？兜里还有孙易给的五块钱。

吃了一碗凉皮，醋像撒泼的女人，实在吃不惯，可毕竟饿了，还是囫囵下肚。从凉皮店出来，嘴上还沾着辣子渣儿，这时他要明确自己该在哪儿落脚呀。他看见一个网吧。红蜘蛛网吧。那个"红"字已经掉了左边的"纟"，成了"工蜘蛛网吧"。像他这样年纪的孩子没有对网吧不热衷的，他也一样。去这里打工是个不错的人生选择。

网吧不大，几排电脑，坐了七八个人，每个机子里都呼呼啦啦地响，每个键盘上的一双手都疯了似的在忙。里面没有亮灯，从窗缝里进来的光足够了，很像西游记里的魔窟。陈明辰进去没人挡，他站在一个穿红裤子、眼睛被眼青修饰得不像眼睛的大女孩旁看，她玩"萝莉夺美"。终于那个大女孩回首问他："姐姐玩得怎么样？"陈明辰说："好。"大女孩还腾出手把陈明辰的脸拧了拧。

"小弟长得像个女孩子。"

陈明辰这时一个眼光竟从那个大女孩低敞的领口偷伸进去看

了，一个圆柔模糊的轮廓，美妙得令他发晕。他立马脸红心跳。这是他第一次这么"流氓"。赶紧把眼睛从那大女孩身上跳开。

一个大概三十岁的男人过来了，头发染成红色，像个火鸡。他是这里的主管。

"小弟，玩吗？"

"不玩。"

主管也是打工的，不是老板。

经过他的一番请求，终于在这里落脚了。条件是他在这里打工，不要工钱，"火鸡"给他每天管三顿饭。晚上就睡在凳子拼出类似的床板上，盖自己的衣服。所谓的管吃，是每天主管出去吃罢饭，回来给陈明辰捎两根油条或者一盘辣得舌头冒火的炒面，炒面是很难发现有炒了的鸡蛋碎花。油条从来没有豆浆的。在这里待了七天，那种烧舌头的炒面使他肚子烧了七天，以至于长大后还把炒面视为"仇家"。在这里还委实惊险了一次，这是陈明辰今生第一次和警察不很体面的"亲密"。派出所是常检查这里网吧的，检查有无身份不明的外地人，检查网吧是否雇用童工等。这次检查大概是针对陈明辰来的。警察离得还有一二百米时，"火鸡"已经看出问题了，恨声骂谁狗日的嘴贱，是想挨砖吗？骂完警察已经到了，"火鸡"的经验相当丰富，一把抓起陈明辰的头发，朝里屋一个柜子里面一推，说："不要吭声。"这一下用力过猛了，陈明辰的头在柜子里响了一下。等警察吼完出去，陈明辰被"火鸡"大手抓出来，头上已经冒出个青包，"青藏高原"。

"疼不？"

"有点。"

"忍着。"

也只有忍。

陈明辰在柜子里待的那十几分钟里，饱受臭袜子臭裤头臭汗衫臭鞋垫各种臭味的侵袭。

在这里待了七天后还是被家里人知道了，包括学校，他回去毫无悬念地又收获一顿打。陈明辰杀猪般哭喊后，那白白的臀上留下了梅花般的青，青花瓷。他曾给孙易说，这一次的打是最疼的，一家人把他当鬼子一样恨不得灭了他。他还把裤子脱了让孙易看。

陈明辰早已是学校逃学的名人，校长在学校把他当典型，大会小会都说。有这样的"广告"，不想成名都不行。校长还说，如果再有出走，就开除了。学校不是集市，说来就来说走就走。校长放出开除的话并没有吓到陈明辰，他现在这个年纪真的想不出上学对以后到底有什么好处。这一天放学出来，一股风过去，一头驴疯了一般从镇中央奔去，扬着难看如棍子的尾巴，声嘶力竭好像刚从沙子里钻出来。它是朝镇另一头的那头母驴奔去了，吓坏了一堆孩子。驴过去后，陈明辰想到了单东海。单东海是长脸。

单东海是陈明辰一个班的同学。单东海的舅舅是雨田县中学的教导主任，所以他上学期转到雨田县上学了。陈明辰和单东海在班里关系最好。陈明辰突然想到去单东海那儿是个不错的选择，那里远。第二次的出走再次折戟沉沙，陈明辰归咎于杨骑镇离得太近。

单东海的舅舅陈明辰曾见过一次，人言"外甥像舅"，好像单东海的出生就是为了证明这句俗话的正确性。单东海身材胖墩墩的，阔而长的脸，不白，单东海实在是舅舅的缩小版。

陈明辰是坐车去的。他也第一次知道了雨田县在什么地方，怎么去。

县城到底是县城，比镇子大多了。雨田县中学到底是中学，也比子荣小学大多了。学生多，老师多，楼房高，学校门前也是子荣小学的门前无法比的，光门房里的保安就有三个，穿的制服，一律不留胡子，脸上像涂了清漆一样放光，一个戴眼镜的他老子还是大官。

二人见面只是彼此嘿嘿笑笑。

"你不好？"

"我只是不想学。"

"给家里说了？"

"没有。"

"那——？"

"没事儿。"

陈明辰被单东海安排住在自己的宿舍。单东海有自己的单独宿舍，全是舅舅的作用。宿舍在离教室较偏的东南角，挨着学校的一个库房，除过管库房那个跛腿老师去拿东西，平时没人去。由于挨着库房，一溜宿舍里都有库房味儿。宿舍外有两株桐树，很大了，因此把宿舍南边的光线遮挡得没有多少了，宿舍在白天也是黄昏的样子。这样陈明辰又算是"安家"了。白天单东海上课，陈明辰就在宿舍睡觉，或者玩单东海的手机。单东海已经有手机了，凭这一点单东海就比陈明辰强。过了两天，陈明辰实在把单东海的手机玩成"清汤寡水"了，单东海就把宿舍隔壁同学的手机给陈明辰借来玩。单东海曾给陈明辰叮咛，上课时不敢出来，要尿就在一个饮料瓶子里。饭是单东海从灶上给陈明辰捎打的，一次两份，端回来一起吃。一月的伙食费基本是固定的，这样两人消费就可能延不到月底，于是单东海打饭是灵活的，比如打米饭时，就打两份，米饭便宜，菜打一份，二人回来分享。如果不够了，用方便面垫补一下，完全可以。如果是吃面时，没有办法，但单东海认识一个五十多岁嘴像装了框子的师傅，每次捞面时，就给那个师傅说，舅舅那里来了人。那个师傅就明白，多捞几条面，两份只收一份半的钱，端回来单东海和陈明辰也能吃饱。

住在这里并非处于僻境，仍然有惊有险。单东海是单独宿舍，晚上可以不去教室，自己在宿舍自习。这样他的舅舅就时常要来看看，检查。已经几天了，舅舅没有来，但单东海依然操心舅舅的脚步声。自从陈明辰来了后，单东海对舅舅的脚步声格外警觉，如森林里那些竖起耳朵听虎豹动静的羚羊。这个晚上果然"虎豹"来了。还好，二人正在热话，听见异常，单东海赶紧把陈明辰推到床底下。这时舅舅已经把宽阔如碾盘的屁股压在了床板上。

舅舅问："作业写完了？"

"完了。"

还问了许多话，电灯照在两张一老一小极相似的脸上。

说话的时间有点久了，床底下的陈明辰蜷缩成一个肉团。单东海舅舅偏放一个极具军团威风的屁出来，不光如击瓮，味儿也超前，滑着几个趔趄孙悟空一样出来的。单东海这时能想象得出下面陈明辰的鼻子，而此时陈明辰已经捏了好久鼻子了，憋着气。单东海舅舅终于走了。宿舍里又出现了民主欢乐的气氛。

陈明辰去的时候是初秋，可过了十几天竟一个变脸，来了一场"打招呼雪"，冬天也来得太快了。雪是晚上到的，不薄，第二天一早雪还停留在树枝上树叶上房脊上，早起的鸟儿还不知冷，十分欢快地在树叶间穿行。人们还没有来得及加衣，就狠狠地被冻了一下，于是校园里半数的人都咳嗽起来。单东海这里有衣服，陈明辰穿得薄，把单东海的衣服加了一件还是冷，在单东海上课时，他就披着单东海的被子坐在床上把手机里那些游戏再提出来玩。虽然天大白，天上还是无心似的有一片没一片地落雪。陈明辰披着被子下床来伸手出窗外试试看雪停没，这时门却一下被推开，伴着一串屁响。坏了，单东海的舅舅发现了陈明辰。

树上的字

陈明辰是由单东海的舅舅给子荣小学打电话，子荣小学派车来接回去的。一路上的雪明亮着，路并不滑。开车的是个长得像瓢虫的人，数落陈明辰："你这碎尿，还是专车。"

"陈明辰事件"使校长很恼火，虽没有开除陈明辰，却把陈明辰的检讨贴在学校公示栏里，这一下使陈明辰更成学校里的名人了。

这次回来，陈明辰家里却是出奇地平静。世界竟美好得让他有点怀疑了。不过家里还是有变化的，不大的客厅墙上贴了一张菩萨像，纸张已经有点发黄了，看来是个"老菩萨"。老菩萨面前是个香炉，他进屋时香炉里还燃着香。这老菩萨是后妈请回来的。她请来这幅老菩萨像不仅是为了给这个家寻求新靠山，更是为了让香炉的燃香遮屋里的泡菜味儿。后妈还是有创意的。

陈明辰在这次回来后，答应老师好好学习天天向上。老师问他，怎么证明？陈明辰想，怎么证明呢？这话说过后，陈明辰在一个周末，寒风呼啸，他爬上那棵刺楸，把刺楸树身上边的刺铲掉，刻了一圈他的字：我要好好学习天天向上。手冷呀，他不停地哈气才完成的。在周一早上，陈明辰心里晴朗了一样，悄悄把老师拉到那棵树前看了，老师看了一眼陈明辰，问："你刻的？"

　　一年多后，陈明辰从子茱小学毕业了，全班的毕业照是在学校门口照的，刚好把陈明辰刻在树上的那圈字取上了。如果谁现在家里还有那张毕业照一定会看到那句"我要好好学习天天向上"的。

　　年复一年，树在长高，那圈字也在长高。字虽高了，却已不清晰了。陈明辰上了大学以后，回来还时常在树前仰脖子看看。

　　"好好学习天天向上。"

　　等陈明辰考上大学后，镇上许多人才觉得，那个逃学的陈明辰原来是个好孩子。

2014 年 7 月 17 日

蝴蝶表妹

　　表妹叫蝴蝶。名字叫蝴蝶，跑起来真像是一只蝴蝶在飞。"曲折"论起来，我的这个表妹是父亲表姐的女儿。按说她母亲和我父亲是表亲，到了我这辈怎么叫，我们这里还没有定制，不好说，有的干脆就不叫什么，白搭话。一次蝴蝶就问我的母亲：我叫哥哥啥？蝴蝶眼睛忽闪着像两只鸟儿，向母亲要答案。母亲稍一闪念说："叫表哥。"我就是她的表哥了。她有了表哥显得很高兴，来拉我的手，我却一缩，母亲看到了说："还知道羞了？"我毕竟三年级了，应该知道很多事了。表妹本来是城里人，据说她父亲是一个干部，还有"品衔"，然家里有点变故，放在农村我的家里，让和我一起读书，说是有个伴儿。我母亲很愿意，我父亲那个长着宽大嘴的表姐给我们家里送来了两袋子白面，说是城里的面白，母亲不要但不行，就接着了，心里很过意不去。我比蝴蝶大一岁，在三年级，同班。

　　家里有个年纪相仿的伴儿，按说很好，一起吃饭，一起上学，一起去玩，还可以一起串通好给大人撒谎。然她是女孩子，和我终有些不一样。起初，我和她上学一起走时，还相隔五六米，她要撵上我，我不让，她问为什么，我说不为什么。她就那样和我一前一后地走。她还曾给我母亲说了，我母亲问我，我没有说话。母亲问："路上妹妹让石头绊栽了你都不管？"我哼一声，说："管。"
时间过了一个多月，她和我可以相跟着走了，同学们知道我们是表
兄妹了。从此，我们一起上学放学，一起跑、喊叫，路上还撵真正
的蝴蝶，有抓住的时候，也有抓不住的时候。一旦抓住几只，就往
她手心里放，让她给我攥紧了。她是我的"保管者"。同学们一起
放学上学，谁抓住了，一圈同学都欢呼、庆贺，还要围成一堆看。
有种叫玲子的蝴蝶我们这里很多，但那种鳞翅是黑黄相间的名叫寡
妇的蝴蝶我不喜欢。怎么叫寡妇呢？名字我就不喜欢。玲子的鳞翅
很大，是黑白相间的那种鳞翅，飞得不快，忽悠忽悠的，多数孩子
都能抓到。抓到了都舍不得弄死，玩够了就会放了，看着它又飞到
远处。说不定一会儿又被哪个孩子抓到了。

"你叫蝴蝶，你手里攥的就是自己。"

"是你。"

"攥紧了你疼不？"

"你才疼。"

有时路上也采几束花，跟着跑，花在彼此手里很不在意，跑着
跑着，花到家里有时就没有了头，只剩下叶子，有时还把剩下的几
片可怜的花叶撂到猪槽里，给猪吃。猪吃花吗？有的花，猪真吃，
还吃得香。猪吃时一定能嗅到花香吧？

我们的学校离一座寺庙很近，如果有逃学的机会，多数同学是
到寺庙里玩了。在陕南的这个地方，寺庙不少，但都不大，小巧得
如一粒落珠，或者就是晚间不经意被遗忘的星星。我们随便抬起头
看，那些寺庙上面总流放着一片或几片云彩，不急，像个闲汉。那
些云彩不会酿出雨的。我们学校旁的寺庙虽小，却比学校好看多
了，肃穆，从来没有钟声。不知是怕影响学校呢还是从来就不曾有

撞钟的习惯，反而是学校那个不像样的豁嘴铁钟的声音飘过寺庙去，衬托得寺庙多了几分宁静。

我是好学生，不逃学的，表妹蝴蝶当然也不逃学。然表妹蝴蝶没有去过寺庙，让我带她去。放学了，我带她去。类似很像样却比较小的寺庙她没见过。学校占的那片地方有点窄，寺庙立的那片地方阔，面东，还高峻一些，从低处一直修上去直直的台阶，台阶到底有多少呢？反正很多，我们数不清，需要一直上。规整的台阶使寺庙似悬设在半空里。我知道，寺庙的后面是条大沟，沟里有很大很多的树，蓊郁一片，没人敢去，据说那里有大兽，砍柴的人腰里别了大刀才敢去。我和表妹蝴蝶去寺庙时，正是春月的一天，拾级而上，很累，一会儿就出汗了。慢慢上着，渐渐觉出高处所看的东西不一样。台阶两边是草是花。台阶的缝隙里也有细草，草里有蹦跳的虫子，抓不住。一直上去，寺庙门半掩着。我扒着门缝朝里看，里面没有人，几棵大树而已。

"你看。"

"有啥？"

"没有啥。"

她真的听话地和我一样从门缝朝里看，几棵树，一溜房，房门闭着。

"没有和尚？"

"我见过，今天没见。"

"哦，他们……"

有的寺庙没有门，这里却有很像样的门，还有铜锁，一定晚上要锁的。庙里没有丢过什么。这里没有贼，上锁是习惯，每天都锁。我们不敢进去，在门缝看久了，果真从屋后出来一个光头，光头肩上扛着一把锄头，我们隐了头，再看时，光头的头真光，头上顶着一片光，那光实在奇妙，像镀上了银，就在光头上不动。我们再看时，光头已经进屋了。表妹很高兴，觉得终于见了光头和尚，没白来。表妹觉得这个光头和尚很可爱，她给我说："他的鼻子大，眼睛也大。寺庙的屋子和村里的不一样，村里的是土墙和椽、板子盖的，而寺庙的房多是砖盖的，屋顶的砖和房梁上的木头上都雕着鸟兽，有的还是梅菊，屋檐都翘得很高很大，若沉降的鹰。"

后来我和表妹蝴蝶又去过一次。那是初夏。学校老师有事提前走了，让班长招呼我们做作业。班长虽是长得很宽壮的人物，可怎么能管住几十号人马？虽然班长很尽力且威严了鼻眼站在门口阻挡想提前出校的学生，但还是没有挡住。表妹蝴蝶眼睛一挤："走。"我们两个就背着书包跑出来了。太阳正好在学校的房顶上，大门口没有老师，那条很热爱学校生活的黄狗又在那儿，它不是看门的，看来很想当个好学生的。表妹蝴蝶指着狗问："狗？"我说："不怕，不咬人。"我们出去了，很顺利，觉得没有一双眼睛看到我们。我们的两双脚简直像落在冰面上，跑得飞快。去哪儿？蝴蝶嘴一努，我知道了，寺庙。于是书包简直是在我们肩上横飞着到那儿的。我至今不明白，为什么那时去到寺庙会那样开心如鸟呢？

这时台阶缝隙里的草已经很翠绿了，陡处可以手拉着草上。她很高兴，上一段台阶便故意喘气，我也故意把喘气的声放大，让两边的树和坡都听见，还故意把鼻涕带出来。庙门关着的，看不到里面。庙门口蹲着一只兔子，在看我们，我们走近了它就逃去，从门口绕到小路上去了，并不惶恐。表妹蝴蝶却趄了一下，兔子没惊反倒吓了自己。我们总想朝里看看，就绕到北边。北边的院墙不高，土墙，年久有几处塌了，虽然有塌处，但我们的个子还不能从塌处看进去。我搬来一块石头，却怎么也立不稳，站不上去。院墙的塌处长着蒿草。

"你站在我的肩上看。"我给表妹蝴蝶说。男孩子有时就是男人。

"能行？我把你压垮了怎么办？"

"我是豆腐？"

蝴蝶真就上到我的肩上伸长脖子看进去了。她只一看就下来了，怕我受不了。她说："里面有萝卜地，很大一片。"我问："有光头吗？"她说："没有。"她让我踏着她的肩膀上去看，我怎么能那样踏呢，我真会把她压垮的。我问："还看到啥了？"她说："再没有了。"她又说："院子很大，空着，干净。"我们就在院墙旁坐歇，指看寺庙后的景致。这时身后一声把我们吓了一跳，是那塌处一个光头说话。

"蝴蝶，又和你表哥逃学了？"

这个和尚我知道，常从我们门前经过，他去上集买东西等，我都看得见。他名字叫连海，比我们大不了几岁。眼睛大，很会笑。脸圆得像个土色盘子，左脸上一颗痣，痣极像颗黑豆长在那儿。他不是我们本地人，是从很远的地方来的，听说家里苦才来当和尚的。我上一年级时就知道连海。可他怎么知道我表妹叫蝴蝶的？他嘿嘿笑。笑过又不见了，一会儿又冒出头来，手里提着一棵带青缨子的萝卜朝我们扔出来："接着。"我没接住，萝卜从我们面前滚下去一段，我拾起向他一笑。

"蝴蝶，念书和念经一样，都要吃苦。"说完他不见了。

我扭了缨子，又把萝卜上沾的泥在身边的草里蹭掉，又用衣服把萝卜再擦一遍，蝴蝶说："不要用衣服，回去想挨骂吗？"但已经擦过了。我用指甲把萝卜皮剥开，萝卜皮是很好剥的，一圈一圈自会成条儿。萝卜绿头是甜的，这我知道，我就把绿头掰给蝴蝶吃，蝴蝶说还是辣，她辣得直伸舌头。这时塌处光头又冒出来，他问："辣吗？"蝴蝶说："辣。"光头就又扔出来一个萝卜。剥了一尝，还是辣。

"连海怎么知道你叫蝴蝶的？"

"是呀，他怎么知道我名字的？"蝴蝶的眼睛里真照着一棵树。

这一次我们受到母亲的责罚，说我在逃学，还说会把表妹带坏的。记得那次的萝卜真的很辣，却吃得很香，几天后舌头还被辣得卷着不伸展，吃饭出不了味儿。

这样的时光过了近两年，到了五年级时，表妹蝴蝶回城里了，我一个人从这里上到初中。听说表妹蝴蝶得了一个弟弟，一岁多了，也知道了表妹蝴蝶在我们这里住是因为父母躲计划生育，怕查。

几十年过去了，我也出去工作了，回来偶尔还去寺庙看看，只是寺庙比过去破衰点，其他还是那样，那块萝卜地还在，每年还有人种。连海和尚已经中年了，还会弯着腰担水做饭。晨中担水，昏中也担水，水桶里老沉着一轮日或一轮月，老把那口瓮担不满似的。他偶尔还会来我家坐坐，问起我的表妹蝴蝶，我母亲会给他说，我的表妹蝴蝶在城里，有了两个孩子，很福了（极胖），足有一百六十多斤重。我有一次回去，连海和尚和我一起说话，他已经是满脸皱纹，大眼睛却不是很混浊。我问他，"你怎么知道我表妹的名字叫蝴蝶的？"他竟支吾，说："不知道怎么就知道她的名字叫蝴蝶了。呵呵。"正说着，从门槛下竟跑出来一只老鼠，钻墙后去了。闲眼望去，寺庙顶上真有两片云彩，闲适异常。我问连海：

"会有雨吗？"他说："没有。"我又问："现在的萝卜还辣吗？"他说："那种辣萝卜不种了，现在的品种满口甜。"

蝴蝶表妹会记起连海和尚吗？会吧，因为还有那辣得满口烧的萝卜。

2014 年 7 月 7 日

看 公 房

　　看公房无论如何是个美差，睡觉还给记工分，睡一夜八分工。年底拿工分分粮。且冬天有队场里烧不完的麦秸，以至热炕是村里谁家的热炕也比不过的，真能把尻子烙熟了。

　　董银天给队里看公房。董银天是队长董金天的兄弟，谁都知道这个好差事是队长以权谋私的结果。人们看得出，却不说。

　　看公房在上一任队长时是轮流看，每家的男人都有挣这便宜工分的机会。还是每夜八分。基本每十个工分合不到三毛钱。虽然不到三毛钱，那也是绝对的好事，轮流时没有哪个男人不积极去睡觉看公房的。

　　看公房到底是干什么呢？在队里大场的南边有三间祠堂，旧社会里祠堂每年在队里的老者主持下祭奠祖先，很隆重，还要杀了猪牛，请了吹乐人，再由洗净了身手的男人把全村预备的祭品摆在先人的牌位前，很严肃，婆娘孩子都去看。祠堂院里的大树上站着的长尾鸟儿也惊恐着看稀奇。这样的事情到"文革"时结束了，其被视为彻底的封建，祠堂里被砸得稀烂，先人的牌位被一个戴红袖章的宽嘴小伙子扔到村里的水塘去了。祠堂只剩下门和敢于大胆筑窝的几对燕子，平时路过祠堂门口偶尔内急的男人也绕进去解决后出来。这哪里有一点祠堂的样子！队里的"文革"运动似乎主要体现在砸祠堂上，砸了就像"文革"在这里也结束了，再也不见红袖章们呼啸着来，一下子清静得如散场的戏楼。后来队里把祠堂收拾了一番，用作公房。公房的作用是存放队里分剩下的粮食。虽然粮食不多，但总不能分完，要留籽种留公购粮留公积粮，预防年馑来临。每个队都这么做。公房里就用泥盘了大仓，隔壁很厚，分隔的空间分别放麦子苞谷稻子豆子谷子等，乱不得。大仓的正面写着八个字：自力更生艰苦奋斗。几个队的仓库上都这么写。写啥能比这合适吗？没有。这是毛主席的话啊。仓里有粮食就得要看，不看被偷了怎么办？于是在离公房十几米处队里盖了很小的一间房子，专睡人，这就是家家男人赖以挣工分的地方。房子还真是小，置在祠堂旁真像大人携着的一个孩子。小房子里只有一盘大炕，炕上没有被子褥子，去的人会夹了自家的被子褥子睡。席是队里买的，四六芦席。芦席一年四季看着都是发黄发黑的，一是因为冬天烧炕用队里的麦秸，不心疼，即使把芦席烧着了也不怕；二是有的男人家里没有褥子，只能光身子睡，芦席能不被身上的垢圻腻染吗？其实公房里并不是都装满了粮，东边一半空着，队里买了轧面机，平时几个妇女轧面，给队里卖钱。轧面机白天吱咛吱咛响，晚上才停下来。白天轧的面挂在外面晾，晚上又要移回到仓库里挂着。几个妇女很忙。挂面和其他面不同之处就是面里放了盐，口感筋道，想吃了就下，方便。在那时吃挂面是奢侈的，一般家庭哪有挂面吃？年节给亲戚家拜年时也拿挂面，只拿一两把。其实这样的公房具备两样作用，一是储粮，二是经营。多年了，旁边小房子里不睡人也不会发生有贼的情况，事实也的确没有被偷过。况且仓库门上铁闩是铁匠打的，特长，也粗，从两扇门扇上横穿过去，铁鼻子不小，和真牛鼻子大小差不多。锁子更大，从供销社买的，是比较先进的，两把钥匙，主钥匙和副钥匙。主钥匙大，副钥匙小，副钥匙从锁子侧面插进去先一拧，主钥匙才能开锁。有大锁子和大门闩那阵势，即使小偷见了也不会硬碰。且为了安全，主钥匙和副钥匙分别是队里两个人掌管，规定主钥匙是队里的保管拿着，副钥匙让轧面的一个妇女拿着，一起开才能行。保管是个极瘦的老头，没有话，没有表情，瞌睡很多，总是揉眼，但在队里威信高。他的辈分高，大部分人都叫他爷或者叔。他平时几乎不去公房那儿，为了轧面的方便，他把主钥匙也给了轧面的妇女，只有夏秋收分粮食时他拿半个多月，算是行使保管钥匙的权力。

在小房子看大公房并不是唯一职责，还要兼顾看公房西边面东背西的屋窖。屋窖这个事物绝对是那个时代的。屋窖屋窖，像屋子的窖。屋窖的作用是储存红苕的。队里红苕多，又可顶主粮，秋季从地里挖了，分不完，也不能分完，队里要留明年的种，还要接济次年春季实在没啥度荒的家庭，其余的牲畜们也吃一些，这些留着的东西就放在屋窖里。屋窖和别的屋子区别是墙厚，非常厚，冬暖夏凉，虽是个屋子，却极似窑洞。几乎每个队都有。放在里面的红苕很享福似的，温温地过一个冬天。屋窖大，红苕占不完，剩下的少半则被队里辟作缺钱酒用。用以缺钱酒，这绝对是男人们的策略。队里总有一些宽裕粮食，缺少买酒钱，就自己酿。队队都酿。有的队用苞谷酿，有的队用高粱酿，还有用红苕酿的，那味儿发辣，喝下去就像有一股树条子从嗓子眼往下拉。这个队里历来用高粱酿，算是中档的队。整个冬天屋窖里面都是酒，酒香扑鼻。因为有酒，白天屋窖里人不断，多是男人，冬季里没事，两手在袖子里一笼，没人叫就跑到屋窖里了。来了就参与说话，说酒，谈论女人，然后就瞅机会抿两口，然后接着说话。女人有时也来，有的是图这里暖和，也有的是来找男人的，见男人喝酒，也要着喝一点。负责酿酒的照例是一个老者，能坐得住。但酿好了却不易管得住，谁来了都想尝一口，一仰脖子一马勺就报销了。烧酒度数低，谁喝了也没事，主要冬天用作御寒。但毕竟多少高粱酿多少酒队长是心里有数的，常常几个人正在喝，队长冷不丁踏进来了，怎么办？还正在朝嘴里倒。队长就指着骂，骂他们占集体便宜。骂过了不疼，男人们根本把那种骂不当回事。队长也骂管烧酒的老汉，说老汉不负责任，拿了工分还怕得罪人，如果到年底家家分的酒不够就用老汉的粮食抵。那是吓唬老汉，哪有不够的？兑些水就够了。老汉对兑多少水是把式（商州方言指行家），多年了都兑水，尺度都是老汉把握的。骂过了，老汉笑，等被骂的人走后，老汉特意把酒倒在一个大碗里让队长喝，喝够了走时再让提点回去。队长哪次去那儿骂过后不是摇摆着回去的？群众的眼睛是雪亮的。

屋窨里白天有人，晚上没人，照看屋窨安全自然成了小房子捎带的职责。老汉每天晚上都走得晚，走时在小房子窗外喊一声，里面应一下，这一天就算在他哼哼唧唧离开时彻底过完了。

到了董银天的哥哥董金天当队长时也酿酒，但董金天不喝酒，屋窨那里偷喝酒的人就少多了，每年分的烧酒据人说度数比以前要高。这话不是没有道理。

董银天不是看公房吗？虽是董金天的以权谋私，可队里人都理解。董金天董银天弟兄俩，父亲死得早，两人和母亲过活。好不容易母亲把二人养活大了，娶了媳妇分了家，董金天能干，光景有起色。可董银天媳妇是个病身子，从娶进家门就没有见她伸直过腰，后来竟一个接一个生了三个孩子，前两个是女孩，后一个可算是个带长把儿的，把董银天母亲高兴得鼻涕眼泪一起擦。可娃多了负担重，一个女子还是半傻，董银天的光景就是牛拉着也走不到人前去。作为哥哥的董金天看到弟弟董银天这样，满心着急，一直在给弟弟想办法。等董金天当了队长的第二年，他把看公房的事让弟弟董银天一个人包了，一年能多挣一大块工分，算下来能多分一个半孩子的口粮。

董金天考虑好了就去弟弟家说。董银天正在吃饭，饭是苞谷糁里煮红苕。董金天在家里也吃的这。董银天碗里的红苕冒出了碗沿。他问哥哥："你吃呀不？"哥哥说："我吃过了，也是煮红苕。"那个年代，几乎家家每天的早饭都是苞谷糁煮红苕，日子差的苞谷糁稀饭还不能稠了，只有光景好点的人家稀饭稍稠，或者馍锅里会有烙的馍。哥哥没有寻凳子坐，就站着说：

"我想让你包看公房挣工分。"

"看公房？"

"有吃有穿是好光景，你看你的光景！你看你的光景是啥？"

弟弟董银天埋头很响地吃饭，回了句："能行。"

哥哥走了，从这一天起董银天就夹着自家的被子看公房了。他没有褥子。

毕竟董银天不到四十岁，两口子常年这样分居也不行，但工分的事情大，于是就常看见董银天的媳妇有时也去小房子那里睡，早上早早就起来用指头理理头发走回去。人见了就见了，董银天并不害怕，心想：自己的老婆，使劲睡放开睡，谁又管得着？

董银天看公房出事是在董金天当队长的第六年。一般出事时总有兆头，可董银天看公房出事却一点预兆都没有。那天全队的人都去邻队看电影，放映的是《英雄儿女》。董银天也去看，他去时在炕洞里填了不少麦秸，本想回来后不至于光席凉了。那个冬天没有雪，只刮黄风，从一头吹到另一头，黄风把地上的干叶子吹跑了，地显得干净。看电影那天晚上偏偏没有风，人很多。冬天里无事看一场电影那感觉简直美极了，老少挤疙瘩去。正看到英雄王成手握爆破筒朝敌人堆里跳时，有人喊："三队那里着火了。"这一喊叫，人们才回头，果然火焰很大，已经亮了一大片。于是三队的人纷纷朝回跑，等跑回去一看，小房子已经没有了，火已引着旁边的麦草垛，人根本没法靠近，只能看着麦草被烧完。那会儿疑心是有怪处，还起了风，风把火焰掀得像个披发的魔鬼，高处的火焰就像红色的大刀在空里乱砍。人声嘈乱一片却没有办法。等一切烧成灰烬后，人们才慢慢回去睡，叹息队里以后怎么办。那晚王成抱着爆破筒跳进敌人堆里炸死了多少鬼子，三队人至今也说不清楚。

这事出得太意外了，队长董金天恨不得把弟弟董银天杀了给队里一个交代。

董金天去到董银天家里找董银天时手里就提着一根长柴，准备把董银天腿打折了再论。可到了家里，侄女叫了一声"伯"，给他端了一碗白开水，水里还放了一捏白糖。糖水放在一个凳子上，给他尻子底下也放了一个凳子。那时白糖很少，轻易来人舍不得放。侄女是看到他的杀气了吗？他心软了，咬了牙，把弟弟董银天叫出来。

"你说，咋办？"

他用手里的柴直接指着董银天的脖子。

"……"

"你看电影？你和别人不一样，你是拿工分的。工分，你知道工分的意义吗？"

"……"

董金天的第一声出来时，董银天炸裂了缝子的房脊瓦楞上正立着一只灰色长尾的鸟儿，扑棱吓跑了。

"父亲走得早，母亲老给我说你的光景不好。我心疼啊，可你——?"董金天走时抹了一把眼泪。

队里把烧掉的房子估了价，董金天说：我赔。他知道弟弟董银天家里没有什么东西，那间房子还是爷爷手里盖的，筛子一样漏，遇到雨天长了，他就得操心弟弟一家的安全。

董银天给哥哥说："我把那几分地抵给队里。"

董金天说："拿地抵？那你们一家吃屁呀？"

两人的话停下来，一袋烟工夫，董银天才说："我想把娃和婆娘带出去。"这话好像是从黑里蹚河过来的。

这话一出，董金天心里像被戳了一个窟窿眼眼，酸甜苦辣都漏下来了。董金天知道，从本队出去在山外（注：商州人一直把秦岭北边的关中称山外）安家混得有白馍细面的一个人去年回来，还穿得衣料明溜溜的。那人回来给弟弟董银天介绍了一家，说是他安家的那个队里有个老木匠，光棍一辈子，无儿无女，要招一个养老的儿子。弟弟和董金天商量过。那时董金天不愿意，他不想让亲弟兄分那么远过活，心里总是个坎不好过去。他不应声，弟弟也就再没提说过，这次弟弟董银天说出口，他心里就被捅漏了。

"这话咋给母亲说呢？"他想。

弟弟说："那你要给母亲说好啊。"

"我说。"

"赔队里的，我记着，迟早我要赔的。"

"你赔？拿尿赔吗？"

"……"

"你不管了，你走，有我哩。"

弟弟董银天在一个清晨挂露的时候悄悄由哥哥董金天送出了村子，过了河，上了石子铺着的车路。当时六岁的侄子手里拿着用报纸卷成筒的毛主席像，那是弟弟从居住的堂屋亲手卸下来的。

弟弟董银天走出去后很少回来。几十年过去了，有一天村口走来一个中年男人，手里拉着一个穿着一身红，眼睛光芒像星星一样的十几岁的女孩子，他们问："董金天家在哪儿？"

"你是他——？"

女孩嘴快，说："那是我大爷。"

人们这才明白，女孩是董银天的孙女，那个中年男人便是董银天那个走时六岁的儿子。

他们踏进了董金天的院里。这一年，董金天已经九十三岁，弟弟董银天死了十三年了。

祠堂又成了祠堂，不是仓库了。祠堂的门楣也进行了翻新，像个饱经风霜却依然挺拔的老人。祠堂周围早变了样子，没有了一点过去的影子。

2014 年 11 月 26 日

马　三　金

马三金十三岁就开始跑山阳的漫川关做生意。

马三金是个苦命人，父亲抽大烟，把家里抽败了，败得只剩下母亲和他，以及每天还能摇曳着的炊烟。等马三金八岁时，父亲死了，抽大烟抽死的。八岁的孩子怎么能顶家里的事情呢，母亲就让他再等几年出去挣钱。到了十三岁，他长得也像棵小树了，母亲允许他跟着村里的男人们出去跑生意，跑漫川关。

跑漫川关顾生活在这里已经流行几代人了。山里人的生意终究离不开山。跑漫川关做的生意就是从那里担回来龙须草、竹篾制品、筐子、笼子、背篓、锨把、锄把等，在集上卖。可漫川关离这里要一百二十多里，山路崎岖，靠脚走要一两天才能到。马三金算是村里跑漫川关队伍里最小的。每隔一两个月，村里有常跑领头的男人在村里一转，就算约好了，明天起程。队伍一次要去十多人，浩浩荡荡的。明日要去，家家的妻子或母亲就要预备干粮、花销和鞋子。干粮是烙馍，够在路上吃两三天，身上再带几个零钱，去了吃用。还要带足做生意的本钱，买人家的东西回来卖。出远门的鞋子顶重要，妻子或母亲前一晚要把鞋子试了又试，鞋帮、鞋底、鞋带、鞋跟儿，都不能出问题。旧鞋怕走不到，新鞋又怕夹脚。夹脚最受罪，路上都匆匆忙忙地走，跟不上是不行的，谁也帮不了谁。

已经深夜一点了，马三金的母亲还没有睡，她烙好了馍，又在自己脚上试鞋子，她穿着走了一圈又一圈，"应该行了"。煤油灯的火焰被窗外偷进来的风掀了一把，火焰斜跳了一会儿。她是小脚，怎么能和儿子的脚比呢？她还是把儿子叫起来试。儿子睡得很实，她实在不愿耽搁儿子的瞌睡，可不试鞋又不行呀。儿子被摇醒了。"你试试，看夹脚不？"这是上个月母亲给马三金才做的，新鞋不夹脚的少，撑开了才舒服。马三金眯着眼试了，说合适，就又睡了。到清晨五点多，村里就有狗叫了，马三金的母亲明白到儿子动身的时候了，就把被窝里的马三金拉出来，说：赶紧吃早饭。早饭是馍和苞谷糁、酸菜。出门的饭要硬，母亲把饭做得很稠，马三金一夹一疙瘩。等村里动静更大时，队伍已经集结好了，马三金背了干粮，带了行李和本钱，肩上扛了扁担就朝村里的响动处跑过去。天还是一团黑，月光清冷地照出一丝模糊的亮，那亮用气一吹几乎要没了。儿子走了，母亲抹泪，回去吹灭了灯，却睡不着啊。村里那支队伍其他人的母亲和妻子基本与马三金的母亲一样，一直用耳朵把那群响动送出村，听不见了，狗也不叫了，天开始慢慢明。这是马三金第一次出门跑漫川关。这一次的新鞋真使马三金没少受罪。

　　这样的队伍走在山路上，是极热闹的。清露、雾霭，以及渐渐白起来的山峦，满山的青翠。东方就在他们身后，霞光带着羞涩才出头。一群人的脚步几乎是踏着一样的节奏，唰、唰、唰。马三金只有努力跟着走，上山，下山，涉涧，还怕踏石过水时新鞋湿了。山里慢慢清晰的风景，走惯这山路的大男人还有心思瞟眼看，说笑话。一点也看不出这是辛劳苦涩的事情。马三金已经走得脚上起泡了，跛着拼命跟上队伍。每个人的肩上都是一根扁担，前面低后面高，斜指着天。扁担的前后挂着干粮或者衣服，特别到中午大热时，扁担上的衣物就多了起来。肚子几乎是同时饥的，便在坐下来歇缓时，齐吃。都是烙馍，吃了把水壶盖揭开喝水，水像倒到旱地里。

"起。"又一起起身走。

这样的队伍在一起什么也不怕。一个两个人走这样的山路，天不明或中午时遇到狼或豹子是常事，有伤了人的，也有狼跟了很长一段路，下不了手就看着人走了的。还有人用扁担把狼豹打得稀里哗啦的。马三金第一次走这样的路，还没有碰到狼豹之类的经历，一听说会碰上狼豹，他心里就怯怕。队伍要翻山越岭，也会经过几个极小的村子，村里有狗追着咬，人多，根本不怕，肩上还有扁担，狗跟着跑一段也就不跟了。这样的情景马三金觉得实在有趣，脚上的疼也减了不少。

漫川关是山阳和湖北交界的地方，水旱码头。从武汉、襄樊、十堰上来的货物，在这里卸了船，再从这里被装上骡马车运到商州或省里。有这样的人流物流，漫川关成了重镇，俨然一个小城市。这里的人多是楚商秦商，有常年驻守这里做生意的，也有待几天完事就回去的，凭口里方言就能判出孰秦孰楚。漫川关街道上有许多骡马店，有运货来的，也有运货走的。价钱是有规矩的，都一样，无须讨论。城市里有啥，这里就有啥。两面山夹出的镇子，占尽了繁华热闹。街道有几条，酒店、客栈、售货、卖唱、缝补、赌博，一应俱全。门面前都有旗帜，字是楷隶，有风时一起飘动，很有几分风情和气魄。特别是几个僻陋的短巷子，里面的风情浓烈，脂粉们招摇着叫客。手续清楚，概不赊欠。也有时间久了，在此交下相好的人，来了就去找，带着好东西。一夜缠绵幸福，次日或次次日就走。来这里的人，多数有钱，有生意，他们花得起也不在乎那些碎钱。

漫川关上的这些道道，马三金还不知道。那些老腿自然也不好第一次就给一个孩子说。

马三金第一次从漫川关担回来了只有老腿们三分之一的东西，算是成功的一回实习。新鞋使他的脚跛了十多天。

有了第一次，就有第二次第三次，马三金的母亲也渐渐放心了。一年里，马三金至少要跟着老腿们跑漫川关七八次。几年过去了，马三金十六、十七、十八地长，个子也和大人一样了。对于漫川关那里的事情知道了不少。下了苦，挣了钱，养了家，他并不觉得苦命，且愈来愈喜欢跑漫川关。

马三金家的中堂上立着"马氏历代祖宗考妣神位"，每次马三金出门，母亲都要在神位前跪拜三次，烧香祈祷儿子出门顺利。

母亲问马三金："你给祖宗递过香了？"

马三金说："递过了。"

母亲又说："你再磕三个头吧，我昨晚梦不好。"

马三金就又磕了三个头。

这一次出门不知是第几次了。马三金照例和平时出门一样准备。

他们三个人伴行。鸡没叫就起身，黑洞洞的，晨曦还湮没在远处。正值秋季，早起能感觉到肃杀的凛冽。出村，上山，入沟，再上山，站在山的高处，马三金他们才感觉到秋风像空里舞动的刀子，怀不紧，风就会钻进衣服里，刮得人生疼，冷得哆嗦。走了几个时辰才天明，能看清山上开始发黄的草和树叶，然而在山路的两边最易碰着腿脚的是黄或白的菊花。走几十米，就有菊花，大方绽放，一点也无萧索的姿态，有的花瓣上滴着水露，妩媚动人。马三金已经是大人了，如果在前几年的时候，他会在这些花草里展示出几分淘气，但现在不会那样了，他要赶路，不会停下步子，只是怜爱地看看，甚至都不会弯腰用鼻子碰碰那清香的花。

这些花是人种的吗？马三金来不及去想这样的事，他要赶路。

三个人还是走散了。马三金落在后面。在清晨的湿润潮爽里，一双绿眼睛挡住了马三金的路。这可是马三金第一次遇到狼。他未免心慌起来，脚下也来了颤。可肩上的扁担给了他胆。他的策略是不予理睬。过了一会儿，又一只狼来了。对付两只狼，一个小伙子要认真努力才不至于失败。这个战场就在眼下，来得那么毫无防备。马三金抖抖身子，刚才的颤随着这个抖，像筛子一样筛净了。那根扁担从肩上下来，义无反顾地朝两双绿眼抢去。

就在马三金和狼拼搏的时候，在漫川关一个清静的院子里，有个姑娘已经看了几回天上了。她在看太阳估摸时辰。看来她早没有心思去干母亲交代给她的活儿了。这是一个长得若兰草一般清秀脱俗的姑娘。此时院子里一架丰产的葫芦藤，随风摇动，久久不息。藤上面竟挂了五只青黄如孩子的葫芦，太大了，把撑着藤的树棍压得也有点弓腰了。

"妈，几点了？"

"快了快了，急死你。"

"不会有事吧？"

"能有啥事。"

院子里那棵柿树上多半的柿子已经红了，把院子衬得没有一点秋意。院角的萝卜已经长得很粗了，露着绿头。几年了，这院子里的姑娘就舍得给一个人吃柿子吃萝卜，还有很多好吃的。

只要黄昏再多走一步，就跌沉了。这时，一根扁担和一个身上的衣服几乎成破絮的小伙子走进这个院子。

"三金，你怎么啦？"姑娘的眼泪哗地下来，用手去摸马三金伤了的脸。三金说了和狼相遇的经过。

"狼？"屋里姑娘的母亲也奔出来一惊。

姑娘问："疼不？"

"不疼。"

"还不疼？狼吃了你，看你咋办？"

姑娘的母亲赶紧朝空里呸呸呸："你说啥话，啊？"

"我故意说的。"

"死丫头。"

这一晚，马三金吃了一肚子肉，是姑娘的叔父从山上打得的狐狸。

那两个走散了的村里人，约好第三天一起回去，可在漫川关街道那个卖香油的铺子前等来等去等不到马三金。在他们实在等不及要走时，马三金出现了。

"你咋啦？"一个问。

"你是让大奶子缠住了？"另一个也有气。

马三金摇头不说。

时间很快，说着说着，马三金就到二十三岁了。这一年，马三金从漫川关娶回来了穿红袄子的女子，人都说那女子好看，村里人都去看，果然好看，似朵喇叭花。那女子成了马三金家里的媳妇，一个四季爱穿红的媳妇。马三金的母亲就说："做媳妇了，老是红衣服不好看了。"媳妇却说："妈呀，你问问三金，看我穿红好看不？三金——你说我穿红衣服好看不？"三金赶紧说："妈，我就爱屋里有一团红来来去去的，显得吉祥。"

“那就好。”母亲说。

小夫妻一起挤眼偷笑。

马三金娶了媳妇，还常跟村里的男人们跑漫川关，只是马三金去了在丈人家有吃有喝，还可以住上几天再回来，既是走亲戚又是做生意，村里没有一个男人能比得上马三金跑漫川关的便利。

2015 年 6 月 7 日　盱丘堂

飘香担子

下班的途中，东看西看，毫无目的的眼神，没有看到什么能拉住我的东西。一股苞谷花的香气把我诱引了过去。是个花白头发的老头在城市的一角边制造一种巨响边售卖苞谷花。看到这些，我想起了曹秋风和陈春来。

说实话，现在很难碰见这小时候的"巨响"和"热爱"了。那时在农村，一个挑着"炮弹"和小风箱的人进村的吆喝声，就是孩子们的福音，在这个飘香的担子后面迅即聚拢一支队伍，呼啸跟随，等那个担子落下来，有人就积极地帮助烧火燃柴。这时大方的大人抵不过孩子的缠磨，让孩子端出来一碗苞谷或者黄豆，于是担子的生意来了。随着火呼呼地响，人围起一圈看。那转动的炮弹的手柄处有压力表，能看出里面压力多少，压力够了就熟了。十分钟后，一声巨响在那个汉子脚下爆起，孩子们一窝蜂地捡拾崩散的苞谷花朝嘴里塞。一家崩出，全村弥香。于是乎，孩子们都回去与大人斗争，要苞谷；于是乎，就又有孩子端来苞谷，生意继续。一锅一毛。端来苞谷或黄豆的还要供应呼呼火炉的燃柴。爆黄豆的少，黄豆吃了屁密，咚咚的，故一般爆苞谷的多。这个担子不走，村里就香气不断，炸弹似的响声也要响到再无人端出苞谷为止，常常这样的事情要持续一个满天，担子走时天色早已暮色四合。却不过孩子们叽叽喳喳问，担子常答应"明天还来"，但来不来谁也说不准。干这种营生的汉子大致是腰瘦的人，干不了重活，才出来挣这种钱。以我的记忆，多蓄有短须，满脸涂黑——干了一整天脸能不沾黑吗？

我们村没有干这营生的，周围村里有两个人常挑担子来我们村里转。在改革开放初期，这种挣钱的事儿还没有彻底放开，还偶尔被人批为资本主义尾巴。然脑子活泛的，一开始试着来，胆子还不大，村干部对这一天挣一块多钱的事儿不屑管束："能挣多少钱？娃们婆娘们喜欢吃就让弄去。"好像这一块多钱的事儿离资本主义还很远，不足以使一个农民滑向深渊。于是那两个担子在周围村庄里很活跃，几乎几个村里没有断过这种香气。

曹庄的担子叫曹秋风，李家村的担子是陈春来。两个村离五六里，有了他们两个的担子，几个村都不寂寞。他们的担子真的比其他偷偷售卖的担子受欢迎，尤其是孩子们女人们。曹秋风家里弟兄三个，他是老二。苦日子过得他吃了上顿没下顿，刚一有开放的气息，他就熬不住了，琢磨挣钱的门道，看到李家村的陈春来挑起了爆苞谷花的事儿，他也赶紧备了一副担子，开始吆喝着挣钱了。一条巷子一条巷子地走，他的身后真飘着一股香气，他走到哪儿，担子的香气就弥散到哪儿。他和陈春来本来不熟，后来碰着了几次也就熟了。都说同行是冤家，陈春来本来比曹秋风干得早，可两人见了没有一点愤怨，偶尔碰见了还吆喝着坐在一块石头上歇歇，不是你把旱烟袋递给我就是我把旱烟袋递给你："吃一锅子。""好，吃一锅子。"二人吃罢烟，浑身也轻松了，还交流起哪个村的粮食宽哪个村的粮食紧，哪个村的女人大方哪个村的女人小气。经交流，两个人一天挣的钱差不多。曹秋风是细瘦的汉子，个子不高，他怎么看都是适合做这种事的，而陈春来却像是梁山的人，宽阔的身板，满脸胡茬，两个板牙在嘴外自由着，脸上的黑更显得他有一股匪气。其实陈春来的脾气像是女人。

两个同行成为好朋友不容易，可过了一年多，二人之间真有了问题，——村干部管了，不让这么干。"谁告的状？""谁眼红了？"他们两个彼此都怀疑对方。"他嫌我抢了他的钱？"曹秋风想。"他想一个人占了？"陈春来想。一次，曹秋风从队长门口过时，队长恰出门来，把烟锅子在鞋帮子上磕罢，都没有看曹秋风一眼，就说："注意影响，有政策。"曹秋风赶紧说："我收拾了，再不出去了。"队长说："那就好，不敢露尾巴，公社眼睛亮得很。"曹秋风看着队长的身影心里扑腾扑腾着回去了。公社？看来是有人反映到公社了。谁呢？肯定是他。两个人都这么想。

虽不再担了担子爆苞谷花，但二人走到哪个村总有站在门口的女人要问："你咋不爆苞谷花了？我娃嚷着要吃。"他们就会说："公社不让弄。"女人是嘴快不怕黑白的人，就说："公社干部的眼让泥糊了？吃个这都不行，啥社会嘛。"

再过了半年时间，形势更宽松了，不但有了骑自行车卖布卖调料的，也有了走街串巷卖老鼠药的。于是乎，曹秋风和陈春来慢慢又把担子担出来了，已经没人再说三道四了。两人偶尔还能碰到，碰到了心里都存不畅，也不多言，彼此问一句半句就走，再没像过去那样敞亮儿说话。

据曹秋风在煤油灯下认真推算，不是陈春来告的状。陈春来的弟弟在公社是民政干部，他不会不懂政策，即使有人告了他哥，他不会不给自己的哥哥说话帮忙。有公社这样的背景，这种小生意不至于让陈春来把担子停了。那么陈春来会自己告自己吗？当然不会。

那是哪里出了岔子呢？过了几十年，到曹秋风七十多了，他始终没有弄明白是谁把他们告了的。

曹秋风和陈春来的故事后来更好看了，二人成了儿女亲家，曹秋风的女儿嫁给了陈春来的儿子。这还真有点离奇。两个孩子一起上初中，又一起上高中，悄悄好上了。这谁会知道呢？两家人都不知道。到两个孩子都毕业了，给大人说准备结婚时，曹秋风和陈春来才同时知道自己的儿女恋爱的是谁。

这两个孩子的认识是在他们两个最初开始担担子爆苞谷花时。他们的担子后面不是老跟着一群孩子嘛，其中就有他们自己的孩子。那时的两个孩子和同龄的孩子只知道跟在担子后头无比快乐，有香气，还可跟着一起呼喊，比在什么地方都幸福。至于跟的是谁——他们的父亲还是别人的父亲他们并不在乎。曹秋风和陈春来碰着了坐下吃烟，两个孩子也停下来玩。

"那是我爸。"女孩指着一个担子说。

"那是我爸。"男孩指着另一个担子说。

他们两个都是孩子们中间跟担子跟得最长的。彼此认识了，就常常见。男孩拾得的苞谷花装起来，女孩拾得的苞谷花也装起来，二人见了就比多少，然后交换着吃。

"我爸的香。"

"我爸的香。"

"我爸的香！"

"我爸的香！"

二人都觉得自己爸爆的苞谷花香。

现在曹秋风和陈春来都是七十多岁的人了，他们的儿女和我是差不多年纪的人。我在一次从城里回去后去他们家转，曹秋风和陈春来已经有几个孙子了，一大家子人。我看到了他们旧房子的墙上还挂着两个黑黑的炮弹样的东西，我知道是他们的父亲曹秋风和陈春来过去挣钱的家伙。那炮弹上已经结下了蛛网，说明早已经把它们淘汰在墙上了。

我指着墙上的家伙问："当年我们跟着这两个飘香的担子没少跑路，你能分清哪个是你爸的哪个是他爸的吗？"

曹秋风的女儿指着其中一个说："这个是我爸的，那个是我公公的。"

两个老人分别住在两间小房子里，只是每天吃饭在一个锅里。我给曹秋风的女儿说："两个老人在那个时候首先挑起担子走街串巷地挣钱，那是了不起的胆识。那时还没有解冻，他们的担子无异于是行走在寒气尚未消退的春天里的花香。"

这时曹秋风从小屋里走出来，颤巍巍地说："侄子呀，你回来坐么，让给你烧汤喝。"这里说的烧汤喝，是待客人的最好礼数，在煎水里要给客人打两个荷包蛋。我离开他们院子时，墙上歇着的那两个炮弹正好被夕阳照全了，就像是画在墙上的从过去走来的两个汉子依然飘香的担子。

眼前我在街角碰到的这个炮弹汉子，虽也花白了头发，却实在是把此作为生意。"多少钱一锅？""十块。"我一问才知，一个巨响竟十块钱，非昨日了。在他面前排了很长的队，多数是好悦嘴的光溜女人，是彻底想改善胃口，绝非我们那时跟担子是为了拾得一星半点来抵御肚子里如虫噬的饥饿。

2015 年 3 月 16 日　盱丘堂

土坯西施

　　房子用什么材料筑，正能说明那个地方出什么、什么又最适合建屋。我见过用竹子盖的屋，那多是在雨稠的地方。雨落在屋顶上，叮叮咚咚，把个雨天用这种单调的声占满了。若屋檐下有个红衣女孩用手去接水滴了玩，屋里一个声，孩子哎地扭身跑进去了。这样的时候依然生机有趣。还有石头多的地方，用石头建屋，房基是石头，房墙是石头，屋里的好多置办也离不了石头。商州这里在二十世纪五六十年代建屋都是土坯。屋基用河里的石头，墙则是土坯。土坯有两种，一种叫胡基，一种叫坯（商州叫 pei）。胡基和坯的制法不同，胡基是纯土，土要润湿的，要把土翻搅得均匀细碎，然后把土装在一个木模子里，土要凸成一个小坟样，再用一个硕大如头的石杵子去蹾打，打平就好了，再把模子一头的关节卸开，把胡基竖立着端放在垒子上让晾干，一块胡基就成了。一整天能打数百胡基。干这种活儿不是一个人能够完成的，得两个人。一般都是夫妇，男人双手提石杵子，女人是辅助者，供模子里的土，准备模子四周撒的木灰。木灰不可缺，以防湿土粘模子。男人打一天石杵子，需要很强的手上功夫。初打时，一天下来就不行了，嚷着臂疼，歇歇再接着打。谁家如果今年要盖房用胡基，那今年的夫妇俩则主要是打胡基。还有一种就是坯。坯的制作是用泥。和泥是力气活，对泥的要求高，要把泥和得滋润，里面不得有小石子或者没有化开的疙瘩。泥里非得掺麦秸，掺麦秸是为了坯坚固。把泥和好的确不容易，有的男人脱了鞋在泥里踩踏，上身光着，背上的汗水肆流，大晴天则头上戴着草帽。男人是完全的泥人了。需要量大的，泥就得和得多，用脚踩踏也不行，就会拉了牛来一起踏，牛在人身后一步一步地走，过去就是一溜窝子，不停地踩踏，至少得多半天才行。自己家有牛且好说，没有牛的就借牛，借一天给主家两升豆子，名义是给牛的，其实给了人家。牛怎么能吃上呢？全被主家煮到了饭锅里。这种活很累，泥和好了也要两个人制坯才行，基本也是夫妇一起干。女人给方模子里用锨供泥，男人则手执"泥叶"，负责抹平。做坯需要平阔的大地方，做好的坯排得一行一行的，整齐如队伍，等着慢慢干。等着泥坯干需要二十天，这二十多天里，主家要分外操心，因为不干则软，顽皮的孩子喜欢脚踩了玩，留下他们的脚印，很为把自己的脚印留在泥坯上而极为开心。孩子也是偷着玩这种把戏，发现了是要被追打的，或者会被撵到家里问责，那家的大人就得赔礼道歉，严重的还要给人家重做泥坯。做泥坯这种事，最宜在闲时，人闲了，场也闲了，有地方。场闲了，阔得很，谁家占用都行，没人管。在场里忙时，谁家要占用，队长是会干涉的，强骂，驱走为止。这样的驱，并不得罪人，为了大家，谁也理解。

这个村子出的土坯最多。有的村子出醋，有的村子出香油，有的村子出瓮，有的村子出手工很好的布鞋。这个村子没啥出，出土坯。建屋砌墙要用，土炕盘新要用，搬挪锅灶要用，周围几个村的人不做土坯，大都到这个村来买。一块胡基三分钱，一块坯五分钱，来担或用架子车来拉。钱给得很干脆，即使暂时手头紧，过几日必清账。几年来，这个村卖土坯的只两个人，一个是王庆，一个是刘梅子。王庆去年不做土坯了，儿子结了婚，有了孙子。有了孙子的人，在这里就是老人了，再做这样的活儿会让人讥笑。且儿子在公社合作社染布，一年也能拿不少工分，还给家里挣几十块。日子过得去，王庆就不受这样的苦了。剩下刘梅子一个人打胡基卖。梅子是个例外，本来天生丽质，要模样有模样，要身材有身材，稍有点黑，可眼睛大，眉眼的俊俏程度是压倒村里其他姑娘的。她还唱得一口好眉户（陕西地方戏），嗓音一出，半个村子的耳朵都寻着她来。这样好的姑娘却做着打胡基的活儿，实在不妥，然梅子没有办法。梅子的父亲死得早，母亲抵不得全劳力，梅子的上面有个哥哥，哥哥比她大四岁，二十八了，按说是家里的柱子，可在公社组织的那次兴修水利工程打通翻山垭时出了事，炮把他的一只手炸坏了，成了残疾人，虽说简单的农活能做点，但不是家里的柱子了，柱子成了刘梅子。刘梅子人长得好，人说嫁个好人家就行了，但梅子不会丢下母亲和哥哥的，她要撑起这片天。"干啥呢？"她说，"我有的是力气。"看着一块胡基能卖几分钱，她给母亲说："我打胡基。"母亲说："你一个姑娘家，打胡基？"梅子把自己的胳膊露出来让母亲看，是证明自己的力气能够胜任打胡基。

梅子在场里摆开了战场。

于是这个村子的场里演绎着"土坯西施"的故事。

本来打胡基是两个人干的事，可梅子一个人干，惯了，一个人利落得像是耍猴子。面前一堆土，她把木模子放在面前的石板上，手抓一把木灰，唰，唰，再拿锨铲土，再握起石杵子，咚咚四五下，一块胡基成了，她端起来放在垒子里。打好一块胡基要不了几分钟，这样一天她能打几百胡基，和一个全工的男劳力比一点也不差。在梅子的面前不远处放着一个热水瓶，竹套子，梅子渴了就坐下来倒水喝，歇一会儿，热水瓶里水完了母亲就会提回去灌满开水再送来。半个场里已经摞满了她打的胡基，等着人来买。阳光就在头上，整个场是她的，她也是整个场的。场边路上过往的人都能看见梅子挥汗打胡基的身影，问一句，她笑着应一句。她喝了水，嗓子润些了，就会唱一段两段眉户戏，《梁秋燕》《十二把镰刀》《大家喜欢》《屠夫状元》她都会唱，声音在场里旋风样扬起来，几个村都听得见。经常会遇到这样的时候，那些喜欢梅子的小伙子故意路过这里，朝梅子问：

"梅子，戏好呀。"

"你爱听？"

"哥爱听。哥是戏迷。"

"可怜了梅子这样的美人了，下这苦。"

"……"

"你给哥再唱一段，哥给你打五十块胡基。"

"行。"

一段眉户戏又起来了，像绸子在空里闪。五十块胡基也摞在了胡基垛上。

这样，一天总有三两个后生来给梅子打胡基。人多了手稠，当然也看着梅子的成绩大，一天总会摞很长一溜。

场里梅子一边打胡基，周围村里的人一边会来买。买那些干了的，背回去或者用架子车拉回去。人家走时，梅子总说："慢点呀，颠得厉害就烂了。烂了你就来换，有的是。"梅子人好，人家拉烂了，每次换都没问题。

天气好了，不下雨不下雪的，梅子就在场里干。遇着下雨下雪的，梅子就要歇，难得她有歇息的时候。一盘大炕，横竖都能睡，她把自己摊开来睡，想把体内的疲惫睡出去。累了，怎么也睡不够，还做梦。睡深了，母亲把饭做熟了才去摇她醒来吃。有时下一天雨，她就睡一天，睁眼从窗子里看出去，树叶子已经黑作一团了，她才知道天黑了，伸伸腰，哦——母亲问："睡够了？"

"够了。"

"我的闺女呀，人家像你这么大的都嫁出去了，咱们家不好，箍着你干着活儿，妈对不起你。你也该出嫁了。"母亲说这话时眼睛里闪着泪，梅子心里也不好受。

"没事，再等等。我这么好能嫁不出去吗？"

这个年里，梅子的胡基卖了近九十块钱。九十块，这在母亲眼里是一笔很大的钱，简直没法用完了。母亲说：要盖房，不盖房哥哥怎么娶人，谁能看上没有房的一只手断了的残疾人？现在的房是男人娶媳妇的基本条件。

"我什么时候嫁人呢？"梅子偷偷想。

梅子心里已经有了人。

梅子的心里是谁呢？

公社综合厂就在村里不远处，里面集合了一批平时很有手艺的打锨打锄打馒头的铁匠、箍桶打桌子凳子打棺材的木匠、染布的染匠、编席编筐的篾匠，还有两个修补匠，补锅补碗补瓮，凡是有窟窿的东西都能补。平时绕着几个村转，一声出去，谁的声和谁的声不一样，时间长了，村巷里的女人听得很准，她们就知道谁来了，把有问题的东西搬出去让看，论价。也有在综合厂接活儿的。有个叫晗子的，二十六七了，高挑的个子，是公社后边那个村的人。他在综合厂四五年了，因为手巧，综合厂早早就把他吸收进来。他会的活儿实在太多了，综合厂里面的活儿没有他不会的，因为这样，他干啥呢？没法分配他，就让他给整个综合厂里的人帮忙，哪个匠人忙了就招呼他，一声出去，他就在面前，嬉笑着，问："干啥？"匠人说了，他就弄起来，只一会儿，好了，就放在面前。他干活儿又快又好，还没有瑕疵。这个的忙帮完了，那边又是一声叫，他便奔去了，嬉笑着，问："干啥？"从他的脸上看，哪个人也看不出他有啥烦恼和不快。他个子虽高，就是面色稍黑，黝黑里放光的那种黑。黑对于男人不算缺点。这样的一个男人，你说，周围没有几十双姑娘的眼睛盯那实在说不过去。果然，每天来综合厂做活儿的女人多，姑娘家占多半，姑娘家来了就是为了和晗子多说几句话，有时说够了，回去竟忘了拿修补好的东西。晗子脸皮薄，她们说话，晗子基本不吭声，只是干活儿。

　　金花配银花。晗子和梅子怎么认识的？梅子去修家里的铁锅，就认识了。认识了就认识了，并不奇怪。可那些匠人给晗子说，你和梅子合适，金花配银花。这话一出，晗子也觉得梅子和别的姑娘不一样，就慢慢心里沉起来，也慢慢心里存起来。晗子心里偷偷有了人就不一样了，每天心里都渴望梅子来修补什么东西，可梅子的家里哪有那么多需要修补的东西呢？梅子心里几乎是同时也有了晗子，晗子就在梅子的心里蹦跶，把梅子的心里蹦跶得晴朗无比。这样的日子久了，那些匠人还发现晗子有事没事就爱爬上综合厂院子西边那棵榆树朝南看。朝南看的秘密是，梅子打胡基的场就在综合厂的南边，在那样高的树上正好看到场中央那个不停动着的"土坯西施"，有时还能听到梅子在唱：

　　　　一颗莲子水中央，

正午热心最放香。

水面多大香多远，

青蛙就在香前头。

一颗莲子水中央，水中央……

哥哥娶不了妻确是事实，在梅子的心里绕不过去。她努力地去干活打胡基，已经够自己家盖房用了，售卖的生意自然不错，她在攒钱往回娶嫂子。

哥哥娶不了亲是家里的大事。村里一个人在离村里很远的一个生活比这里还苦的地方给哥哥提说了一门亲，但条件是"换亲"。要梅子嫁过去，人家才同意把妹妹嫁来。这样的条件在那个地方不鲜见，不少家的亲事就是这样解决的。母亲把这样的条件在心里埋了一个月了，实在到了给梅子说的地步了。一天就在晚间的煤油灯下，母亲说了，梅子竟爽快答应，这使母亲转身抹泪地离开了。

"我就嫁给那个不曾认识的瘸腿男人吗?"梅子整个夜间都在想这一句话，——没有答案。

那一年的秋天梅子嫁过去了，依然请了吹吹打打的人，依然披了很鲜亮的红。那个冬天雪把山里几乎要埋了，冬里的野猪没有吃的，竟跑到村里来祸害了几家院落里的苞谷。这类事已经多年不见了，今年却来了。村里组织了五六个彪汉手执了磨棍晚间看守村里。

梅子到了那个村里做了人家的媳妇，不几年就生了儿子，并有了女儿。人们就说，好女人到哪里都能荫一片，能成一个园子。这话放在梅子身上的确不错。

是不是要问那个和梅子相好的综合厂的晗子到底怎么样了? 晗

子在梅子嫁出去后，几乎不说话了，那张嘴除了吃饭喝水，谁也甭想从嘴里掏出一星半点的话头子。晗子终没有娶，就在综合厂里。等他的父母都走后，他一个人把综合厂的一间厨房作为自己的归宿，在门前种菜种花，即使综合厂最后解散了，有人还是拿着需要修补的东西找他补，他三两下就补好了。人拿走了，他不说话。他有了胡子，有了白头发，有时就坐在原来综合厂门口的门槛上看，看得好远，就是不说话。他腰弯了，还咳嗽，"咳——咳——咳"，第一个咳出来，第二个咳还不知远近，看着的人真怕他一口痰出不来要了命。然而他一直没有被痰要了命，活得好好的。

村场上那些摞了好多的胡基，到梅子出嫁后两年才被她的哥哥售卖完。

那个土坯西施永远不会在那个场里出现了。

多年后有人说，梅子回一趟娘家就会去到综合厂一次，手里端着一碗饺子。

你说，晗子吃梅子一碗饺子不应该吗？

2015 年 1 月 30 日　盱丘堂

五 叶 树

这条巷子里住了三家，巷子短，看起来不像巷子，却分明是巷子。面北的一家，面南的两家。麦婶家是面南的，靠西，门口终年有阳光，阳光在她家门口总是大方地铺散开，她家的黑门已经被太阳晒得浅了色。她也没叫人重刷一下。那个铁门环因为手常摸，亮光闪闪，无一点锈。过年时贴的红对联，两边的已经掉了，可横批还在。横批总是"吉祥人家""春光满园""吉庆有余"或"勤俭持家"之类。巷子里只住了三家，三家能有多少人呢？大人上了工，孩子去了学校，巷子里想听到动静都不容易。因此短巷子里平时就幽静，鸡狗也不太吱声。时光没人理会，偶尔有彩蝶在墙头蹲一下，就走了。巷子不阔，石头铺的路，青石、白石、红石，大小不一，就在脚下。雨水多，脚踏得少，五色的石头老是干净的，像画家画的。四季总有闲散的叶子落在巷子里。三家的门口都有树，多槐树、榆树、木棉、女贞，还有一棵五叶树——叶子是五角星。五叶树在这里很少，村里没有第二棵。五叶树就长在麦婶家门口。春天里巷子里是槐花香，三家都吃槐花麦饭和蒸榆钱。秋天里叶子黄了，簌簌地落。冬天里的风在满村子撒野，但在这条巷子里却不胡来，规矩着，轻轻过去，像极了文静的小媳妇走路。

麦婶和他们两家不来往。这是有原因的。比如蒸了槐花麦饭，那两家互端着碗走动，让尝，问盐的轻重和调和合适不合适，麦婶则不去，自己蒸自己的，在家里和孩子吃。自己吃时还要给柜盖上献一碗，是给丈夫的。

麦婶和那两家到底有什么仇怨呢？

麦婶是寡妇，丈夫原来在生产队里开拖拉机，出了事，死了。留下一个女儿，麦婶就和女儿过。要说麦婶和那两家的积怨，还得从那棵五叶树说起。

五叶树是一个男人栽在麦婶门前的。这树长得快，不几年工夫就长高了，撑起的阴凉有几块凉席大。

给麦婶栽五叶树的男人是个货郎，河南人，常在这里走动卖东西。麦婶买过他的东西，就认识了。认识就认识了，货郎有心，知道了麦婶是寡妇，日子过得不容易，就常来。开始是卖，后来小东西就送，还给麦婶帮忙着干活。时间久了，村里人说他们好上了。最先说出他们好上的是和麦婶家并排面南住的那家女人，她就去面北的那家偷偷说、偷偷笑。女人最喜好说这类话题，且说得津津有味，还极会添油加醋。这两个女人一听到货郎手里的转转响，还有在远处的一连声"小担百货吧——"，她们就拉长耳朵听，一直听到那个货郎从村子远处走进这条巷子。在巷子口只一声"小担百货吧——"，就不喊了，直走进去，脚步声在石头路上过，担子落在麦婶家门口。其实他那巷子口的一声麦婶早听到了，不等他推门进来，杯子里已泡开了茶，展开的茶叶在煎水里动。

两个女人在面北的家里说话，眼睛从窗子口盯着外面。

"进去了？"

"进去了。"

"门闭上没？"

"没。"

"担子上东西还不少。"

"红红绿绿的。"

货郎是单身，应该有个女人过日子。他家里苦，弟兄五个，大人就同意他出来做货郎，他是老四，求个温饱。从河南出来好几年了，每到年节他回去看老人，提了点心和给父母扯的衣料，高兴地住几日又出来，在外要待整个年头。一年他不避风雨，要走多少路呢？每年要走烂三双鞋，很不易。回去了几次，每次大人都问他的将来，大人想让他在外招赘，做人家的女婿。问了多少回，他都说没合适的。到底什么是货郎合适的女人呢？他不说，可心里有数。

他到这条巷子里来了两次，第一次就看到了麦婶家中堂上挂的一个老相框。他决定常来。

麦婶算是村里齐整的人，所谓齐整，就是长得好看。她的好看最悦目的是两点，五官端正，眼是眼，鼻子是鼻子，嘴唇是嘴唇，聚拢了看着好，分开来看也好，尤其眼睛汪汪的，整个脸盘喜着忧着都好看。再是她的身材好，不胖不瘦，走路不俏不妖。动静不规矩，就是太妖太俏了，村里人就会说坏话。她不是那样的。身材在于她，虽是先天的优势，人看了就觉得是甩在春天里的诗句。同年龄的村里妇女妒她也慕她，嘴上不说，心里都有那么一点——麦婶嫁的男人也很好，大家都这么看，也这么说。二人就是过日子，一个不说话只知挣工分，一个收拾屋里管孩子。分工明确，没一点乱，让旁人羡慕。工分算是村里男人中挣得最多的，屋里算是村里最光亮的，一尘不染。男人下工回来，麦婶端来洗手水，男人洗，洗了吃饭。每天就是这样。站在院子里麦婶能看到西边山坡上的葱郁，有时她甚至能闻到从上面下来的花香，主要是槐花香。她和丈夫的日子，今天是这样，明天也是这样。

可是男人死了，家里的日子就变了样子。

货郎在麦婶家的中堂看到那个相框后，他常来，这到底为什么？

货郎看到那个发黄的老相框里站了一堆人，里面有自己的父亲。他问麦婶了，父亲的旁边就是麦婶的父亲。

"老人家名字叫——？"

"孟喜庆。"

孟喜庆的名字，货郎小时候就听得多，父亲一辈子好像就记下了孟喜庆一个人。

货郎的父亲和麦婶的父亲孟喜庆原来同在一起当兵，一起上朝鲜战场抗美援朝，"雄赳赳气昂昂，跨过鸭绿江"。有一天的战火猛极了，在一座山头上夺阵地，一个炮弹落在二人身边，货郎的父亲被炸伤了，昏迷，孟喜庆迎着咚咚炮火声把昏迷的战友背了四十里，偷跑到医院。货郎的父亲活了。就这样。货郎父亲从朝鲜回来就永远记住了战友孟喜庆。"他是恩人哪。"货郎父亲几乎把孟喜庆的名字在嘴上挂了一辈子。

货郎每过半个月就来一次，准时得很，像放光的星星经过天上。来了，就帮麦婶干些活儿，有时还下地。从地里回来，麦婶给货郎擀面、炒菜，把青辣子炒得香气从巷子里飞出去，闻到的人都打喷嚏。货郎的确感觉出了家的温暖，他在这里有时真觉出自己是这个家里的男人了。货郎还在地里，麦婶就准备做饭了。窗外的太阳很亮，晴朗得空气都像蹦跳的女子。案板对着窗子，窗前有树，树上有雀儿，雀儿唱出的叽喳声给擀面的麦婶增加了喜气。

货郎没有想到要娶麦婶。

一个黄昏，从村口那条河里的那条小船上下来了货郎。他今日没有担担子。

夜晚的星星是睁眼的，月亮也清亮得大而圆。

他们二人说话。

"你觉得我怎么样？"

"好。"

"咋好？"

"啥都好。"

"那你想娶我不？"

"娶你？"

"哦，娶我。"

"我把你当妹妹。"

"妹妹？"

"嗯。"

货郎的眼睛从门里看出去，落在院子里月光的白里。二人再没话了。

货郎今夜拿来了一棵五叶树苗，他们趁着月光在门口挖了坑，栽下了，还浇了一桶水。月到中天时，货郎走了。坐的那条小船，悠悠地在月光下从这个村子远去了。船桨打碎了河里的月亮。

过了两年，麦婶的女儿结婚。鞭炮就在门口响，一整村都知道了，去祝贺，还随份子。这条巷子里的另两家也去祝贺，随份子。不是女人去，是两个男人去的，比别家随的份子还重。这是两个男人商量好的，不听女人的，他们认为麦婶不易，几十年里两个女人总和麦婶斗来斗去，不知道女人没有男人的难处。两个男人去了，还抢着给帮忙，给招呼人。那天，那个院子里热气腾腾，厨子在搭起的一溜锅灶上把喜宴制作得香气满院。有鸡，有鱼，八个热菜，八个凉菜。麦婶那天高兴得像个孩子，有人竟给麦婶的脸上抹了红，她就顶着红跑来跑去，满面的笑。她活了几十年，积年的憋屈今天被孩子的喜事一竿子打得踪影全无了。

两个男人帮助贴了红喜联。

一串最长的喜炮挂在五叶树上，响了十多分钟。

麦婶给女儿结了婚，心里轻松了，一下子浑身被打扫了一样，空了干净了。过了这一年的秋分，在全村里树叶都发黄发红纷纷飘坠的时候，她锁了门，只给巷子里两家邻居的男人说了一声，让他们照看着那个空家和那棵五叶树，就默默走了。

这一走，就是几年。后来村里人才知道她和货郎过活去了。

那个货郎从这里离开后，不久病了，脑溢血，落得半身不遂，大家再也见不到那个操着河南调到处走动着的货郎了。

麦婶给货郎说："我就是来伺候你的。"

"那棵五叶树长高了吧？"

"高了，在上面可以拉绳子搭衣服了。"

2015 年 5 月 22 日　旴丘堂

咸　猪　手

一

　　T市的保安公司一般很忙碌。大活儿赚钱，这次就接了一个大活儿，来明星了，演出。像这样的大活儿几年才能碰上一次，广场上已经搭起了阔台子，几十个民工的一日三餐都是送来的盒饭。米饭上还能看见几片酱红的肉片，路过的人看了也馋。民工吃饭从不忌讳肉，不像现时城里人的矫情，怕"三高"。钟奋进从广场过时看到这样忙碌热闹的场面，他不知道要干什么，就上前问一个民工，那民工刚把一口饭憋劲着咽下去，说："明星来呀。"钟奋进兴奋地问："真的呀？"他不是追星族，但偶尔能看到外来的明星，特别是看到那些长得身款如产品，白、嫩，眼大深情的女明星，他总会想：怎么会长成那样呢？太迷人了。他就对那些女明星的母亲们莫名地产生佩服，赞叹，真会生呀，肚子竟是出艺术品的工厂。他已经有几次这样配合公安机关做警戒的记录了，实在没理由对此有太大的惊奇。可是，公司能在这次活动中挣大钱啊，能少了他的吗？他看重的是这个。

　　对于钱，钟奋进不得不重视。他至今已经快四十了，还是单身。父亲病逝得早，他很小的时候就被母亲丢下。母亲改嫁，他自己过，算是个命苦的人。熬到现在，连个媳妇也娶不到，看到别人出双入对的，他太受刺激了。他多渴望一侧臂上有个女人挽着一起回去，即使那个女人是极懒的那种，躺着，他去伺候她也愿意。可他明白这样的幻想离现实十万八千里。娶媳妇不比上天摘云彩容易。现在娶媳妇有条件，有的条件还很硬，比如房子、工作、车子。他就没有这些。房子是父亲留下的，很破了，只能勉强存身，小得似狗窝，门前有个深坑，雨天那里是个涝池，他要在里面垫了砖才能通行。那还是父亲单位给分的，几次扬言要拆，拆了他的家就完了。车子更不会有了。他这个保安的工作还是父亲一个朋友帮助找来的。一月一千八百块。一千八百，够干什么呀。他还一月必得存点，以备后患。他虽是这个小城市的人，却每天都感觉是给别人守这个城市，这个城市里没有什么是自己的，晚上头上的星星也是别人的。哪颗是自己的呢？唯一的条件是自己长得还阔大气派，面相算是上乘的男人相，应该是多数女人可以看上的呀，可就是一了解他的情况，就逃了。他从此恨女人，恨重物质的女人。一个快四十的男人，没有一次，仅仅一次接触女人的机会也不曾有过，你想想，他的白天是怎么过的，晚上又是怎么打发走的，夜又是怎么明的？他满身就是堆积起来的火药，焦渴几十年了，如果有女人突然是他的，他不用犹豫，咔嚓，他会把那个女人吃了，即使正好天在塌下来，他也不顾了，先吃了再说，图个浑圆的男人感觉。那样不妥，要有吃萝卜的感觉，脆爽；或者要有吃樱桃的感觉，慢慢滑溜着在舌上待够了再咽下去；或者干脆是红烧肉，——把女人想成红烧肉算是他最好的想象了。

进到公司，果然气氛不同以往，领导正在安排这次明星来的警戒保安任务，他悄悄坐在一旁听。正讲话的领导还是挤出一个眼神投过来，明明是在批评他迟了几分钟。平时他的确没有迟到的记录，很得领导器重，毕竟他年龄在那儿，是靠得住的人，不像那些飘忽的小年轻。领导一通非常重要的话，是强调这次明星来后怎样做好保安的重要性和伟大意义，可那些没精打采的队员个个一句话也不曾落在心里一样，似乎昨晚的睡觉被人偷去了。"听清了没有？"领导突然把声提起来，朝一群孙子般的男人耳朵上扔去，他们吓了一跳，齐声呼出："听清了！""声还不大。听清了没？""听清了！"第二声分明是领导从男人们的喉咙里拽出来的。钟奋进也呼出"听清了"三个字。旁边一个比他小近十岁的小伙子低声给他说："这孙子又是那一套。""你说呢？"钟奋进没有点头也没有摇头，这个孙子说实话待他不错，他实在没理由点头。下来是领导分配具体的保安工作，谁谁谁和谁谁谁一起在哪个段，谁谁又和谁谁在哪个区域。要求连眼睛也不能乱眨。

"这孙子，至于吗？"还是那个小伙子低语评论。

钟奋进心里这时也沉重地觉得"我们挣这不到两千块容易吗"，但他不会把话溢出嘴的。

钟奋进被安排配合几个警察近身保护一个女明星。他毕竟是靠得住的，从这里就可以看得出领导对他的信任。

二

那天简直空气也激荡起来。广场上的人溢得到处都是。平时并没有这样簇众的场景，人们多休在家里，看电视，争吵，莳弄花草；年轻人在家里经营爱，等待腻烦的时候。可今日的广场只有人，把往日的清静搅得踪影全无。

明星们已经来了，北京的、上海的，还有广州的，在广场西面一个政府的接待厅里。钟奋进他们的任务就是盯紧这个接待厅，让苍蝇灰尘也别进去。几个认识的邻居，还有过去的熟人，看见钟奋进衣着严整的样子，拼力挤着过来和他打招呼，目的是想看仔细那些明星，可钟奋进今天帮不上忙，他对旁人的招呼只点头，不说话，表情硬着。

一个小时后，广场上人们的耐心考验得差不多了，节目在一阵狂乱中开始了。那些呐喊和熙攘已经把飘荡在人群头顶的歌曲撕烂了。

演员被导演推搡着出来，一个明星出场，又一个明星出场。终于那个非常大的大腕要出来了，刚一出接待厅的门，人群就疯了，尽责的警察和钟奋进们简直招架不住了。一个警察忍不住开骂了一句，也随即震惊自己怎么会这样，就不再启口。钟奋进不敢骂，他是保安，得罪不起民众。这个女明星在夜色和霓虹灯下简直就是可爱无比的小兽，钟奋进看了一眼想形容自己的评价，无奈枯肠，但他在尽责抵挡人流的一闪念里还是想出了，呃，对，油漆过的狐狸。他只能想出这样的东西来比喻那女人。那柳叶般的形象，那一身浓烈的香气，那刻意把女人味儿夸张的样子，钟奋进在她身边的一瞬间，真以为这女人是水果做的。离舞台还有一段距离，他几乎是被挤靠得贴着了明星。他现在的任务是和几个警察把这个"狐狸"护送到舞台上。他对这种如此近的距离太不适应了，如果有百分之十几的幸福感还在，这时的幸福已经被挤碎了，如凌乱的尸。他一恍惚中，心里的那种说不清道不明的"一意"要跃出水面蹦起来了，他的手在混乱中摸了一把。这一把之后，那个狐狸是怎样在舞台上唱完，又是怎样扭动的，他一概不知了。他中了魔。

演出结束已十点多了。他们又履行完职责，等把那些明星护送到下榻的宾馆后，他们才被允许回去休息。这一天就这样完了。广场上的人群跑散得差不多了，留下的垃圾是明天穿黄马褂人的任务，与他钟奋进一点关系都没有。橘黄的灯光就在空里。对于节目的好坏他一点也不知道，他只明白他今天晚上最大的收获就是那"一把"。他的步子竟轻快了，觉得这个城市顿时是自己的，起码有他很大的一角。这时那只大胆的手痒酥起来了，那感觉直窜，就要入到腔子里去了。回到家里，冰锅冷灶，习惯了，他不想吃，但肚里总欠缺着，他从床边拿过一袋饼干，过期了，他竟没吃出异样，躺下了还在纠缠着回味那"一把"。睡前他把那只手再看看，心里决定至少一个月不能洗。那只手又跳了一下。他把手紧紧贴在自己的肚子上。

第二天平安无事，照常上班，人们的话题还黏腻腻地沉浸在昨晚的明星里，整个城市能感受到依然飘荡的浓稠喜悦。

第二天晚上新闻里自然少不了昨天的演出。也就在这一晚新闻节目播出后，钟奋进的命运在向另一个方向滑去。人们清楚地在新闻里看到，那个偏臃肿的黑黑的保安一只手趁乱在那个明星的圆盘如凉粉团的臀上摸了一把，而且还能看出那只手隐隐用了劲。新闻节目后，整个城市炸开了。不等到第二天，就寝前钟奋进的手机里就来了几个人的声响。

对于大街小巷的议论我可以劳驾分类一下，以便继续讲钟奋进的事儿。

"流氓！这个保安。"

"怎么这样？丢咱们城市的人。"

"这哥们胆大，好样的。换作我我也想蹭一下油。"

"应该把那只手供起来。"

"幸福的哥们幸福的手。"

第二天，他刚踏进公司门，就感觉到了异样。男同事们的眼光除了羡慕还有嫉妒，一个同事径直骂过来："你狗日的有福。"有福的钟奋进还没来得及喝一口茶，领导就把他叫去了，接下来是他到财务上去了一趟，接下来是钟奋进出门走了。把一个宽阔的背影撂给了一伙眼睛。钟奋进出去十分钟左右，公司里竟爆出一句：

"开除了？这太重了吧！"

"听说市上领导追究着。"

"哦。"

"都是咸猪手的错。可怜的钟哥哥，明天的早餐在哪里？"

从此钟奋进走到哪儿，都有人指着说，那就是咸猪手。他一时竟成了这个城市里岔岔道道都知道的名人，咸猪手。名人仗啥名很重要，他是仗犯错的手而名的。有名手才有其名人的。从此，钟奋进的名字在以后几年里逐渐淡出历史，代之而来的是有了很潮的名字——咸猪手。初被人叫咸猪手，他还不习惯，心里总憋气想给对方发火或把老拳递给人家，他曾和一个叫自己咸猪手的人干了一仗，勉强平手，他右臂被指甲抠去一块肉，对方的鼻子被他打得陷进脸里。还惊动了派出所，警察他是认识的，遭一顿批评了事。人的嘴怎么封得住，让叫去吧，随便。叫的人多了，他不在乎了，就答应。再时间久了，比如他在街上有人问名字，不等他说，旁边的人就替他说了："他叫咸猪手。"大家笑，他也笑。再比如一次他要给人开个条子，他差点在落款处把自己名字写成"咸猪手"，"咸"字刚出来，他先发笑了，旋改成"钟奋进"。

一点积蓄很快像泼进沙子的水，不见了，身上干涸起来。与公司拜拜，他首要急迫的就是找工作。找什么工作呢？他喝了一肚子水，从屋里出来，穿过一条逼仄的巷子，家家的烂房子都靠得很近，只余能过小三轮的路。这是矿上的家属区。天下的煤矿家属区大致都这样，虽远离煤矿，但家属区里总飘散着淡淡的煤味儿，这绝对是矿上的那些男人带回来的。咸猪手从这里出去，目光一溜儿瞄过去，刚好看到的是两边的阳台。阳台上有种花的，有养草的，家家似乎都有一个偏胖的女人有事没事在阳台上莳弄，或者开了窗子，和对面的同样个子或肤色的女人说几句非常生活化的淡话。这些女人是不会养花草的，所养的也不上档次，养一两年就死了，再买，满腔对生活的热爱。男人们绝不稀罕那些花草，从不买，任女人弄。男人们早上从家里出去，从矿上回来天就黑严实了，女人把饭菜和一瓶"西凤"放上桌就没事了，她们吃过了，就等男人吃了去洗涮。男人吃饭时，女人趁机看一会儿电视，给男人有心无心地说几句白天在街上看到听到的新闻。男人一般不太听，任女人嗑牙。这一天和昨天和明天基本一样，男人吃了饭，如果没有邻居男人来聊，就可以睡下了，天天这样过。咸猪手知道矿上男人女人都是这么过的，像是谁给规划好的，每个家都是循序的。但咸猪手不是这样的。他是矿上的子弟，没有在矿上就业，就和那些人不一样。自从父亲死后，母亲走了，他就慢慢觉得自己和矿上没有多少关系了，见了曾和父亲同事过的老头，他偶尔去叫一声叔，别无其他更深的瓜葛。咸猪手走到了巷子口，眼前阔了一下，那条南北走向的路两边摆满了摊点。偶尔有车从路中间过，司机还要呼着让一些摆得太出的摊子挪挪，那些摊主免不了要骂骂司机："从这儿过？眼睛装裤裆了！"这话虽火星四溅的，但司机是忙人，不会和摊主计较，挪开过去就算了。北边有两个打烧饼的，一个是甘肃人，一个是蒲城人。咸猪手常去买甘肃人的烧饼，大，夹菜让自己来，可以随意夹菜，烧饼能夹成一个圆球了。这样的一个菜夹馍能占去半个肚子，他只需考虑再买一两块钱的东西就可以对付一个半天了。实惠。甘肃人的老婆偶尔也给男人帮忙，手脚麻利。那女人是天生丽质的，穿什么都好看，皮肤麦色却极耐看，鼻梁高耸，眼睛饱泉似的。咸猪手常思考她是怎么嫁给这个小个子且脖子细长头如勺子的男人的。里面一定有故事吧。终不得答案。单身男人总有许多散发在自己生活外的想法，咸猪手就不多在自己身上想却想在人家两口子身上。天天从这里出来，要买这买那，摊主们不认识咸猪手的少，且多半已经知道了在保安公司上班的咸猪手被开除了，因为他摸了明星的屁股。在这样以吃喝为主的小社会里，政治的雨点几乎落不下几滴。对于钟奋进的咸猪手，说说也就罢了，谁再提起也没几人接口。菜价的涨跌才是他们最关心的。曾有几个过去交往过的哥们，见他现在脱了保安服，才有机会招呼，从老远处就唤："猪手！猪手！"把"咸"字也略了。咸猪手不生气也不热情，等他们走近了，彼此掮掮眼神，也就走了。他们瞧不起咸猪手，咸猪手也看不上这帮胸无大志的家伙。

在外跑了几天，主要是寻工作。其次眼睛看了许多女人。工作不好寻，满街的女人都是有家的。这几天眼光最无节操。

他实在耽搁不得了，决定钉鞋。于是在巷子口处，一个肩背宽阔的男人面前支起一个咯噔咯噔的钉鞋机子。男男女女鞋脱了就坐在他的对面，从脚上脱下的鞋子味儿不错，活泼在他的鼻子上。

女人钉一个掌子八块，男人的一个四块。上锥子补一个口子看大小，小的最少三块，大的也有十块的，得看难易程度。这些常识咸猪手在慢慢把握。

三

说到这儿如果蔺草草还不出场，就显得我讲钟奋进的故事头绪不明。

钉鞋的事也是手艺，起初，钟奋进不老练，常被锥子扎破手，慢慢就好多了。他也学着脸上堆笑。那天正埋头做活，一只女人的脚伸到他的眼下。他认识那只脚。他从脚尖一直看上去，小腿、大腿、小腹、耸胸、下巴、眼睛。

"钉鞋？"

"哦。"

"被开了？"

"看笑话是吧？"钟奋进头也不抬。

"你的手现在还是那么贱。吃亏了吧！"

"咸猪手嘛，我愿意。你如果是来教训我的，请走，我忙着。你教训我的资格还不够。"

"我走了，有啥困难吱声。好歹和你有过一场。"

"没困难。"

这女人是那种成熟过火的类型，学识不多，身上却有一股城市酱辣的味儿在。如果男人在她的床上，她就是一袭深色的绸缎衣裙，会把男人活活严裹而死。男人从这种女人身上还可以感觉出她是一碗可口但又烫嘴的甜味十足的粥饭。蔺草草离开时咸猪手只瞥了一眼，极似浓夏的阴影。蔺草草故意把她肥圆的臀在裙子里拨转着走，两边的眼睛都看过去。

蔺草草是宋书理的媳妇。宋书理和咸猪手曾是哥们，一样大，一起上学，是邻居。宋书理的父亲和咸猪手的父亲也曾是好友，宋书理的母亲还是咸猪手的一个远房姑妈。蔺草草是别人给咸猪手介绍的对象，咸猪手很认真很卖力地谈了三年，睡了两次。这实在不算多。宋书理这哥们在咸猪手谈恋爱时每天要来他家至少一次，吃饭、睡觉、洗衣、喝酒。时间久了，蔺草草看上了宋书理。看上了，也没办法，咸猪手给宋书理说："我睡了。"宋书理说："我不嫌。"又说："我也睡过。"蔺草草就成了宋书理的对象，历史的推演终止于她成了宋书理床上的媳妇。咸猪手对蔺草草是用了心的，等蔺草草渐渐去亲密宋书理时，他问过蔺草草："宋书理有啥好？"蔺草草说："不知道。"宋书理一米六五的矮个子，一侧耳朵上吊着耳环，满嘴的烟味儿，卖弄时就会把几首唐诗唱得像吊死鬼寻绳，撕肉的感觉。就这些。蔺草草到底看上他什么了？凭钟奋进的学识考证不出结论。

蔺草草成了宋书理的媳妇，在咸猪手和宋书理、蔺草草之间显得顺理成章，不露痕迹，如跨过一个步子。此后多年咸猪手和宋书理断交了。这断交也顺理成章。一树的叶子落了，枝条光秃，一个冬天来了。

咸猪手钟奋进的日子就这么过。钉鞋。有了手艺，能挣钱，他不为日子愁了。这时的他又回到往日的心情里，觉得这个城市，这个日子，也有自己的一块子，虽然他不知道哪块子是他咸猪手的。因就在那条他熟悉的小街上，离自己家里近。他的钉鞋摊离那个烧饼摊近，斜对面，每天还能看到那个天生丽质的甘肃女人操着重口音和他说一两句。这条小街背着小河。咸猪手的头抬起来，眼光就看到河里。说实话，凡城市都有水，要么在河两边，要么在河一侧，有水就有灵一样，潮润，不涩巴。这个城市没有。咸猪手面前的这条小河，实在称不上是一条河，细小，从没澎湃过，即使下雨。但到底这么一股水从哪儿发源的，没人探究过。有了这么一条小河，整个城市特稀罕，河两边居住的人也多，政府多想这条河大起来。有环卫工人专门守护，不许往河里乱扔，河里还干净，水也较清，映着两边的柳树和房舍。有水，水两边就长草。河滩却没人整理，烂着。咸猪手眼前的柳树在风里摇曳，那是从河滩里上来的风，逗了逗柳枝，就飘到街上，跟随人窜没了。

咸猪手的日子每天就这样，从房子和树隙间落下来的一片阳光刚好贴在他的身上，再过一两个小时，光就会移挪到他的面前。当光在背上觉得烧时，他挪挪凳子，避开。他爱吃鸡腿炖土豆。现在每天兜里不空了，他才有心情偶尔给自己肚子一些犒赏。鸡腿炖土豆，土豆是那种小土豆，比红枣还要小一圈的小土豆。炖得烂，一口一个。肚子饿了他就走，把摊子让那烧饼摊子的女人给看住。卖菜的就在面前，不耽搁时间。他急急买了菜就回去做，吃了马上来。有时不想做饭了，吃三个烧饼，对付到黄昏，回去了再细细做一顿。天生丽质给他的烧饼总会烤得黄焦，且大。他想他是老主顾的原因吗？天生丽质也来钉鞋粘掌，他一律免费。

这两天他住的小巷里死了人，矿上的，花圈就靠在两边人家的阳台上，以防被风刮倒，用绳子绑死在铁丝上。死人的这家，是河南人，请了豫剧自乐班，唱了几天了。自乐班在小巷的一头唱，声就顺着巷子两边溜，把这一片弄得几乎颤悠起来。如果是陕西人家死了人，请的当然是秦腔自乐班，这一点很分明。咸猪手回去就要侧身走过豫剧自乐班的身后。自乐班旁边还站了几个穿孝衣的孝子，认识咸猪手，点了头，算是招呼。死者是矿上的老职工，曾和咸猪手的父亲共事。他不去吊唁说不过去，于是他吃了饭，看了新闻联播，就出去买了火纸，到死者家里走了一下，无非磕个头，燃炷香，问问长辈是怎么殁的，节哀顺变，走时给礼桌子上放二百元，算是这个门户行得很有脸面了。去年大部分行门户还是一百，今年涨价了，翻一番。他算是随行情。也因为他去年没有工作，毕竟今年有那个咯噔咯噔响的东西挣钱。行门户要登记的，是要记住别人对自家的好处，经常翻看，预备以后给人家把这份情意还回去。写簿子的是个长者，不认识咸猪手。问他名字，侧边一个嘴快的男子说："他叫咸猪手。"后边的一个穿孝衣的女人把嘴快男打了一下。咸猪手说："不要紧，没事。"给写簿子的说："钟奋进。"又看着在钟奋进名字下面署注了二百元。他出来心情却扭着，想起自己的父亲。晚间的月光在这条小巷子里像团孤独的情绪，花圈刺眼地靠在那儿。

街上已经飘闪了一个多月裙子了，今天咸猪手才发现，知道真的到夏天了。夏天对他来说，衣着没有变化，只是穿单薄了轻便，动作灵活。屋里也不用生炉子了，多么简单。好。冬天他为了保温，门窗不轻易开，屋里都捂出味儿了。他摊子面前的天生丽质却没有穿裙子。他断定她穿了裙子准不比城里女人差。他偷眼看她时，几次她的眼睛也碰上了，碰得彼此有点疼。他迅即装着无比稳定，看手里的活儿。那个男人回老家了，据说家里有事，这几天只女人一个支撑着摊子。烧饼黄焦，数量质量和男人在时一样。女人身后就是河，她的头顶和身后就垂着柳枝，两三枝长得她动起来老是碰到。她不去拽，任它垂着。工商所的人有时来检查，虽然乱，但不说，三两个一起来，电话打不完。咸猪手认识他们，他们也认识咸猪手，知道咸猪手是这个城市的名人。里面的一个白净小伙，检查时不向别人招呼，每次都招呼咸猪手，挥手、点头，挥罢手又把手握在钥匙上，捏着玩。

这一天的中午竟下起了雨，不大，逗街上的人一样，一滴两滴的雨点少却大。有了雨，街上立马乱起来，但有的人并不慌，想用这雨点把上半天的闷热打一打。年轻人故意脱了上衣，让雨淋。按说这时咸猪手的摊子该收了回去，但他不想回去，只是慢慢看风把柳枝吹掀得斜在空里，呈弧状，一枝一道弧，空里无数弧，风动弧动。

正是烧饼摊子忙活的时候。

"我给你回去拿把伞来。"

"不用，大哥。"那女人的口音真的有些异样。

"看着我摊子。"

咸猪手起身就跑起来。他的家的确近，从巷子里进去不远就是。他是猫着腰，把手掌遮在头顶上跑的。跑到巷子中间，他偶尔发现身上有花瓣在纷纷地落，他的周围也有花瓣在落。雨点和花瓣混着落，像他的心情。头顶上还有咯咯笑声。他仰头看上去，一侧上面的一家窗户里是两个女孩手伸出上半身来扔花瓣，看到他在花瓣里奇怪，就笑起来。这种花瓣他不认识，淡红，每一瓣都凹弯得像孩子的笑靥。他在心里说：这两个淘气鬼。他突然想，若他家里有两个这样的淘气鬼，也非常好。

他家里没有伞。翻遍了，没有。他忘了，以为伞还在那里，却没有。

他奔出去买伞。

四

秋天是瞪着眼来的，穿堂风在街上乱钻，见缝插针。这一年眼看就要完了，咸猪手的收获是逮啥装啥。挣着钱，踏实。他感觉空气里满是肉丸子似的好处。天气的变化男人不太在意，脚下凉了，腿在风里走时真像是遭水泼。女人敏感于此，加衣论日，咸猪手才发现街上的裙子逐渐消失，只有个别年轻女人还穿，那是拼火气呀。他是冷到哪里就穿到哪里。偶尔的黄风把空气里也搅得飘摇不安。一溜的柳树叶子落着，风朝东吹，叶子就落在街上；风朝西吹，叶子则落在河里。

一天，宋书理和蔺草草从这里经过，有事的样子。宋书理和蔺草草在他面前停了一下，宋书理问："猪手，可以？"咸猪手说："哦，活命么。"宋书理又说："我说兄弟，你我毕竟友好一场，还是娶个人过吧，别挑剔。"咸猪手说："操自己的心吧。"他起身去厕所，在厕所里咬牙狠方便了一把，他出来，宋书理和蔺草草已经不见了。

街面上也不很太平。咸猪手因为手之惹嫌，现在的他乖顺多了，看到一些事情也不愤然而起，叹一声就算了。但这一次，他实在没有忍下去。这是个晴好的日子，街声正起，人们哄哄着生意。他刚做完一个人的活儿，只见从街那头跑过来一个年轻女人，把裙子都跑得横飞起来，从人缝里穿过来，还喊着："抢人了！"咸猪手有保安的功夫在身上，一个跃起，把迎面跑过来的一个男子拦住，他只挥起一拳，那个贼子就像树叶一样从面前离开了，等人们细看时，那个贼子斜歪着趴在河滩里。这一幕非常漂亮，周围的人几乎被咸猪手这一招惊呆了。众人围起来，一会儿派出所的警察来了，从河滩里拉起那个人走了。隔几日的报纸上有记者报道了出来，题目是《昔日咸猪手，今日英雄拳》。报纸一出来，就有人拿着报纸来到咸猪手面前弹着报纸说："嗨，行呀，这下又火了。"有了这一出，咸猪手昔日被人低看的眼光似乎一下子不见了，风吹了，真干净。他也似乎一下子从人们的眼光里升格为一个比整条街道里的人要高的人了。天，从那日起，他觉得愈加晴朗了，云彩也如女孩一样清秀可爱，气温下降这几日也没感觉出冷来。

那个受欺被劫的女人，是蔺草草的妹妹。

这就又来了一出让咸猪手意想不到的事情。那天，咸猪手收摊回去，门竟半掩着，小心推门进去，屋里没了平时的凌乱，干净整洁，锅台上的碗筷也收拾得放在了该放的地方。他像进了别人的家。这是进女人了，他判断。判断正确。正疑惑间，里屋床上一个女人的声悠忽着出来："饭在锅里，我在床上。"咸猪手吓一跳，是蔺草草。锅上气冒着。咸猪手不敢去看里屋，朝里屋问："你咋进来的？"蔺草草说："你忘了？我们分手时，我有把钥匙。""你来干啥？""我来感谢你呀，你帮了我的妹妹。"

读者可以想象，床上是酥胸半露或者玉腿斜倚，一幕熟透的生活景象。

咸猪手开门踏步出去了，还把门拉得哐当响。他顿然觉得身后的这个家似虫蛀了的木头。

刚出门，头上先是几句爆语落下，接着在面前一个响，一个瓷碗差点砸在他头上。是上面那家两口子吵架了，正吃饭着，却吵架，碗就忍不住从窗口出来，男人发火了。筷子不会也飘出来吧，咸猪手抬头看看，等了数秒钟，没有筷子出来。是那个曾经飘花瓣的窗子。

一个月过去，咸猪手的倒霉日子彻底不见了，他的空中似被扫帚扫了，只有瓦蓝，鸟儿，歌声。好事悄悄在找他了。首先，保安公司的人事经理来了，笑意十足。在他家里喝了一杯茶，掏出来意，说："公司让你回去。"咸猪手愕然，问："回去?"经理赶紧说："待遇和中层一样。"咸猪手面对这样的事情不知该如何是好。经理喝第二杯茶："公司希望你能答应。"经理是个好人，像这样的胖墩和眼镜和平头和西装和腋下的黑包，从巷子里出去，谁都会认为他好。果然，那只善咋呼的黄尾细腰的狗没有出声就让经理安然出了巷子。

其次的好事是，过了十多天，那条细瘦的巷子两头墙上贴了好几张布告，凡墙上有空隙的地方都圈个拆字。咸猪手门口有空隙，就有一个圈，拆字居中。如在旧社会，烧掉了居处便有深仇大恨。但到了现在，则大致的规则是，先要讨价还价，包括少不了的哭闹，竭力鼓动老及女人和政府对垒，等政府答应了肥厚条件，则皆大欢喜，忍不住载歌载舞。红的钱，非常可爱。咸猪手住的这条巷子里的人，也是不好缠的，尤其矿上的，讲什么理！他们认矿长，不认市长。他们也经过了谈判，堵路，哭闹，和女人的齐集出动，最后尘埃落定，都好。

毛算起来，咸猪手这套矿上分来的房子是折给个人了，成私产，这次他能得到五十多万。五十多万，这个价，很心动，基本家家都心动酥痒。

咸猪手去保安公司上班了。

宋书理的耳朵和嗅觉堪比警犬。在咸猪手上班的第三天，宋书理就开始积极给咸猪手张罗婚姻了，他主要担心自己的婚姻稳定性。在一个月里，他就三次引着单身女人来到咸猪手家里相亲，给相亲的女人屡次说着这里是要马上拆迁的。那些想嫁男人的女人，最知道拆迁的意味，于是乎，女人几乎是捧着笑脸来相咸猪手的，咸猪手成了女人的猎物。按说这样积极竭力的宋书理混几顿像样的酒是人之常情，但咸猪手没有大方一顿，只把街上天生丽质的烧饼买回来几十个，说："这好吃，一人吃五个。"他先大口吃起来，给宋书理和另一个女人做示范。

初冬的第一场雪就很大，把许多树枝压断了。一个被黑乌遮覆的城市，一下子白洁了，像进了天国琼海。咸猪手按时上下班，在雪地上走出，又走进。在冷风呼啸那天，他经过小街时，没有看到甘肃的天生丽质，就问了旁边的人，答："她男人出车祸死了，她在这里待不住，带着孩子回老家了。"他："哦——"这个哦比平日的哦要长出几十倍，一股心酸和同情把这个哦浸泡成透彻心腑的痛。

"多长时间了？"

"半个月了吧。"

"哦。"

"过重阳时回去的。"

"哦。"

咸猪手上班还不到两个月啊。

他回到家，心里憋闷。外面还在有心无意地飘雪，小巷子杂乱不堪，从窗子里看出去，白的一道，是路。没有人打伞。他的外窗台不阔，也积了一条白。屋外把屋里映得比平时亮多了。

注定宋书理的操心是多余的。他还在不断地朝咸猪手家里引决意出嫁的女人，且每次在进咸猪手那个低矮破败的屋子前，宋书理都故意把那个拆字指给那些女人看，果然拆字能附女人的魂。

在第六次带来女人相亲时，咸猪手家的门锁了，人不在，宋书理在脚下垫了砖头看进去，没有人，摇门，没人。他们走了。

咸猪手在前一天背着背包出门了，朝甘肃雪深处的方向——他知道甘肃的雪准比这里大多了。他穿了一身新，背包里给那个天生丽质也带了一身新衣服。

等他从甘肃带回了一个女人和一个孩子走到小街时，巷口的眼睛们明白了。次日，拆迁的人就来了，在这里制造出嚣杂声。

咸猪手结婚时已经四十一了。他是有狐朋狗友的，那天结婚的鞭炮声响从巷子这个口拉到巷子那个口。最后，一个响差点炸了天生丽质的尻子，天生丽质跳起躲，惹一片哄笑。

天生丽质说："你名字是钟奋进，不是咸猪手。记着。"

"行。"

天生丽质说："以后谁叫你咸猪手，给他一个瞪眼。"

"行。"

天生丽质说："我叫一个，钟奋进！"

"有。"

咸猪手的女人以后还摆摊打烧饼，生意奇好。

咸猪手慢慢不被人叫了，成为钟奋进人生途中的一段历史。他叫钟奋进。

2015 年 4 月 23 日　盱丘堂

小镇大油条

这个镇子像柳叶，两头窄，肚子宽。我常想，有股大风，镇子就能飘走了。当然是笑话。镇上一些部门就在肚子这儿，镇政府、中学、邮电所、储蓄所、派出所、供销社、电管所、卫生院。二十世纪八十年代初，一般人考了学，吃了国家粮，找对象就不找乡下人了，朝高着找，也找吃国家粮的。可哪有那么合适的男女呢？多是小伙子多女孩子少，这就不好配。有的小伙子死等，等得胡子长起来也是等，绝不找吃农粮的女孩子。我认识一个师范毕业的，在镇子旁边的小学教书，可几年了总找不到有工作的女孩子，一家人发动得想要掘地三尺，可把周围几十里搜寻遍了，也没有合适的，他还是等。还好，碰到一个，二话不说，赶紧结婚，等得他结婚时差不多近四十，热菜也成凉菜了。那时的女孩子也是一门心思寻思着嫁个吃国家粮的，遇着一个国营小厂子的工人，也要嫁。那时她们也分不清工人干部，只要吃国家粮，就是国家人，把一些国营厂的酒鬼也当宝贝追着嫁。可是，一个镇子就这么多单位。有了这些单位，镇子好歹有点城市气象。也由于单位少，这些单位内部的人便互相找，恋爱结亲，眼界就那么宽，没办法看到外边去。邮电所的男的娶了储蓄所的女的，中学的老师嫁了派出所的小警察，镇政府的中专生和供销社的人谈恋爱。这个镇上，卫生院的护士多嫁了中学的老师。电管所的几个小伙子不好找对象，是他们土气，还是别的原因，我说不大清楚。就这样，在一起住，在一起谈恋爱，既简单，也方便。这就使得在一个镇上吃国家粮的人，大多是亲戚，牵一发而动全身。比如，镇上今天出了一个什么政策，睡了一晚醒来，明日整个镇上的单位都晓得了，简直不用开会传达。又比如，中学里哪个老师有了桃色新闻，不用说，次日，就在次日，肯定全镇知晓，不留死角。我在镇上的中学教书，经常在镇上走动，对这样的事情太清楚了。镇上的生意说不上好，也说不上不好，每天都是那些人，除了在三六九逢集时，人稍多点，平时哪家生意啥样还是啥样。像一口池塘，再有风，起水花也就那么多。东家买了西家一斤葱，西家就拿东家一包调料；左邻买了右舍一个锅铲，右舍就去照顾左邻一瓶酱油。彼此和气，不多言语。都求一个日子，谁也发不了财。

镇街道是东西向的，肚子左边是镇政府、邮电所和派出所，右边是中学、供销社、储蓄所。散开着，也像有意布的阵。在这里工作的，心里都清楚这些单位有多少人，谁是麻子谁是光脸，天天见。晚上只有镇政府门口那里一根电杆挑着一盏灯，模糊地亮一片。春夏就有一堆人在灯下下棋。电杆旁有棵槐树，很大了，曾经有一年，树上吊死过人，听说是为了和政府打官司吊死的，尸体发绿，见的人说出来，吓倒一片人，这样几个月里没人在灯杆下下棋了。过了那个年，淡了那个死人的事，摊子又摆开了。那一阵，我晚间从镇政府门口过，心里也打颤。

不过，小镇是小，从街东头朝东走，要过一座小桥——石桥，石桥过去就到了一片竹林。石桥也确实小，就弓在河上，东头几家楼上住的人，推开窗，一眼就可以看到谁从桥上过来了，谁又过去了。早晨，尤其是早晨，要赶集的人，多是背了背篓，背篓里是农产品，从桥上过来，竹林里泻出来的阳光把他们的影子掀到桥西边。到了下午，镇上单位的职工，双双过了桥，想去竹林那边乘凉，走到桥上是不敢牵手的，过了桥才敢。水流也细，水边有石头，逢周末，女人来河边洗衣服，也多是镇上几个所的女人。洗衣服也顺便交流新闻，邮电所的、学校的、镇政府的、派出所的，全知道。河边是新闻中心。

我给大家要说的是邮电所的一个男人。邮电所和卫生院是对门，在镇政府东边。这个男人是顶了父亲班的，在邮电所负责包裹业务，就是把收得的包裹，登记了，归在一起，等邮车来了再送上车，他一天的任务就完成了。邮车大约在下午三点到，因此过了三点，他就是镇上的闲人。他叫靳晨光，他父亲名字叫靳早云。靳早云退了几年了。那时兴接班，工人都能接班，到了年龄，有政策，在家里挑一个子女，放到单位上，这就成了，接着拿工资。靳晨光就是从家里挑出来的聪明的子女。这靳晨光也是聪明。单长相就不俗，神采奕奕的，身材像个苗条女人，浓眉大眼，爱穿运动装。他能跳舞。那时镇上没有卡拉OK，只有收音机，靳晨光有时就到县里去跳舞。也不是常去，只是偶尔。有工作、长相又上乘的未婚男人，恰年龄在三十以下，这在镇上也算是不大不小的事，有的未婚女孩就易盯上他。他也不是眼睛不抢的人。靳晨光没有什么大毛病，就是爱打扮，爱穿个白裤子，头梳光，眼发亮，从街上满面春风地一过，分明是想夺那些单位的女人眼球的，谁都看得出。我那时心里就嫉恨他，他把女人眼神都收去了。

靳晨光果然不久就和我们学校的一个老师谈恋爱了。那个老师姓魏，微黑，可眼睛大，身材作为女人，有些不尽如人意，属宽版式，丰腴过余了。但那嘴唇赢得不少分，值得男人喜欢，宽厚，棱角又分明，吻起来绝不会太差。你想想，薄嘴唇，就带了薄气，吻起来有什么意思啊。她代音乐课，嗓子不太好，唱起来欠火，可弹琴好。学校有两个男老师想和她谈恋爱，她执意不和老师谈，道理是，和老师成了一家子，家里开私塾啊！她坚决不。从心里看不起老师。

本来靳晨光单位有宿舍，两人一间，像医院的床位，住起来很好的，可和这个女老师好上后，靳晨光为了"方便"，就租了东头街道里一个老太太的二楼一间房子住。方便？意思其实都懂。出租房子那个老太太不简单，老伴死了，银发老太，干净利落，一把藤椅坐到天黑，见人也不问话，眼神能看到过路人骨子里。从她的脸面看，大鼻子、方脸盘，一侧耳垂上有一颗痣，至今还黑亮着，断定年轻时绝对是美人，靠近八十岁了，眼不花耳不背的，一身深色绸子衣服，面前的竹拐杖锃亮似一根铜棍。他老伴不知是干啥的，可全镇人明确知道老太太有个哥哥，过去是带部队的，跟着蒋介石去了台湾，后来给老太太寄回来一笔钱，老太太就盖了一栋两层楼，一楼一侧自己住，一侧是个油条铺子；二楼常年出租。她用房子养老。她有儿女没有？好像有一个女儿，嫁得远，不见回来过。谁也没见过她女儿长什么样。老太太有个干女儿，就是在她一楼一侧炸油条的女老板。老太太喜喝豆浆，对油条死活不喜欢，有了这个干女儿，喝豆浆实在方便，天天喝，把一个老美女（可称为资深美女）喝得肌肤顺滑，眼放光明。喝豆浆她给钱，不占一分便宜，月月结清。

靳晨光不是住在了二楼嘛，和那个魏老师。宽阔的魏老师，跟着靳晨光住，一点也不担心靳晨光会花心。一个在前，一个在后，常常一问一答。一个说："乖乖，你走慢点。"一个就慢一点等后面的。一会儿又说："乖乖，拉着我。"一个就把手给对方，拉起来走，很亲密。这样的亲密，老太太看不惯了，一天晚上就上来要他们的结婚证，靳晨光问："干吗啊？要结婚证干吗啊？"老太太说："住要合法。"没有结婚证，老太太就要他们离开，免得人说她容纳不正经的人。"晦气了我，我可不答应。"这把靳晨光逗急了，想吵一场，魏老师挡了。有时他们回来迟了，也把楼梯踏得吱吱地响，让老太太睡不安生。靳晨光心里也骂老太太："你年轻时就正经得很？谁信！"但这话只有在心里说，不敢说出口。

为了安抚下老太太，靳晨光有的是办法。他引着普积寺的小和尚来给老太太算命。天下能算命的和尚多，普积寺和尚也会算命。有点落了俗套的感觉。靳晨光在镇上没有朋友，可和普积寺的两个小和尚好，而且是真好。这个镇子，说实话真没名气，可有了西边这个普积寺，镇子在周围十里八乡便有了名气，镇子的名气全是这个普积寺给争得的。我去过这个普积寺，可我不进去。进去有啥可看的呢？我去了几次都在寺庙外张望，只看到有出入的人，有飘出来的香火味儿，有门口的一副对联，也能听到好撞钟的人偶尔撞出的嗡嗡音。嗡嗡音像袅袅烟雾，把镇子搞得神秘莫测。我喜欢站在远处望，就像我不愿走入一个人心里一样，进去了，那个人就没啥向往的了。寺庙高耸在一个坡头，曙色每每先到那里，然后再到镇子街上。

靳晨光和两个小和尚是朋友，镇上的人都知道。一个小和尚矮，一个小和尚高，年龄都和靳晨光差不多。当三人一起在镇街上走，把靳晨光夹在中间，两边清灰衣服，中间白亮衣裤，是不少眼睛盯看的对象。我看到这情景，曾说是"左右逢圆"。这一说法，

竟被学校的老师们誉为最宜的，颇妙。高个子的小和尚不知是哪里
人，脚特大，像两个船桨，能看出那双船桨把街道里的风也划得噗
噗响。他们一起喝茶，一起饮酒。我和多少人都犯过疑，靳晨光怎
么会和这两个"圆"成为好朋友的呢？不该啊。靳晨光怎么看也是
入俗极深的人，可偏成了和尚的朋友。有些事真的说不清。可说清
了就不成世事了。不是靳晨光为了讨好老太太，让小和尚算命吗？
小和尚自然知道靳晨光邀他的用意。就在一天晴好的时候，三人进
了老太太屋子。一番施礼，又竭力客气。小和尚把最好的吉祥话说
给了老太太，主要是说老太太的寿数，差点要说老太太能活过彭
祖。这样的话，老太太自然高兴得银发乱颤，那天破例看不到靳晨
光的"讨厌"处了，也把靳晨光结婚证的事忘干净了，老太太让干
女儿给这三个人炒了几个菜，又提了对门一瓶五年"西凤"，都脸
红了才满意。

"我能活百岁？"

"那能有假？绝对百岁。"

"说实在的，我身上连痒都没痒过几回。"

"老太太寿比南山。"三人一齐叫。

可过了几日，老太太终于记起靳晨光和魏老师的结婚证了，又
觉得活过百岁不太可靠，就找了一回靳晨光。靳晨光不得不让老太
太的干女儿说话了。条件是，天天吃油条。

老太太干女儿是个能干的女人，在镇子上炸油条已经快十年
了，本有几家炸油条的，但唯她家的油条大，像椽，夹起来还有点
像黄狗尾巴。因为大，把几家挤垮了，她的铺子成了东头唯一的油
条铺子。靳晨光答应的条件是天天吃油条。中午饭二人都在各自单
位的灶上吃，只有两头的早点和晚饭吃油条了。老太太再不提靳晨

光和魏老师的结婚证，也不赶他们走了。这全是油条老板的功绩。做人要紧，那就吃吧。可天天吃油条怎么行呢？二人的胃口早倒了，倒得彻了底。但还是做人要紧。他们和油条老板约好，不下楼，他们开窗一声唱"山山岭岭，哎，敲起鼓打起锣……"，下面就把油条装在塑料袋子里，上面窗子里一根细绳子下来，油条慢悠悠上去。多数的早晚都是这样的。靳晨光和魏老师吃不了那么多油条，就在油条老板和老太太不注意时，把油条带出去，分给小和尚或者街道里的孩子。这样还不能彻底解决，有的油条，他们就压在床底下，也有坏了的，搞得整个房间里满是油霉气。

油条的确大，小和尚也说大，吃了靳晨光油条的人都说大。小镇大油条，都知道东头这大油条。

我离开学校不久，听说靳晨光也进了城，是到县邮电局里。有人想，这下魏老师要被靳晨光甩了吧，可没有，二人结了婚。结婚时，魏老师肚子已经大了，老太太眼睛毒，早看出来了，催促魏老师赶紧结婚，他们就结婚了。

到底靳晨光和魏老师吃了几年大油条，我也说不清楚。有几次，靳晨光来镇子上，有人问起大油条的味道，靳晨光说："哎呀，别说了，油条我是一辈子也不想吃了。"

那个油条铺子还在，我去年去镇子上时，还见到那个油条老板，已经算是发财了。油条还是那么大。

2017 年 5 月 22 日

小镇无贼

镇上很少有贼。

一个三岔口，东边临河，西边三条沟通向三个小地方。三岔口算是这里较为开阔的地方，三条岔沟里竟住了不少人，于是有了镇，有了集。三六九从三条沟里会出来许多人，笑着，背着篓子，引着孩子，狗也跟着，来上集，购物，然后喜着回去，回到岔沟里过自家的日子。日子清静得如飘荡的一朵两朵云。集就在车路上，车少，来了车，司机把头伸出来慢慢过，大家都躲让，车过去了又把摊子挪过去占住地。集小，平时来的人大致就这么多，三条岔沟里的人都差不多认识，堂哥堂舅二姨六婶七大爷，都熟得一塌糊涂，见面就打招呼。集上走的狗跑的鸡，人们都能猜到八九分是谁家的。

镇上当然有政府，派出所、邮电所、储蓄所、信用社，一应俱全。政府里出来那些头梳得溜光的干部，他们是沟岔人想避远又离不开的人，个别人家常去镇政府有事的，狗也认识干部，见面格外客气，摇尾，有时还用舌头舔裤腿脚面，奴气十足。派出所所长是这里十足的名人，本地人，谢顶谢得厉害，只余几根头发，他格外珍惜，落下一根便揪心地疼，每天要小心翼翼地视作孩子屁股一般在头上经营，梳理平展了才出门执行公务。河的两边有不少柳树，冬天时，风摇柳枝，到了春夏，柳枝非常青绿地在风里摇摆，枝条里快速地飞跃着尾白的鸟儿，叫声直落水面上。

镇上很少有贼，这让派出所多年来很安心。

临近年底了，河道里清静，集上却热闹。平时在城里打工的年轻人，揣着钱，买了东西，回乡过年。镇上人葱蒜调和面割肉买豆腐等巨细，要在集上买，大包小包的。也有打了一年工年根结不了账的，空手回来，俯首低头，觉得很对不起老人孩子和老婆，看着别人家喜庆地过年，自己家只有凑合过一个年，过了年再去赤膊索要自己的工钱。

栓劳今年就没有要下工钱。

没要下工钱，栓劳并不愁，他有手艺，偷。他曾和几个弟兄偷过，属这里偷鸡摸狗之人，派出所进去过几次，和那个谢顶所长自然很熟悉，见了所长赶紧从口袋里掏出揉得皱巴的纸烟，所长一般是叉开五指拒了，嫌他的烟档次低。在家门口的集上做贼实在不好，风险大，向谁下手不向谁下手往往不好决断，弄不好就是一个远居的亲戚，找上门来肯定要退，且脸面扫尽，传出去在周围走路都觉得身后有刺，怎好把他们的家人叫姨叫舅叫表叔？

离过年不远了，今天他就想有所收获。他光着头，蹲在路边看。从南边照下来的阳光就落在河边，几个人背着东西沿着河边朝一条岔沟里走进去。正是阳光最好，也是集上人最多的时候。越过两边房脊斜照下来的阳光，在集上涌动着的人头上跑，长发的、短发的、戴帽子的、留着盖子般发型的，集上散发着的味儿是人身上的也是人拿来的东西上的。总之，这种味儿一直要到天色快昏黑时才淡去。

栓劳蹲在那里实在不像正经人，他在面前的一个水坑里照了照，觉得自己缩得像个问号。"我像贼吗？"确实像。

"来了？"

"来了。"

"买东西？"

"哦，买东西。"

不管是从三岔口上去还是从三岔沟下来，到处弥漫着山里人生活的气息。

一个沉沉的皮箱从集市的人缝里出来，一直拉到栓劳的眼前。那是城里文化人出门才拉的箱子，还有密码。果然栓劳抬起眼睛看，是一个年轻的戴眼镜的城里人，高挑个子，黑呢子大衣。

"大哥，龙岭村离这儿有多远？"

"龙岭村？那远着。"

年轻人看看天上，又看看集上，眉毛一动，是有点发愁了。城里人又问了问路程，说自己要看同学的，要去买点礼品，委托大哥看看箱子，箱子沉，带着实在累。

"我？我给你看着？"

"你有事吗？如有急事就不麻烦你了。"

栓劳赶紧说："没事没事。"他从没有给人看过东西。

"你不认识我呀？"

"不用认识。"城里人笑得非常清纯。

"你不怕我是贼吗？"

"大哥真会开玩笑。你那么厚道，怎么会是贼呢？"

这句话竟让栓劳一颤，那种震颤仿佛是从山里浸出的汩汩水流。

"好，呵呵。"

年轻人没入了人群里。

几天了，他没有收获。曾经的几个"手艺朋友"都有收获。

过来一个人，比他小，栓劳知道，这个小个子是条"鲇鱼"，派出所也拿他没有办法——找他的确凿证据难。

小个子过来先把眼睛盯在栓劳面前的箱子上，看了看才把眼睛抬起来放在栓劳鼻子上。

"哥呀，你的?"

"不是，托我看着。"

"让你看着? 哼哼哼。"

栓劳把箱子朝他跟前拉了拉。

小个子很主动地给栓劳递过一支烟，刚要掏打火机点烟，竟一只手从小个子身后伸出来了，手刚好拉住箱子的环扣。栓劳是有经验的，一脚把那只手踏住了。把叼在嘴里的烟捏住朝小个子脸上掷去。

"给我耍?"

小个子笑。

"不是不是。"

"他是谁?"

那只手早跑了。

"嘿嘿。"

面前走过几只摇摇摆摆的鸭子，它们是从河里上来寻吃菜叶子的。这是几户人家的鸭子，平时下河去都在一起，像是有人喊集合一样。这时还不太冷，等到太阳快落山时，鸭子就各回各家，嘎、嘎，声很亮。有这些鸭子在三岔口那块昂脖子叫，日子过得很有三岔口的特色。

有人信任我了，我就是好人。栓劳想。

一会儿那个城里人过来了，带着苦笑，先谢了他，再伸手对他说："我的钱包被偷了，没有钱了。"

"偷了？"

栓劳立马立起来，叮咛那个城里人把箱子看好，他去想办法。说着他习惯性地在头上摸个圆，走了。

他有办法吗？

过了一袋烟工夫，栓劳来了，一面衣襟破了，脸上也有了一道血痕，额头上鼓起一个包。他从怀里掏出一个钱夹，问："是不是？"

钱一分也没少。

"大哥，你真厉害！"

"几个毛贼，翻不出我的手心。"

"大哥，你是好人，长得就朴实厚道。你们山里人就是好。"

城里人又说了一番谢谢的话，拉着箱子走了。走时他把栓劳的电话号码留着了。

"兄弟，那边半山上的几户人家里，有一家就是我家，以后来了上屋里吃饭。"

年轻人往上看去，果然是一簇人家，还能看到院沿上有一排自在绽放的菊花，黄灿灿着。

听说过了阴历年，栓劳接到一个从西安打来的电话，就是那个城里人的，要栓劳去西安他们的公司当保安，一月三千五，年底还有奖金。三千五对于栓劳来说已经不少了，他在外打工一个月才不到两千。

过了阴历年，栓劳买了一身好衣服，准备去西安。媳妇问：

"那个人牢靠吗?"

"牢靠。我帮过他。"

"那你知道他是啥大官?"

"什么大官?他是一个大老板。"

栓劳是从三岔口坐公交车走的。媳妇送到车站看着他走的。临走时,媳妇给他说:"出入千万再不敢偷人了,啊?"

"你说啥呢!我还偷?我还能偷吗?"

一些人说栓劳遇着贵人了,不会再走老路了。

我也想,他不会偷了。

栓劳走时路过市场,碰着谢顶所长,说:"我去城里了,挣钱,以后家里你就多照顾一下。"这是随便客气的,所长就常来栓劳家里照顾,常来喝茶,栓劳媳妇还给打鸡蛋,开水碗里卧两个鸡蛋,坐在门口的木墩上一口一个,狗看着也流涎水。

栓劳在城市里干得很好,就是有点想家。

过了几个月,栓劳把电话打到隔墙邻居的家里。邻居的女人叫尹花。尹花和栓劳是小学同学,栓劳还曾给尹花写过字条。尹花嫁到栓劳邻居家,尹花再没有提说过这事,栓劳也不会说。

"尹花,我是栓劳。"

"你干得好吧?"

"好,我就是有点想珍珍。"珍珍是栓劳的媳妇。

"珍珍好着。看你那出息。"

"嘿嘿,男人么。"

"让珍珍接电话吧?"

"哦,不不不,她来了我就不会说话了。"

"那说明你不想。"

"咋能不想？我是说呀，尹花，你和我也是同学一场的，咱现在又是邻居，你替我看着珍珍啊，不敢让她有啥问题。"

"你胡想啥？能有啥问题，啊？"

"我是怕么。"

尹花电话里那么说着，心里却想起谢顶所长端碗吃鸡蛋的事。

"我信任你啊，你给我操心着啊。"

"好好好。"

栓劳不是瞎瞎人，有时犯一下两下的糊涂也不能怪他。比如尹花才嫁到邻居家时，他曾一次从山上采回来一束黄花，是给孩子玩的。刚踏进院子，却见尹花站在两家的院墙边晒萝卜干，细白的胳膊，闪动的眼神。栓劳随手把那束花伸过院墙递给尹花，尹花不高兴了，问："啥意思？"一把把花扔过来。栓劳拾起来偷偷撂进猪圈了。

2015 年 1 月 16 日

回　娘　家

检察院小万的手里有一张照片，照片上的两个老人似秋天的两个苹果。大家争着传看。

谁照的呢？

小万是检察院包扶郭候村的干部，他在村里驻守半年了。

村里老太太的名字叫什么兰、什么淑、什么巧、什么花，还有叫金莲、叫竹琴、叫柳枝、叫桂花的，名字里有"花"和"巧"的特别多，只有梅老太太叫梅清明，像个男人名。老人说，她是清明节生的。老人已经八十一了，耄耋之人，但还硬朗，满头银发，额有清气，常会拄着拐杖在村里转，看见谁家孩子就用很钝的杖头戳戳光屁股，很爱怜地说"叫婆"，等"婆"从孩子口里出来了，老人就笑得浑身滋润，仿佛空气里也弥漫着亲切的"婆"。她又走了，去到另一条巷子里，好像她吃了饭就是满巷子转着找孩子、戳屁股。

梅老太太没有娘家，这是村里老少都知道的。那她是怎么嫁到这里的呢？她曾给人说过，说她是陕南人，模糊记得是某某县。说是老汉早年到那里做生意，什么生意呢？担了担子卖香油，不用声起，闻着芝麻香就知道"香油担子"来了。"香油担子"的后面总跟着一帮孩子，闹哄着，闻香油的气儿。一个外地人，男人，穿着不太周正的白衬衣，肩上已经被担子压得很皱了，牛嘴里出来一样，可个子有呀，眼睛也大，说着陕北的口音。鼻子圆大得使年轻媳妇看了都悄悄喜欢。一次就在梅清明家住了一夜。下雨了，香油担子简单让梅清明的母亲做了饭吃了，就睡。下了整夜的雨，滴答滴答，滴在石头上、树叶上、瓦脊上，这种雨夜里的响声在陕北是绝少有的。梅清明就在隔壁另一间屋里做起了奇怪的梦。

梅清明第一次见到香油担子时，香油担子的一头蹲着一只彩尾雀，不语，却在转头寻什么。她说家乡把那种雀儿叫彩姑。很好听的名字。从此，过几天香油担子就来了，过几天就来了。也从此，梅清明的鼻子特别灵了，孩子在村头喊着香油担子来了，同时她的鼻子也闻到了香，就坐不住了。更从此，这个村子是方圆几十里香油担子最肯来的村子。后来的结果是，香油担子一年半后再不去那个村了，那个村的大辫子大眼睛的少女梅清明也不见了。

梅清明做了黄土高原上的一个媳妇。

这些情况是检察院的包村干部小万在走访时知道的。

梅老太太坐在门首的树荫下，太阳从葡萄架里渗下细线。

"奶奶，听说你小时是个大美女呀？"小万和奶奶开玩笑。

"什么美女？我的辫子长，人说我眼睛好看。"奶奶口音明显有别于这里，但口气里对自己曾是美女感到很骄傲。

奶奶的老伴已经死了二十多年了，因为病。有个女儿出嫁在几十里外，还有个儿子，脑子有疾，仅知饥饱，没有上学。家里的用度基本靠低保和女儿的贴补。虽然过的是这样的日子，老人的银丝却不乱，开朗善语。因为光景过得很愁索，自从嫁到这里，老人没有回过自己的娘家。后来她隐约知道，她跟着香油担子跑了，自己的母亲狠哭过，父亲对着后山的竹子发疯般地咬牙。她的父母去世时她也没能回去。

"奶奶你想回吗?"

"孩子,怎么不想回?听说我的哥哥也走了,两个堂哥也走了,两个妹妹,走了一个,就是想见另一个妹妹。见了,我死时也知道我的那个亲人长成啥样了。"两行老泪从老人皱纹纵横的脸上直滴到衣襟上。

"我知道了。"小万也差点扑簌泪下。

"你知道什么县吗?"

"石泉。"

"什么镇呢?"

"不知道。"

"什么村呢?"

"大洲村。"

小万想,变化这么大,老人肯定也记不得路了。

不知道镇,要问着具体地址,实在是不易的事。

但这事小万记着了,沉沉地记住了。他回来的路上想着自己的奶奶。他是奶奶养大的。

他给检察长做了汇报,说自己要帮老人圆梦,要想办法送老人回一次娘家。

他打电话问,问到洋县的公安局、检察院、民政局,打了三十六个电话,终于找到了大洲村。大洲村人大部分姓梅。

回娘家的行程小万安排好了,村里人都知道老人一辈子第一次要回娘家了,有的送来了鸡蛋,有的让把一篮子苹果捎回去尝,有的竟给老人买了新衣服。老人高兴得站在镜子前直抹泪。

是辆小车,检察院的。

驶过很长的高速路，路边坡上青林茂密。老人问："这里原来是黄土，风来了那么眯眼，这些树是谁栽的？"

前面的司机说："政府。"

车上老人的傻儿子也贴着玻璃看外边，很兴奋，傻傻地说："这车比村里的驴车快多了。"

车子一路顺风，穿过很长的隧道，陕南的山水一下子竟和老人那么近，老人的眼里溢出了泪水。

小万问："奶奶，高兴吧？"

"高兴，一辈子了，高兴。"老人两手擦着泪，一下子把小万搂在怀里，"你是我的亲孙子。"小万的头发湿了。

后来听小万说，他给老人掏的钱，老人回去买了香表，去她的父母坟前磕头祭奠，又去几个哥哥坟头烧了纸，找到了已经和她一样银发如雪的小妹。小万说，她们长得真像，像一对盛开在陕南山水间的秋日里颤动的红叶。

他摁下了相机快门，有了那张照片。身后是老人家乡满山的青翠和满天悠闲的云彩。

2012 年 7 月 8 日

夏　　至

　　场边歇下一副担子，前年去年喊"杏子杏子"的那声又起来时，夏天就到了。这声音我们一个庄的孩子都记下了。我知道，我们又要跟着那副担子跑，追着跑。有杏子时，恰是快近麦忙时，又值端午在面前，人们一边急急备战夏忙，一边又急急煮了甜香粽子，家家都那样，飘出香，诱得人不好受。包粽子的米叫酒米，酒米里要掺了豆子，还要裹着红枣。这个节日还要有雄黄酒，花衣的善良女人笑盈盈地把雄黄酒端出来，要在凡见到的孩子头上点一点，说是辟邪，广施善福，有的是画"王"字。"给我画个王吧。""好好好。"蘸湿了笔故意在额上画了，还要说"好了，好看"。其实看不见的，一忽儿就干去了。杏子是最诱惑我们的，有了这副担子，我们要跟一天，谁家大人盆子盛了麦或玉米换了，我们就沾光一下，抓几个杏子吃，共产主义。杏子核仁有甜有苦的，甜的则舍不得丢，吃了杏就砸核吃仁。这个卖杏子老头的杏子是甜核仁的，我们吃了几年了，自然知道。杏子担子在场边一停，杏子香就来了，一股只有杏子才有的香气，在热火的场边就散开了，谁的鼻子都能闻到。没有经历过跟杏子担子的人，还以为杏子没有香气，我是真切知道，那担子里真冒香气。不是花，只一个个黄蛋蛋，那香气是从哪里出来的呢？我曾奇怪过，但就是冒香气。那副担子是在树下歇凉，也是在等从庄里出来买或者换杏子的人。那老头并不在意卖多少，那是他家院子里树上的，他说卖几个钱是几个钱。杏子黄是那种难以调出的黄，从杏子表面的绒毛里冒出来的黄。有时一枚杏子，不是全体一样的黄，而是一侧黄，一侧又黄里泛绿，不均匀，有的还是一边泛红的，那肯定是朝着太阳的一面了，真有点像姑娘面颊上调了胭脂，好看得人心里不由得生出好感。见了那样的杏子，不吃不尝，先来了几分喜欢，握到手里就不忍放下。没有熟透的杏子是很酸的，我清楚那样的酸，牙受不了。可这个老头的杏子不酸，不满熟，不下树。杏子担子上还要遮几枝叶子，更显得杏子是才摘得的，新鲜可信。我们庄里有这个老头的亲戚，清楚他是不会把未熟足的杏子挑来卖的。庄子挨着庄子，谁会好意思做出半点不诚实的事情呢。有时碰见亲戚了，他递一把杏子，亲戚或许会尝一两个，夸奖一番，再问候一下家里："姑妈好？""好着好着。""姑父好？""好着好着。"

这个老头着单衣，袖口也扯着。他是红脸，大抵是晒的，可胡子茬皆白。蹲在场边的碌碡上，显得很累。他的笼并不大，又是多半笼，哪来的累啊？他把草帽拿下来扇凉，呼呼地扇。他扇着朝庄子里看着。我是对这个老头没有好感的。去年我跟他担子，妹妹也跟着。我们不是为了嘴，不是在意吃他的杏子，而是跟着一群呼叫的孩子跑，有种从脚尖到头顶的快意。快乐就那么随意简单。妹妹是一年级，我是三年级，跟着跑。老头脚下一个绊，担子倒了，杏子滚了一地，我和妹妹追着杏子捡拾，是帮他捡拾，他以为我们是偷，用担子扫我们，虽不是真用劲的那种扫，但还是把我们吓到了，在哄挤里，妹妹把裤子也磕破了，最后是哭着跟我回去的。由此，我对这个老头就怨恨起来。

今年的担子来，我还没忘记去年的事。可妹妹没有跟着来。她毕竟稍大了点，母亲不允许她像男孩子一样乱疯。我是不怕母亲数落的，依然跟着跑。我们家也曾换过杏子。一个夏，一个家换几次杏子是常事，对孩子大方几次，实在应该。只要这个老头的担子不走，庄子里总有几分来自场边树下的牵挂，不安然的眼神会瞄过去。担子也去别的庄子，可在我们庄子边的树下歇担的时候多，因为树旁是大路，路上行走的人都能看得到杏子担子，跟了孩子的大人尤其有出手的可能。仅这一点，我认为老头是有几分精明的。他也许歇够了，要起身走了，拍拍屁股，用挂钩挂了两个笼，轻松熟练地放在肩上。我们六七个孩子预备跟着他走一程。不走一程，今年的夏不过瘾，这似乎是不浪费这个满散杏子香的夏天最好的做法。我们盯住了杏子担子，不顾庄子边上地里已经黄熟得只差几天就要动镰的麦子。那是大人们的事，我们对杏子的兴趣远远超过麦子。

真的跟在担子后头，粽子香也在路上。到底是哪个庄子里的？太阳正炽着，从我们庄子的麦场跟到上面庄子的麦场去，要走三四里路。跟在担子后头的大都是我的同学，一个班的也有几个。这时妹妹跑来了，扯了我，说："舅舅来了。"舅舅是来"看夏"的，每年这个时候舅舅都来。他来了我们就有好几样好吃的。于是我舍弃了担子，跟着妹妹跑回去了。"看夏"是在忙罢，就是麦子等农作物收后，经过场里一晒，入了柜，这时阖家可以歇歇，人们像想起久违的事一样，会"看夏"。担了蒸馍，如过年节，去问候探视亲戚。女婿看泰山的夏，弟弟看姐姐的夏，外甥看舅舅的夏，干儿子要去看干爸干妈的夏，突然讲究这么一下子，为了走动走动，把积了几个月的家常话说出来，送给亲人，落出心里空朗的地方。今年舅舅显然是来早了。可我们哪里知道是怎么回事，飞奔回去有好吃的才是我们的目的。

过了几天，那个老头的杏子担子又来了，我跟了一次，这一次是这个初夏跟的最后一次，跟过后，这个初夏入到深处去，暑夏就真来了。热啊，不久也有了蝉噪，就再也没见那个担子，还有"杏子杏子"的叫声了。大概老头的杏子也卖完了。

舅舅是过了木桥担担子来的，果然担了馍。花馍上点了红，顶上裂开花样。妈妈说舅妈是蒸馍的好手，果然好看。舅舅还提了一袋杏子。"这是隔壁三树家的。"舅舅说，得意的是他要一袋杏子，而三树没有驳他的面子。他带的杏子也是甜核的。舅舅的看夏担子一进屋，屋里就是满当的杏香，和场边的香一样。舅舅带来的杏子和老头的杏子相比有点小，可味道一点不差。我和父亲吃杏，妹妹在一旁就积攒核，她想专做吃杏仁的好事，已经把几个杏核攥在了手心里。不过她不敢用锤子砸，而是邀我干那锤子可能落在手上的危险事，好处是我可以吃她的便宜，抢几颗杏仁补贴。

"水大吗？"我问舅舅。

我是指他过的桥下的水。前几日才下了雨，舅舅过来的那座桥下肯定涨了水，我没有去看，故问舅舅，还关心起桥下是否有冲来的萝卜。往年涨水，轰轰然过去，我们看时，有从坡地里被水冲下来的才长成的红薯和萝卜，水退后，红薯和萝卜的皮儿已经被水冲洗得干净，像新出生的东西。我们争着去捡，有时会把鞋子沉到泥水里，若是新鞋子，就悔不该下水去，常惧回去遭大人的训斥。

舅舅说："涨了点。"

桥是木桥，已很久了。好像我如何长，它也是那样。桥下的水是清冽的，水里石子也看得清。居在桥两边的人家，没有谁敢往河里丢脏东西，即使淘气的孩子丢了，也要受那个白须的拄了拐杖的老公公的瞪眼和喝斥。我对那个白须公是怕的。年纪很大了，要不怎么会全然白须似雪了呢。他的学问不小，满腹的经纶，家里颇像个祠堂。他的腿不好，据说是他年少时在外面做事骑马摔了腿，回来就拄杖。他的儿子是我们那个叫栗子云的老师。栗老师教美术，善画树和兔子。可我看他画的兔子多半有点羊的模样。

我们有时集了几个同学也来桥上玩。桥离我们家不远，有二里路吧。妹妹是常跟着玩的，我的同学说妹妹是我的跟屁虫。她也真是跟屁虫。桥两边的草地有时就有某家牧的羊或牛，不是水牛。羊不多，就四五只。羊和牛在一起不打架，各吃各的。孩子们翻桥的栏杆，或者去攀桥两边的柳树，不会落水的，都有做猴子的本事。累了就在草地里坐着抓石子，也会捏石子投牛尾、投牛耳，看谁投靶子准。这种比本事比作业得到栗子云老师夸奖还要得意得多。那些从这个庄子到那个庄子的人都要过桥。正是看夏的时候，从桥上过去的人大多数是看夏的，看担子就知道。新妇是非得第二年看父母的夏，此时会穿着鲜艳，走在前面的是新夫，她跟在后，二人过桥。我们都看得见，也都知道是谁家的新妇新夫。花衣的新妇从桥上一过，新妇的影子便使桥两边的庄子也有了温馨和清芳之意。我们或许到了娶新妇的年纪，也会带了新妇去看岳父的夏，担了馍去，摇晃着到一个院子里生发起一团欢喜。

邻居和我们家隔着墙。那边院里来了岳母，声响嘈杂着。我是看到那个胖胖的老妇人坐了兜子来的，是四个儿子一人一角，抬来的。那个老妇人真有大家太太的气色和做派，头戴了帕子，和蔼而敦善，是被人搀扶着走到屋里的。听我母亲说，这老妇人多少年了没有来到女儿家看，心里一直梗着，今年是顺年，自己心里也宽雅了点，就几次嚷嚷要来，也是怕自己熬几年就死了，不来就存下遗憾，于是就来了。这些大约也是母亲从飘过墙头的话里得来的消息。母亲说是见过那个老妇人的，在十几年前，那时老妇人有五十多岁吧，因是小脚，被背来的。我见过兜子还是这次老妇人坐过的兜子。像椅子，宽阔点，黑色，侧有扶手，坐着看来定当舒服得多，她被抬起来坐着，能看到远处，颇有些威仪和好玩。周围几个庄子里还没有坐兜子的人。推测起来邻居的岳母坐兜子，是因为居住太远了，把闺女嫁远了，她又是小脚，行动很不方便。兜子是借来的也说不定，并非他们家老妇人有坐此的尊贵。

收麦大致半个月就完了。晒罢，就装了柜，坐吃一年。盈余是有的，谁家也不可能只是一年粮供。随着夏天天气渐热，出门的人少了，地里暂时种了秋，不用去管，夏天是盛雨季，只担心地里草长得过旺，要去锄掉，其余则不用劳心。玉米是秋庄稼的主流，阔叶汪绿，一天一个样子。晨昏时站在地头处，有玉米生长拔节的声响，真有这种事情。待长到和人同高时，如果恰在落了日，地里幽黑起来，蓦然从玉米地里出来一个人，特吓人，要揾半天心口才可平静下来。从黑暗处出来兽是不大有可能的，这里多少年已没有狼了，连个狐子也不曾见的。

庄子里只有几家的院子植有葡萄树。葡萄树有架，荫一片，下面是一家人夏天极好的去处。有休闲嗜好的人家里，男人会在葡萄架下展开小桌子，喝茶。那蒲扇就在一旁，用以驱蚊。蚊子是该诅咒的讨厌的东西，整个夏天都如影随形，尤其是晚间的缠绕嗡咛。祖父是百分百的农民，没有在葡萄架下喝茶的高尚样子，只是盯着活儿动。他治蚊子有妙处，白天燃一种草，晚上会早早布下蚊帐，即使偶尔放了几只进去，他也要追索捉拿出来，啪地拍死它，还要我看看，说："看，吃了不少。"他的手心里果然有一摊红。一晚不知要拍死几只，再嘟囔着骂蚊子，使夜里热闹不已。

六月六，晒丝绸。我家没有丝绸，年年六月六虚度过去。也有人家，有丝绸的挂起来，晒晒太阳，算是经过了这趟手续，默认为今年的丝绸会绕过虫子。不晒丝绸，席子是要晒的，晒了能防臭虫。我和妹妹的棉鞋（叫棉窝窝）也要找出来晒，晒一个整夏，不会发霉。这些全是女人操心的，男人心大，哪里能想起这些事情。

夏天的风有时也热，把汗消不下去。那个白须栗老公是常挂了杖站在树下的，一是纳凉，二是监督下河里玩水的孩子。他已经给做老师的儿子历数过几个孩子溺水的事，要儿子严管这些不懂事的家伙。他眯眼望远，从河里上来的孩子，——有时也有我，最怕白须公的眼睛了。他对肩上胡乱搭了衣服的一群孩子，总是吆喝，万不可贸然下水。这些话是遭孩子们厌恨的。他说了，孩子们常报以嗤笑。白须老公还是要说。孩子们对那些溺水的事不会放在心上，只贪心快乐。果然那个夏天，出了一起溺水事，差点死了人。竟一时惊动周遭庄子，纷纷教训孩子，连女孩子也纳入一起教训，严厉的家长关了门吊打。我知道，十几天里的确没有孩子下河游玩了，河里清静了许多，水鸟也安然地立在堤上。

时间到七月是最热的。入伏就在七月里。伏天缩在家里也还是热。往年的热都记得，总拿往年的热与今年的热比对，但谁也不曾记着去年的温度，可嘴里都是呼过了去年的热："要热死人吗？"不过最热时，天气最狡黠，会时不时来一场白雨，消散一下热，终是博得害热人的善评。白雨短，下过就放晴，常是地上刚湿罢，河水还涨着，太阳已悬起了，像没事的样子。虽次日的热依旧，可早晨的凉爽太有好意了。叶子更绿了，草更新了，连从草里出来的虫子也吱鸣得更有劲，把噪点滤净了，释散着可爱。家家的窗户早起时就大开着，放凉进去，等到中午时又赶紧关上，封闭外面的热。

夏天的衣服真简单，祖父是阔大的短裤，父亲不穿短裤，长裤子也是薄得要透亮的裤子。妹妹穿了我穿过的旧裤子，还把裤腿做了一点裁剪，短到膝盖处，叫短裤也是对的。家家大孩子的衣服给下面的弟妹穿很常见，成了不是署在纸上的例制了。过日子都要盘算，哪里有宽裕可浪费。

隔壁今年的葡萄长得好，雨水足的缘故，一根蔓子延过墙来，我看到蔓子上有未熟的绿色的小葡萄粒，密密的，要探视我们这里一样，带了几分淘气。葡萄蔓上有细柔的弯了头的须子，伸在空里，要附在哪里却没有附处，像手指一样想抓却抓不住东西。我和妹妹几次跳起欲抓住却抓不到。妹妹跳起更离得远，可也哈哈地不住跳。

八月里的蚊子已经是老熟的角色，下嘴也重。该热的地儿都热了，凡事有个巅峰，也该是热的巅峰了，立秋就在八月。但这热也不是说退就退的，早晚有了差别，中午还是不吭不响地热。阴历八月十五也是农村大的节事，可离着还有一个月左右。真到了八月十五，要吃一顿肉，蒸米饭，做得像年节，为了一顿好饭有的家里要备几天的。父亲果真提了肉，祖父问了价钱，再没吭声。他心里对肉的价钱也是茫然，我从没见过祖父买肉体恤家里的肚子和嘴巴。有了节，几个庄子都有动静，带着几分喜气的提肉的人过场边和桥上时，多被看到。这是难得的一回食事。葡萄真的长得像个样子了，离能吃不远了，晶莹如珠。早上的光照到了，看得出来葡萄的欢喜样子。我和妹妹操心的葡萄不仅是自家的，还有庄子里的，每每会准时知道谁家开始摘了，就及时报告母亲。母亲会说："真会操闲心。"这时的蟋蟀最阔气似的，叫声热烈起来，墙根，树下，草里，即使在门槛的缝里和台阶的石缝里也有它的叫，尤其在黄昏时，是一种催促的嗓门，落幕的日头在它的叫里格外有了冷寂，此时也真有几分冷寂。小孩子捉蟋蟀玩也是常事，我就有一个麦秸编的笼子，像多层的宝塔，很好看，有时装蚂蚱，有时装蟋蟀，不过装不过多少日子就死了，再捕了装。

过了阴历八月十五，真正是秋到了。是落在秋里了。从杏子开始的夏，过了几个月，把热散铺成一地，现在要收走了。每年都这样不用招呼不用推挪，该来的来该走的走，趣味和罪过一起来。我和妹妹又长一岁，过了夏，不久就会到冬里，去过年，去高兴着迎寒假，等待年的好处和乐趣。我看到隔壁那家住着的老妇人也是入了秋才走的，还是坐兜子，抬得软闪着离开庄子。她是来这里躲夏的。脸色似乎比来时多了一点红润，可能否活到七八十岁就难料了。隔壁的男人是老妇人的女婿，这男人是木匠，木匠娶了坐兜子老妇人的女儿，怎么说也是木匠的本事。木匠在农村是手艺人，走东走西，凭手艺过活，多是善言巧能的人。我们隔壁男人就是在为老妇人一家做活时和那家女儿好上的，娶了她。这世间的婚姻和做人家女婿的事也太没规矩了，木匠就一味攀到了高处。曾被老妇人很仇视过，可依然由了女儿。

这个夏天完了，是走完了热。早晚可见年纪长的人穿了夹衣。我不知庄子里第一片叶子从哪里落的，可秋的气息日渐深重起来。白须老公不在桥边树下拄杖望时，那是真的秋来了，夏走了。等待明年的杏子熟时，我和妹妹大概也不会再跟担子了，长了岁就有长了岁的样子。

2017 年 6 月 3 日

崖　灯

有件事能证明满牛是个傻子。满牛自小就老实，念书念到三年级实在是念不动了，老师说他满脑子是河里的鱼虾，就给他母亲说："你儿子不是念书入仕的人，算了吧，白花钱。挣钱也不易。"他妈在一个日头高挂的中午，让他站在院里，问他："你觉得念书不好吗？"他眯着眼说："好。""那你为啥不好好念？"他说："我不是做官的。"他母亲实恨自己儿子没有出息。在她的心里，她多么渴望儿子做个知县知州什么的，坐八抬大轿，有四人吹着响器接迎，她就是再受苦受罪也高兴。不念书，满牛反而轻松了，可以起得迟，可以不管了时间，还可以趴在烂了窗纸的窟窿里朝出吐痰，吐到很远的树身上。在满牛二十岁时，他上山去玩，和一只幼年豹子在一起玩了一天，后来被村里人发现了，很惊，叫人去把满牛领回来了。回来后满牛痴痴傻傻的，只是笑，村里人问："和你玩的是啥？"满牛说："猫。"他还说那猫打不过他。至此一村人都说满牛真是个傻子。傻子是很难娶到媳妇的。在这里过了三十岁想再娶到媳妇那比熟豌豆种出苗苗还难，只能安心做一辈子光棍了。

没有事，吃了饭，满牛就去河里摸鱼逮虾，鱼虾在他手下好像很听话，一会儿就能摸出好多。手气好时还有王八（一只王八在集上还能卖三块钱）。他把摸的鱼虾装在一个袋子里，很自得，迎着太阳躺在长石头上睡，有时还真能做出梦来。两边红崖的影子映在水里。看到从集上回来了人，他故意大声问："人多不？"那些手里提着东西的人就知道满牛在河里又有收获了，问："今天又改善？"满牛还故意努着声说："不多。"在这个时候，偶尔还会从河旁嘚嘚地跑过一队人马，或者是土匪，或者是县大队，领头的多戴礼帽墨镜。跑过时，一些俊媳妇就慌得一股风似的躲。世道乱，跑队伍跑毛子的事多了，不用怕。满牛就不害怕，都知道他傻，不会被拉夫，他就很幸福安全地活着。等到一拨一拨的人走了，他感觉该回了，就起来，摸了一块石头朝河里投去，扑通，水花起来又落下。他提了鱼虾慢慢回去。天上或许有云彩，或许有飞鸟，但这一点不关他的事。于是，一个长得像根枣棍似的走路忽颤着的人，烟锅一样的尖头挑在肩上不停转动的人，在河里得了一堆东西像一块灰色的烂布片扭着扭着回去了。第二天说不定这个人又来把河里的鱼虾再次提回去。

满牛把鱼虾提给了嫂子秀红。嫂子秀红这两年的锅里从来就没少过鱼虾王八。

秀红是满牛堂哥安水的媳妇。安水前年被拉壮丁了。拉去时五花大绑，那个穿黑绸褂的人领着人来的，很客气，说："把你们的人用用，过几年就给你送回来。"那个一片黑云样的人是城里保安队的，一看就知道是烟鬼，没有几斤分量，满牛可以一手提着扔挂到树梢上去。堂哥走时嫂子秀红哭着手里提着烧火棍，要拼命，堂哥安水给满牛挤眼让拦住了嫂子秀红。安水走时给满牛说："我把你嫂子秀红和娃交给你了，等我回来吧。"满牛抹着眼泪答应："你走，有我吃的就有嫂子吃的。"这时侄子才四岁，胖胖的，像颗五月待熟的果子。

　　安水临走时的话，在满牛心里落地生根。满牛的心里是没有开垦的，有啥种子长啥庄稼。他把嫂子秀红照顾得严丝合缝没得说，在经过了一冬一春后，满牛心里慢慢觉得嫂子秀红是自己的女人一样。自有了这个想法，也怪，就慢慢生长，如棵细秧，梢头就结起了小瓜。安水的话也是说给媳妇秀红的，秀红却没怎么当真，除非得男人做的事，她一般不叫堂弟满牛。同一把种子，在不同地里长出的叶苗的确不同。满牛几次给嫂子秀红说："你不要劳累，有事就给我说。我有劲。安水哥的话我记着。"嫂子秀红对他那样的话只答应过一次，他再说时就不吭声了。他再说就只会架在嫂子秀红的耳朵上，入不进耳。虽然这样，秀红家的地，满牛两年来精心在种，从村子北头过去，再过一条沟渠，沟渠上有木板桥。沟里只有落雨天有水，哗哗的，不大。秀红家的地大部分在沟渠过去再上一段陡坡。秀红担粪过板桥时不免腿抖，然满牛是男人，担了再重的担子也不颤。秀红家的地里庄稼这二年比谁家的都好，比满牛家的也好。种苞谷种谷子种麦子，种啥成啥，结硕果大收成。秋季里，满牛还会在嫂子秀红的地里苞谷根处点了豆角，这二年雨水出奇地好，豆角就蔓长开来，豆角长得有一尺长，人人看得眼馋。有的人就骂满牛，这狗日的给地里上了啥粪?!秀红地里的庄稼简直和满牛家地里的庄稼是两个样子，满牛母亲也看出来了，只是心里憋着不说，一次只给满牛说过一句："你端碗到秀红家吃去!"满牛装作没听见。

　　有了堂哥的话，满牛对嫂子秀红那个家很上心。比如晚上，从地里回来，黄昏浓重起来，先是一家点起煤油灯，再是两家三家，慢慢地，全村的煤油灯都亮了，每家的窗子里或门里就泻出来一片一片的亮。这时鸡上架了，鸟归巢了，狗也安然寻窝去了。吃过晚饭，那些灯又慢慢一点一点地灭去。秀红家也和村里其他人家一样，灯亮了又灭去。都知道省油，吃了饭不需要灯，就在黑里说一会儿话，深叹几声，窸窣着陆续睡去，等到人都睡静了，村里就完全沉没到黑夜里，满天的星星，偶尔的一声两声狗叫，谁都懒得理。满牛吃了饭就在嫂子秀红家门口不远处树林里朝这边操心着看。他担心嫂子秀红的家里跑进去豹子或狼。这里是真有这种事情的。而更让满牛那么认真了眼神去盯着门口的是，他怕村里哪个男人进了嫂子秀红的门，村里也是有这种事情发生的，且不少见。从春天一直这么看到夏天，嫂子秀红的煤油灯添了几次煤油满牛都清楚。

秀红从地里回来，夏天的汗已经把衫子湿透了，她在吃饭前总要热上一盆水擦洗身子。煤油灯是放在柜盖上的，风把灯焰掀着乱动。这时满牛就可以从嫂子秀红家的窗纸上看到一个光身子女人扭动着擦洗的影子。那影子要晃动好一会儿才罢。满牛看得口渴，心跳，但又不停点地伸长了脖子看，不愿意让哪一眼虚滑过去。等嫂子秀红开门把水泼在门外再回去关了门，满牛才安心叹息着悄悄回去睡。这个夜就这么对满牛有意义有味道。他知道嫂子秀红这时要给孩子做饭了。已经看不见从屋檐冒出来的烟。他的心操得有点过了头。然这心还得继续操。

这个夏天一过，嫂子秀红却奇怪地安在他心里了，没事了就去想，但想又想不出啥来。他从集上给嫂子秀红偷偷扯了花布，花布做的衣裳不久就穿在了秀红身上，很好看。秀红是村里俊俏的女人，长得白，还有身段，额前总是虚虚地吊着门帘似的刘海。有了一身花衣服，秀红出门更抓人眼睛了。虽然满牛是偷偷扯的布，还是让村里一个妇女看见了，翻嘴给满牛的母亲，满牛母亲问满牛："你哪里来的钱？"

满牛也有犯浑的时候，一次在个天阴的日子，灰蒙着却不下雨，热得人不敢动，稍一动就是一身汗。那天嫂子秀红在地的一头，满牛在地的另一头，锄下哗啦哗啦地响，草就挖出来摆在那儿等着干。天上干响了两声雷，二人就相跟着往回跑。秀红回去后急着脱衣擦洗，孩子出去玩了，满牛放下锄头却没回去，走了一截回来趴在窗子底下偷听嫂子秀红擦洗身子，竟一时发急朝里轻声喊出："嫂子，搓背吗？"话一出口，他就后悔了，如果话像鱼有尾巴的话，他这时会赶紧把钻进窗子里的那句话拽住尾巴拉出来。可话还是溜进去了。里面听了声，厉声一骂，一口唾沫就落在窗纸上，满牛一惊，没来得及细看一直朝下流动的口水，就跑了。他觉得此时即使嫂子秀红出来朝他挥臂捶拳一通也不为过，他会烧着脸面挨受。这使他多日没脸见嫂子秀红，直到仲夏一日里刚轰隆闪电罢，大雨中，从外面跑来一伙贼匪，没等雨歇，几声枪响横过头顶，全村人都急了，抱着贵重细软朝出跑，大呼小叫的。那日秀红脚崴了，满牛听到枪响就奔嫂子秀红屋里，一把扶起嫂子秀红，拉在背上，喊叫着让小侄子跟着跑。他们是朝红崖下跑。几乎全村人都朝那儿跑。那里的高崖上凿有很多石洞，有大有小，有的里面还有几分讲究，凿有宽大的炕、石枕头，有锅灶，可以做饭，几日不用回去。这是专门躲匪患的，不知啥时开凿的，好几辈人都是这么躲祸的。满牛背着嫂子秀红只顾跑，后面有声："满牛，背的嫂子？妈呢？"满牛回答："一会儿再去背。"这一问使满牛觉得先背嫂子秀红这件事真的有点颠倒，应该先是妈呀！把嫂子秀红背到了，满牛喘气如牛，这里已经放了两架草绳梯子可以上去。几只黄狗也跟着主人来了，它们根本不知主人来这儿干什么，好像也是躲枪声的。等满牛回去背母亲的时候，母亲说："贼都走了，我上崖弄啥？"给满牛一个深刻得没底没面的眼神。这一夜胆小的人没有回去，从村里能看见红崖上一排一溜的煤油灯光，直亮到鸡叫，没人敢睡。那时平顺得没有枪响人亡的日子少。那一夜贼匪拉去了几头牛，没有死人。

时间过得就是快，一个年头一个年头地跑。安水已经被拉壮丁走了三年多了。满牛偶尔也想起堂哥安水。只是想起时心里有一点异样，很像一片地里种了自己的庄稼却不能收回去。几次侄子朝他问："爸爸啥时能回来？"满牛只是说："快了，快了，明年杏黄的时候一定会回来的。"这话是哄孩子的，他说过后却真的怕堂哥安水明年杏黄时回来了，就给自己心里宽释一下：不会那么快的，出去拿枪打仗，说回来就能回来吗？子弹是认不得人的，说不定……怎么会想到这儿呢？他赶紧把这个凶残的想法捂下去，极像用被子捂住一个屁。

嫂子秀红她会想堂哥安水吗？嫂子那个心，在嫂子那清白细柔的肚子里，他不知道。嫂子秀红那如一株沐露般的庄稼的样子，怎么也在他心里挥之不去。那起伏的胸口，那卷起的长发，那流动的眼波，那说话时的皓齿，还有那热天挽起裤腿露出的白如藕段的腿。

人的眼睛挡不住，人的嘴也捂不住。村里人好像都知道了傻子满牛和嫂子秀红好。怎么个好呢？也就是个好。谁也说不出怎么个好。当满村人都知道这点后，只有一个人耳朵没听到啥，就是满牛的母亲。满牛母亲只觉得儿子对堂侄媳妇好，是在应责照顾着，根本没有想到别的枝杈上去。

　　堂哥安水在快过年时回来了。几年了都没有那么盛的雪，今年特殊了，雪把树枝压断了不少，一天后就看不见每家的瓦檐了，几只黄狗的腿全没入雪里，在雪里走很吃力。一切都白了，白得可怖。从没见过这样的天地皆白。从村里出去的脚印旁边还有一个一个深眼，那是出去的人拄着棍子留下的。这天满牛刚起来，满院的白把眼睛也刺疼了。他刚要洗脸，村里跟着保长常跑腿的那个长得很像蚂蚱的叫福奎的人，已经穿着黑筒子鞋站在他门口院里的雪地里给他说："满牛，你听着，你的堂哥安水回来了，马上坐马车就到河北边了，你去接哦，这是任务。"说完蚂蚱就走了，还故意把筒子鞋抬高了让满牛看。

　　回来了，回来了，果然回来了。满牛把扎在腰里的绳子紧了紧，是让寒风不要顺着袄的上下灌进去。他就出门去接堂哥。堂哥安水回来了，应该是好事，是他们家很高兴的事，可此时满牛心里乱极了。满世界是白，他心里却满是黑。从村里走到河里，几乎是在雪里跋涉，他走得慢，也吃力，自己像个白天行走的兽，不知去哪里一样。河滩里多半已经不见了水，河中央不粗的一股深色时宽时细地哗啦着，才知道那是河水。满河的石头已经覆白了，河两边的红崖是雪盖不住的，只是寒峭地矗着。那座木板桥怎么不见了？仔细看还是寻到了，板桥面上是积雪，看得出已经有人踩过了，很滑。雪已经不下了，但天阴沉着，迷蒙不清。

　　河北边路边有个人，是堂哥安水。送他的马车已经走了。堂哥蜷缩着像是被冻得窄了多一半。

　　"哥，回来了？"满牛这一声似是在雪地里打了几个滚跑到安水面前的。

　　那个影子朝满牛一看，慢慢走来。

二人一起回。他扶着堂哥回。

这时身后河道里传来一溜人马声，愈来愈近了，却在漫天白里看不到人影。几声嗖嗖嗖，子弹飞过，他们赶紧弓了腰。他给堂哥安水说："快，过桥。"身后还有子弹射来。不停的子弹把河道里撩拨得格外恐怖。一颗子弹中了安水的身子，又一颗打在安水的脑门上。安水从板桥上塌下去，跟着河水朝下滚跑。这下满牛蒙了，左右看看，没有人，子弹也不响了。他跟着河水追撵堂哥安水，大喊着，脚下把河里的雪踢飞起来。喊声在两边的红崖上碰过来碰过去的。他没有撵上堂哥和河水，只能僵硬着身体和眼神看着堂哥随水而去。喊声从河道里下去了，无影无踪。满目的白，无有办法。连一只飞鸟也不见。满牛环顾左右，不是有人要故意追杀堂哥安水的呀，怎么就偏偏让两颗子弹把人弄丢了？他怎么回去呢？回去又怎样给家里说？怎么给那个蚂蚱和保长说任务呢？

他回来了，浑身的劲被榨干了似的回来的，脸色蜡黄，出气也少了。说堂哥安水被子弹击中让河水冲跑了。这很像一个神话，谁信呢？鬼信。这事从他嘴里出来后，整个村子都在说这个神话。于是一个推断就应运而生，就是满牛和嫂子秀红好，去接堂哥安水时把堂哥安水杀了。这个推论很有理，信的人愈来愈多。嫂子秀红也信了。就在嫂子秀红那个小屋门首，秀红眼盯着满牛问："你真杀了他？"满牛说："没有。我为什么恨我的堂哥呢？我不是六畜。"秀红还是不信，就像全村人不信一样。满牛母亲曾执着菜刀满村子撵儿子，追问："是你杀了你哥吗？"满牛流着眼泪说："我没有，我没有，是子弹。"后面的刀闪着还在问："真的？"满牛沙哑着声说："真的，那是我哥呀。"

谁也不信满牛的话，这个村子马上成了别人的村子一样，满牛成了村里的祸害。他从嫂子秀红门前经过时，也看见嫂子秀红的门紧闭，没有一丝声，檐下常站的那些雀儿也不见了。就在大年三十下午，满牛离开了村子，过了河，过了桥，上到北边红崖最顶端的那个洞里去了，点起煤油灯，再不回去了。直到晚上半夜，满牛母亲还是没有把儿子等回来，她一直就坐在门口看对面崖口上亮着的那点光。上到那个最顶端的崖洞里用梯子不行，满牛是用绳子把自己吊进去的。在那里满牛过了整个阴历年。当村里燃鞭炮过年时，他眯着眼睛看河水；当村里飘来过年的肉香时，他咬牙饿肚子，希望哪天把自己饿死了才好。村里人每天晚上都能看见红崖最高处亮着的那盏灯。过了年，雪消完了，河滩里彻底露出了原样。满牛从崖洞里可以看到那条河边小路上来往的人，却一次也没有看见过嫂子秀红的影子。虽然年节时村里还曾有一回跑匪，动静不大，刚乱了又静了。喊叫声满牛是听得清楚的。

过了阴历十五，积雪已经快看不到了，但寒依然彻骨。满牛母亲想儿子想得不行了，经过与儿子打闹，慢慢觉得儿子不会杀堂哥的，就叫那个蚂蚱去河里寻子弹，果然找到了一颗子弹，还有流在板桥边的血迹。慢慢村里人在信满牛的话了，秀红也在慢慢信满牛的话了。如此这样让一个傻子男人长期在崖洞里住实在不是办法，满牛母亲就给秀红说："你让蚂蚱去把满牛接回来吧，他毕竟还是你的堂弟。没有他，我的老骨头谁给送到坟里去?!"于是秀红就去找了蚂蚱，给蚂蚱说："我原谅他了，他不会杀了堂哥的，你把他接回来吧。"在那个下午太阳羞红着的时候，蚂蚱领命攀崖去见了满牛，他给满牛说："你回去吧，你妈让你回去。你嫂子秀红原谅你了，都觉得你不会杀堂哥的。"满牛已经蓬头垢面，眼光呆滞，慢慢问："我嫂子原谅我了?"蚂蚱说："原谅了。"话音刚落，满牛一个旋身，朝空里一纵，下去了。这个崖洞下面是河水聚合成的一处深潭，在斜阳里，一个影子塌落在水里，声音很响，水花溅起来状似大蘑菇。蚂蚱吓得腿立马软了。

蚂蚱回去说了端底，村里人惊异不已。直到阴历正月满了，那个崖洞里的灯还亮着，满牛母亲看得到，秀红也看得到。那盏灯到底亮了多久呢，后来谁也说不清楚了。

2014 年 7 月 10 日

养　蜂　人

　　四五月的商州，所有的沟岔里都是绿。哪来的那么多绿呢？简直是撒泼般的绿，不讲理的绿，好像在说："管他哩，绿了再说。"大自然装扮了这个春，要给谁讲理呢。满山满沟的绿里，又是各色的花。花是最能跳跃出春天的，她似孩子一样调皮，从那么大的一片绿里，就是能露出来，红的、粉的、黄的、紫的，顶在绿上。沟里飘散着淡淡的花香，在山下的村里走哪儿都能闻到。花逗眼睛，香则逗鼻子。春天的山里就那么"讨厌"。

　　这时居山里最多的要数那些养蜂人了。他们是从哪里来的呢？在沟里或者山坡稍缓处，歇下来，也就住下来，把他们的那些小天使般的蜜蜂放出去，收蜜。养蜂人是撵春的，哪里有花，哪里就有他们。他们在地球上到处追着春跑，没有四季，只有春天。我真觉得他们是幸福而潇洒的人。一辆大车（或许大车是雇的），拉了他们的蜜蜂和他们居家的一应东西，就来了，卸下来，车走了，他们留着，看守这里的春和花。我见过几家，他们和他们的蜜蜂来了，他们家的小狗和鸡们也来了。这些小东西，跟着主人奔四方。分散的好几家都有小狗和母鸡，我就猜起来——他们为解寂寞，肯定是为解寂寞才养狗养鸡的。常年在山沟里，没人说话，鸡狗也是陪伴么。又想，母鸡可以下蛋给他们吃，也可以杀了吃。吃了再养。可能是这样的。

这里有座山叫老爷山。老爷山脚下的村子叫老爷山村，这个村子里就有好几家养蜂。这几家我都熟。因为我知道年年有养蜂人来这里驻守，故意把那些峰箱摆在路边，为的是让人能看见，边放蜂边售蜂蜜。我就好几次带城里的同事来这里买蜂蜜，真好，槐花蜜，没有假，味儿纯粹，比城里超市里卖的好多了，至少吃个放心。槐花蜜是最好的蜂蜜，味道不怪，是大多数人喜欢的那种口味。

我要说的是其中一家养蜂人。一男一女。女人显然是这个家的主事人。女人年龄有五十多了，男人看来只有四十多岁。也养的鸡狗，狗是翘尾的那种类似狐狸的品种，鸡均是母鸡，都下蛋，跟狗很和睦，老跟在狗后跑。一家子么。我以为这一男一女是夫妻，可夫妻又不大像。后来老爷山村里有个年龄稍大的女人说，他们不是真夫妻。"那男人是偷来的。"偷来的？我不解她说的"偷来的"意思。原来那女人和丈夫是养蜂的，离了婚，男人把养蜂摊子给了这个女人，这个女人也是能人，就拉起这个摊子开始养蜂。在一个地方，竟认识了这个男人，这个男人小她不少，两人就一起养蜂，跑四方了，过得像夫妻。我在心里佩服起这个女人。女人长得也好看，微福，可白净，眼大，唇厚，笑声特清亮，是洗过的那种亮。老爷山村里那个女人偷偷给我说："没有结婚证。"这她怎么知道的？女人的能耐是全面的，能偷来小男人，也能知道那些不易知道的事情。这个小男人，常不语，细高个子，能唱一口好听的曲子，戏也能唱几出。可戏是他家乡的，老爷山村里的人听不懂，只有这个养蜂女人能听懂，给老爷山村的人说："他唱得可好听哩。"是一种由衷欣赏的腔调和表情。

他们到老爷山放蜂已经来过好几个春天了。这里他们熟了，尤其和老爷山村里的一些人熟得可以呼叔叫姊的，和村里支书的婆娘更是熟得像熬出的稀饭，提了几次蜂蜜就是亲姊妹般的关系了。支书家地里的菠菜和葱，这个女人可以随便拔了吃。住的帐篷，像军人的帐篷，支书女人从自己家里能看到帐篷口上的男女。

老爷山村里有个后生常来，偶尔也帮忙"摇蜜"——有个铁桶子，里面有个旋转的芯子，放了蜂巢，转起来就能把蜂蜜甩到桶子里。

一个夜晚，月明得满盆。女人给男人说："我说，哎，把明琛——"那个小伙子叫明琛。"把明琛说给秀秀咋样？"秀秀是女人和前夫的女儿，高中毕业了，没考上大学，在家待着。男人不语。女人身在外，心还操心着家里的女儿。"你说好不好？"男人不语。

后来我还去了几回老爷山村，见了几次那女人和男人。可到花败后的八月里，这里的养蜂人都走了，也包括这一对"夫妻"。走了后，老爷山村唯一的变化是，那个叫明琛的小伙子不见了，这成了村里最大的话题。原来常常是养蜂人走后，村里的姑娘或者小媳妇总有一个两个不见了，跟着养蜂人跑了，她们不愿在山里待一辈子，想跟着养蜂人满世界跑。可这次不见的是小伙子，大家都有点好奇。据支书婆娘说，是明琛跟着养蜂人跑了，要招为女婿的。虽然是好事，可应该给家里父母说说呀。这事搞得不清不楚的，算哪门子的事。

第二年，那对"夫妻"果然没有来老爷山。可能是不敢来了。可第三年他们来了，卸下满车的东西和蜂箱子，后面还有一对小夫妻，女的怀里抱了一个哼啊着吃奶的孩子，孩子长得像个白兔子。

有了这个小东西，当小夫妻把孩子端到明琛父母面前时，当初非常生气的老两口，见了孙子，把心里的事搁在了一边，气怎好撒在孙子身上？于是面色转弯，喜气从脖子后转出来了。一时间里，院子里一团喜庆。人老了，见了孙子，那是另一码事，什么也能放得下了。果然，"叫爷爷，叫爷爷"，几个人逗孩子，支书婆娘也在逗。孩子还不会叫。满院喜气，荡漾了一个村子，一座老爷山。我猜啊，策划此案的人里少不了支书婆娘。

那天两家人一起包了饺子。

我以为这是好事。世上哪有那么多坏事啊。

今年老爷山这里的绿里，格外花繁。养蜂人比往年多了几家。

2017 年 5 月 20 日

预备后事

老大担起家

老二务棉花

老三吃西瓜

老四玩泥巴

老五喊妈妈

老六嘛，明年下炕呀

——题记

一个老男人用架子车拉着人出了村。

正在早晨，清爽和潮润还在，曙色已露出来，再过不了一个小时，就是火热了。老男人和架子车已经远去成豆看不见了。

门口那丛栀子花顶着晨露，正盛开。

八十多岁的德阳老汉病了住院，大儿子在城里伺候。其实老汉没有要命的病，医生说："住几天回去，没事，养着，活九十多岁没问题。"德阳老汉听了呵呵笑。

儿子中，老大重要，在这里的农村，老大基本是老人的依靠。就因为是老大，别的儿子靠不住的多，老大却是推脱不掉的；就因为是老大，有领袖和榜样的作用，后面的都看老大的。德阳老汉住院，老大就陪伴左右，端汤端水；晚上摆躺椅坐在老人病床边，说话；夜深了和老人一起睡去。才来时护士曾问："老大吧？"老大说："老大。"医生护士都说满脸笑容的老大是老人的福气。

老人有四个儿子，老大老二老三老四。

老大平时和老二老三老四不太来往。对他们几个，尽管老人很看不惯，但他又不好数说，只听任之。这次老人病了，老大故意想试探他们几个，就给老二发了一条半是玩笑的短信：

"预备后事。"

老二看了，一惊："这么快呀。"但回信给老大却是不冷不热的一个字："嗯。"

老大在医院想："嗯个屎。啥意思？"

老二原是县城的职工，后来回来住在村上不去了。他四十多岁就回来的，离退休还早，那他到底是怎么回来的，谁也不知道，总之他拿着工资。回来村里，他主要的雅趣就是养狗，养了一只长毛凶悍的外国品种，狗眼放光，拉着，在村里转。别人都下地干活时，他就把头梳整齐，抹了油，拉着狗串门儿。这在村里和干活农民形成鲜明对比，好像他前世几辈子都是游手好闲不知钱为何物的阔少。他也种地，是父亲的地，给四个儿子均分了，他分得三分地，种菜种葱种豆子之类，主食麦子苞谷类他在村里买。他的工资足够把他养得肥头大耳的。

"老爷子要死了，这得给后头两个也说呀。"老二想。

老三在县城开饭馆，专营羊肉泡馍。生意还可以，一年挣几十万没问题。馆子的位置好，十字口一角，来往的人都看得着。上城办事的乡里人，腰里有了几个，就想吃一碗羊肉泡馍解馋。城里的工作人，隔三岔五也去，主要是改善一下伙食。一碗二十五，算是不贵。老三和媳妇就在城里经营馆子，让娃也在城里念书，一年回村里的次数实在不多。这几年老三胖了，肚子起来了，眼睛也被挤小了。偶尔村里谁家有红白事，他回去出手也阔绰了，站在方桌边看"押宝"，常忍不住，一出手就是一张"红的"，让周围的眼睛一惊。

父亲在县城医院住了近半个月，老三总是给老大说忙，走不开，等稍闲些就去看。但总没有闲时。

这一天下午，馆子里刚走了一拨人，胖老三把一桶爬满苍蝇的泔水提倒到馆子面前的一个小沟里，电话响了。是老二的。老二说："老大让一起给老人预备后事。"老三朝电话里的老二说："好，那就预备呗。"二人平时也没有多余话，自然这次电话里也不会话语絮叨。

"老四知道吗？"他问老二，老二已经把电话挂了。

也巧，几个月不见的老四，今天像鬼一样出现了。黄昏时带了几个哥们来吃饭，点了几个菜，几瓶啤酒，最后一人一碗优质泡馍。

老四算是这个家唯一把书念成的人才，上了本地一个专科，出来在城关的苗圃工作。在苗圃的工作怎么样，没人知道，从老四一表人才的长相和优雅新潮的外表看，怎么也看不出他与苗圃有丝毫关系。他最擅长的是炒股。既然擅长，他应该赚了不少，可又看不出他有钱。他偶尔回村里，满嘴的股票，说得围着的一圈人简直要佩服死了。在那圈人看来，从空里能挣那么多钱，简直……

今天晚上在老三这里吃得很满意，几个哥们也喝得脚下不稳了，临走时，老四给老三一挥手，说："我走了，记着。"老三装着没听见，老三媳妇撵上来，声音不高地问："又挂？"

这"又挂"不免没有给老四面子，老四不高兴了，睁眼看嫂子，问："咋啦？我哥不让挂？"那嫂子不敢再说一个字了。嫂子心里清楚，去年老四带人来吃饭的账还在那儿，今年已经五次了。几个喝得脚步不稳的人一起搂着出去。这时老三撵出来，把老四拉到一边，低声说："老二说咱大不行了，让预备后事。"老四把"预备后事"这几个字听清了，就指着远处红着眼的路灯说："你说咱大不行了？不行了就埋么。"他竟呵呵笑起来。老三恨着转身进馆子去了。

城里的晚上热闹而有臭味儿。老四回到自己城里的宿舍，喝了一瓶橙黄的饮料，清醒了多半，这时才想起老三在耳朵上给他说过的话，也才想起自己有个父亲在医院。

"去，看看老朽。"他毕竟读过书，文化人，说出"老朽"觉得很合他读书人的身份。

街上路灯红眼病一样，都那样。是电压不高呢，还是为了省电？反正都那样。老四趁着酒力去的医院，还好，他趴了几个病房玻璃，认得了父亲。老大出去了，病房里老四叫大的那个人——父亲，一个人躺着。

"老大呢？"

这一声先把床上那个"老朽"惊了八成。

"大，明天回，给你预备后事。"

"后事？""老朽"的耳朵不好，但听"后事"却真切着。

老四吃了几个床边柜子上村里两个人看"老朽"时拿的香蕉，吃完后不知怎么三两下就扭得不见了，等"老朽"眼睛在病房里寻自己的老四儿子时，只看到模糊的头顶上悬着不停转动的电扇，呼啦，呼啦，一圈一圈。

"老四?"

"老四?"

在村里，寂静没有边缘。大部分村子都和这个村子差不多，极像一堆没有耳朵收听的闲话，摊放着。

老大的媳妇坐在门口的石头上，怀里抱着簸箕，簸箕里是黄豆，她在把黄豆里的小石子拣出去。这都是男人给她造成的。男人是急性子，在场里从不等把活儿弄干净就急着要出去。这些男人只要把外边的收获拿到家里就算大功告成，这些麻烦的细节问题男人的心里不值得放似的。老大媳妇做这些事已经习惯了，小石子从她手里一颗一颗轻巧地弹出去，她的面前已经落了不少。她坐了几个时辰了，孩子上学还没有回来，男人在城里伺候住院的老人，这时这个家里的时光全是她的。阳光从房檐上下来被切成直的，那条线恰在簸箕里，她已经退了几次，光总撵她，她又退。一个农家的俗常女人对光阴的理解大致如此，太阳从东斜到西，把面西院子里的影子从长折到短，树的影子也由长到短，由短到长。光阴光阴，就是影子的走动表明时间跑了。这时耳朵里听到房脊上有动静，果然，一颗干瘪了的核桃从房檐上落下来，正砸在簸箕里。她放下簸箕，仰头朝房脊看，一只耗子正贼头贼脑翻过房脊逃了。这里的耗子是惯常偷往年剩留在树上的早已干透的核桃。这棵树的多半枝丫在房脊上，于是每年都有耗子小贼偷盗的记录，核桃喀啷啷滚下来。

老二摇摆着从嫂子门口不远处走过去，像一条细而旧的船凭风推着一样。

老二刚过去一会儿，女人就看见自己的男人从村头扶着老人蹒跚着朝家里走。

她赶紧放下手里的活儿，把门前打扫一下。老大扶老人离门口还有十多米时就喊："做饭！"家里人回来了赶紧做饭是女人的本分，她几十年里的责任就是把家里的老少打理妥帖满意。屋后是一片菜地，正郁郁葱葱长着蔬菜，豆角、茄子、西红柿、辣子、葱，还有土豆。女人手里的篮子不到几分钟就满了。阳光在这片菜地里释放着甜腻而明朗的气息。不一会儿，屋里就飘出女人一番动静后制造的香味儿。

把小方桌就摆在屋门口，女人做的几样家常菜把桌子占了多半。孩子恰散学回来，一起吃饭。饭桌上没有多余话，门口也没有路过的闲话，日子就这么过了几十年，默默无言地漫过。等桌子上的饭菜几乎都装到肚子里后，小方桌就搬到木柜的前边，被女人擦拭得干净整洁，等待下一次的搬动。

老大刚进胃里的东西还没归顺，就看见老二又从门口朝北走过去。老大喊："老二，大回来了！"

老二看一眼老大，嘴里说："哦。"这哦像抽了筋，他不停步地走过去。

一盘老炕就是老人的一切了。

老人回来后却添了病，真的要走了，可能与老四在医院里说的"给你预备后事"有关。病日重一日，看来熬不过一个月，真的要预备后事了。

老大为难。四个儿子啊，怎么……

农村像给老人预备后事的事情，有几个儿子的，都是披了衣服的阔嘴舅舅口里叼着旱烟锅子发话主持，此时此刻也正是做舅舅发威的机会，以后再不会有机会训这群"畜生"了，谁不听都不行。可他们的舅舅早死了。

只有请村干部，也是常例。老大这样想。于是来了村主任和会计。一个先到，一个后到；一个长脸，一个长腿。老大在家里早备了茶水。陕青，春天的，味道醇和的陕青。

此日新雨后，天空青蓝，没有一丝云彩。整个村里被煞了热气，散发着少妇释怀后的味道。村头水车的吱咛声弥散着，雨后的这时，只看得见那高大的轮子在转，吱咛声像被水冲去一样，消歇得不使劲听还真听不到。

把老三和老四从城里叫回来了。二人一前一后下车走进村，知道这次回来是掏钱的，二人平日的喜色早退尽了，脸拉成棍子。

因为雨，村里变压器跳闸了，电工又去丈人家赴丧，注定今晚整个村子要在黑暗里过了。还好，老大家里备有蜡烛，大家围桌坐定时，正当天黑。老大从屋后茅子（厕所）提裤子回来看桌上立着两根蜡烛，就眼瞪女人，生气地说："是给死人点灯吗？"女人吹熄一根，撤去了。给死人点灯都是两根，女人不知道。

开始。大家各自寻凳子坐了。照例是村主任主持。开腔，咳咳，我这痰多——唵，你父亲到时候了，你们几个儿子都孝顺，村里人都看得到。现在在一起给你父亲预备后事的事商议一下……开场白还有许多溢美之词。村主任不停地咳咳，偶尔起身走到门口把痰吐到外面。这时的村里不缺狗叫，远处的狗叫声真就像用长长的绳子牵进门的。

村主任的一口痰差点把蜡烛扇灭了。

商议是有趣而严肃的。

会计已经满肚子茶水，再也加不进去一口了。他不抽烟，于是他发话，发话完好解决憋尿的问题："老三那块地阴阳看了，风水不错，把地角切出来，箍墓；老二屋后那棵柏树砍了，做棺材；老四掏三千块钱，作为箍墓做棺材的花销；老大负责箍墓做棺材和衣服。埋人待客的花销，三一三余一。行不行？"

老四听完，随口说："这是入股么。"他擅长炒股，便常把什么都当股票看。他的"入股说"一出口，满屋子的人都笑了。

"入股就入股。"老二说。本来老二的那棵柏树是给自己准备的，父亲走得急匆，心里不悦也顾不得了。

"入股？行。"老三说。

"叫入股？就按那办吧。"老大也同意。

村主任的一连串咳，表明今晚的事情可以结束了。且他不停地摇动一条腿，鞋就挑在脚尖上。卧在桌子腿旁的狗目不转睛地看摇动着的鞋。那不是肉，傻瓜。

老四心里明白，入股是为了赚钱，这样的入股本钱是无归的。

用这种办法埋了老人。村里谁说老二不孝顺，老二会说："我入过股的。"说老三，老三也说入了股。说老四，老四也那样说。四个儿子都是孝顺的。

棺材做得好，漆得油光，体面极了，还是柏木的。墓也箍得堂皇，让人羡慕。老人死时在冬天，雪满了一坡。

次年，村里的春天格外精心筹备一样，像一个家里精心预备的后事，槐花香、桃花香、梨花香，还有许多花香，搅在一起，满鼻子香，稠得如蜜。

2015 年 8 月 13 日

种 仇 记

明末清初时候，商州地面颇不太平，自然灾害频仍，单是旱和蝗虫，就使得数年间颗粒无收，饿死无数人。一个夜间，奇奇落下一块陨石，没有落河也没有砸着房舍，却顶在了一棵树杈上，放了三天光，灭了，像长在树顶一样。次年春，那石上还长了叶子。真真是奇事，人皆传出大灾了。每到夜间三更，乌鸦站在枝头恶声如嚎妇，第二日则必有穷苦人家趁曙时抬出尸首去埋。也常看见从丹江河里漂出死人臂腿，野狗追着饕餮。官府那些人从河边走过，没眼睛一般，呼叫着办了事就走了，根本不管百姓死活。话说离县城百多里有个覃塘村，此村百多户人家，地薄广种，靠天吃饭，风调雨顺时尚可填个半饱，当遇到天灾，饥饿如天塌一般，多数人家打发孩子出去讨饭，一些年迈之人只得靠野菜树皮为生，常过不了冬，就走了。竟至有时家里无人去葬，村里好心人前去埋了，留个坟头，等来年坟头的青草。更有一些人家，遇到此难，央着把女儿送到城里或本地富豪人家去做丫头，讨个活口，等饥荒过去再接回孩子。日月实在难过。覃塘村有个二货，人称覃老四，年方三十五。前边有三个哥哥，一个腿瘸，一个歪头，一个虽心里亮堂，却是个矮子，走不到人前去，一家就指望老四了。老四长得体面高大，威猛如虎，尤其那一身的黑肉，满胸的粗毛，谁见了都让他三分。老四自小就受大人宠爱，别的孩子还没有端碗，老四就已经吃了一会儿，别的孩子还没有置下新衣，老四就已经穿上了。因此，覃老四被惯养得没有高低，人前哪里知半点礼数，与人有隙，动辄操矛执刀，非得流血，人见人怕，狗见狗躲。虽然是这样的一个人，不得念一天书，身边却常围拢聚着一些不三不四的人，说大话，扯虎步，吃肉喝酒，全不听大人之规劝，自在快活着如在世外桃源。在这般世道里，易生虎狼也易生懦弱。一日覃老四竟萌生奇想，欲坐山为贼。这想法一出，这里的天就骤变了。果然那天雷啸后落得一阵噼噼啪啪的急雨，把一个村子的树叶全打落地上，养的猪在水潭里漂荡了半日，第二日则天红得如关公脸，老人们看了天说："还没见过这般的血涂了的天，恐是要出事吧。"后半日，覃老四带了几个粗壮弟兄，绑了几口肥猪，敲锣打鼓上山落草为寇了。

覃老四落身的山离村子二十多里地，在村子的西南方。村里人常抬首看到一团黑云从西南方过来引着雨的就是那地方，那里叫云君山。既然上山了，造房开荒，经过几个月，种子也下了地，房子也立起了，周围听到覃老四在此占山为王了，也有陆续奔靠的。一日日人多起来，气象竟不断扩大。

占山为王了，就要有为王的规矩，就要吃喝大享，不能受饥受饿，于是过不了很长时日，他们把做贼做匪的路数都学到了手，打劫抢掠，奸淫作恶，根本没有了村民的模样。没被子去抢，没肉去抢，没银子去抢，世间的一切皆应归于他们似的。

这覃老四在村里有个妻子，安分守己，哪知秦唐魏晋，却会经营生活。原来把覃老四的父母伺候得妥帖如自己父母，把覃老四的三个哥哥也照顾得如自己的亲人。覃老四与妻子育有一个闺女，已八九岁了。可闺女是个病弱之人，头斜如椭饼，还常年嘴角淌河。

覃老四上山时曾想把妻子也带来，怎奈妇人不来，到山上三年后，覃老四在众弟兄的簇拥下，日子愈发向上，想法也盛大起来，就从周围一个庄上给自己抢得一个如花似玉的女人，做压寨夫人，真叫体面了大王的脸。一年后这压寨夫人为覃老四生得一个女儿，这女儿也是有豁缺的人，眼角朝上提着，几岁后还不会走。为此覃老四也伤神动情过，以为自己不配有后，两个竟都是女儿，还丑疾不堪。正是村里蚕忙时分，山上却闲云荡漾，消停如宫阙。近日才从一个地方掠得一些猪鸡鱼蟹大米萝卜粉条，分外丰盛，吃得弟兄们满面红光，白天练几下拳脚，就是睡觉。一日晚，正是秋初节令，覃老四和几个弟兄摆了酒桌在门前，野旷如海，夜也如海，鸣虫就在身边蹦跳，天上的星星竟低可手捉，如挂在头上的火镰。俯视山下，隐约明灭，一片一片，那是村庄。酒过数巡，几个弟兄缠着要划拳行令，几番下来，覃老四竟有些迷糊，心里翻搅，眼见得天上的星星也如了釜中的鱼儿。覃老四说着弹泪不住，咻咻竟有千般委屈似的，众人问及，覃老四说："我覃家命苦，几辈子里没出过读书人，几辈子里光景过得寡水一般，到了我这辈里，几个哥哥染疾身败。我的两个女儿也是不能接力这个家。不像有的族里，出人出物，铮铮脸面，做官如自家囊中探物，衣锦还乡走一遭，多神气。"说至此不觉更伤心深重，泪水口涎一起弥漫了前襟，后补一句："那是我们的种不好啊。"这时一个弟兄听了是种的原因，附在覃老四耳上，低低说上一句："哥呀，种是可以改变的。"这一句提醒了酒醉中的覃老四，覃老四顿然睁大双眼，一把抓着那个弟兄的头发差点提起来，说："对呀，兄弟，你怎么想到的？是的，我要借个好种回来，传下去。"

"大哥，怎么借呀？"

"就是找个人和你嫂子睡觉。"

"睡嫂子？"

"啊！"这个"啊"非常不一般，像个重槌擂响整个山谷。这"啊"一出口，弟兄们像瞎了一样，闭口不敢言了。

且说一个叫周承的，是覃老四邻村的人，自小和覃老四友好，在十多岁时曾和覃老四在山里一起网死过一头野猪，把野猪肉还曾送过亲友。周承为人老实，口讷，心地善良，覃老四上山时周承第一个呐喊着要跟覃老四闹天下。

借种的事覃老四委托给周承去办，就是把周围读书人中的秀才、举人等选一个绑回来，和嫂子睡觉。这事虽然听着简单，却像给狼口里送肉一样，其实简单不了。

在商州方圆地面有名望的读书家族有三个，柯、康、鄢。这三个家族里出的人物几百年来把商州地面把持得滴水不漏，外地进来的人物也是飞沫一般，坐不了久长。如果几十年里，柯姓坐了商州天下，那么后几十年自然就会是康姓或鄢姓的，如若不然，必要动骨伤筋，刀剑相向，这是谁也不愿看到的。有了这个规矩，三个家族为了不看到血光之灾，常在重大节日时，相互请邀，主要人物吃喝一番，碰杯道安，说些屁淡的话，以示安慰。话是掺了酒的，心里却是互揣了鬼的。这三个家族在商州最有风水的地方——金岭寺，建了陵园。三家都想据此风水，又不便起干戈，就把此风水宝地分作三片，互不干扰。这个地方到了每年清明时节，飘绸闪缎，红红绿绿携扶而至，鞭炮直响半个月，被叹作商州一景。

周承在这三个家族里摸索着为哥哥覃老四更换品种的人物。

山上的情景按下不表，却说周承搜寻读书人的事到底怎样了。

周承伴了一个弟兄，这几日真是辛苦，跋山涉水，眼睛恨不得用棍子撑起来看那些像读书人的人。从那三家贵族里挑寻不便，又不敢明着去捆夺，虽是山寇，却也不得不忌讳许多，怕惹出讼争，毕竟人家在官的多。一日，周丞二人到了县衙口前，看贴了榜，二人不曾认字，问旁一人，说是出榜告示前半月考上的秀才。又问了一个秀才名字，叫春明，还问清了春明秀才的乡里住处。二人窃喜弹指而去，直奔春明秀才的村上。

这日春明秀才还不知自己上了红榜，正在家里执锄锄草，挥汗如雨。春明秀才是清苦百姓，家里就一人和老母生活，两间草房若小盒子，门口猪圈墙上长满了草，圈里的猪也瘦得能飞起来，脊似刀背。春明一身淡灰粗衫，刚从地里回来，洗了一把脸，把污水泼向门口地上，不意抬头瞥见两个贼头贼脑之人，正以为奇，那两个人大步过来，问了春明秀才的名字，不由分说，两条胳膊被两人扭了，说："走，跟我们走一趟。"春明秀才赶紧说："我是百姓，不曾犯律，也不曾欺民害人，怎生被你们这样？要走也得问个明白。"周丞说："好事，你还犟扯，非要受几下吗？"春明秀才问："去哪里？"周丞说："山上。"

扭了春明秀才一路朝山上走，进了山沟，二人便松了手，三人相偕了走，只是让春明秀才在前边走。伴周丞的那个人，矮得如个球，知道找的这个人是回去睡女人的，就心里一直憋气，恨不得眼皮夹死了这个穷秀才。他低声问周丞："就是让这个人回去睡嫂子？"周丞心里也不畅，答着："嗯。"

进了山，上去一条深沟，沟顶便是一条更细的山缝，那山缝是两块极高的崖被分开形成的，若两边山崖一个不经意的颤悠，那条细缝儿就要合上似的。沟底里是碎石乱立，碎石下是细流暗响。这时刚好从顶上下来一溜阳光，照在三人身上。春明秀才抬头看一番，愈走愈怕，心想：怕是要丢了性命了。眼泪婆婆而下。

到得山上，周承给覃老四说了搜寻的艰辛，又将春明秀才让覃老四看了，还满意。

覃老四问："读书人？"

周承说："这还有假？我们两个是在县衙门口看了出榜才寻到的。真正的读书人，秀才。"覃老四也觉得这么一个清秀人物，深信不疑，吩咐给秀才做顿好饭菜伺候。吃罢饭，覃老四命周承给春明秀才照直说了强邀秀才是做何事来。话一出口，秀才是未见过世面的，也是童子身，早吓得汗流满面，瑟瑟发抖，恐要把骨子里的油也吓得顺腿流出了。秀才哪里能信这种事儿。

周承问："答应不答应？"

秀才怎敢答应，直颤着声说："小的不曾害过人，千万不敢的。"说了无数遍，请求放了回家。嘴上虽这么说，心里却不明底里，不知怎么会有这般的好事降临到自己头上的。这样的不知好歹，覃老四哪里是给人赔笑脸的人，就呼唤一声，身后出来三个黑脸狼目的人，把秀才拉进一个土屋子抢起了棍子狠打，直打得秀才开口答应这才罢手。秀才今晚受了伤痛，覃老四吩咐秀才养休三日再做借种的事。三日过了，覃老四心里总不坦顺，然既定了借种，又万般找得这个秀才，不得途废此事。次日晚，周承把秀才送进嫂子屋内后，和覃老四几个饮酒，把半坛子从山下打劫得的酒已经喝到差不多见底了，覃老四早醉得分不清五指。一圈人睡倒了多半，吐得酒气冲天。覃老四心里明白此时正是秀才和自己的女人睡觉，就要起身朝后面屋里去看。周承说："哥呀，去不得。"覃老四说："怎么去不得？我的老婆，我去看看。"就跌跌撞撞到了妇人窗下，灯还亮着，却看不进去。覃老四贴耳去听，屋里床上一片声响，娇莺细喘，真正的颠鸾倒凤，二人滋润得如蜂采蜜。覃老四一股酒气上冲，一手朝窗子上拍去，里面顿时静塌了一般。覃老四转身竟见周承也支起耳朵听，就又狠狠打向周承。周承捂着耳朵跑了。在以后的几天里，秀才又给补充了两次"弹药"，覃老四觉得足够了，才放话说，让走吧。周承把春明秀才跟送到沟口石缝那里，朝秀才身后狠踹去，骂声："你狗日的有福啊，读了些破书竟得到天上掉的福分。去吧。"

云君山上的日月分外跑得快，眨眼不觉就过去一年，春秋在这里青云白露的，把一个山的弟兄养得筋是筋骨是骨的。云君山上愈发像一座山寨，修了主堡，也有了连接的石路，土屋竟昂立了几排，屋前屋后也植了树并花草。只是覃老四不允夌养鸡狗，怕咬叫起来惹了事端。转年的春末，覃老四的压寨夫人生下一个孩子，男婴。男婴肥团得如一深色的宝物。覃老四高兴，在山上置酒列桌庆祝三天，这三天里是大块肉大碗酒，这三天里可以狂呼乱叫无大小辈分，这三天里还能自由去山下找女人，享乐了回来大家一起谈说高兴。在酒醉的时候，覃老四竟一把抓起一块斗方的石头，朝山沟里扔去，黄昏的时候，正好石头在空里停住了，光涂在石头上，好看得像起早了的染色的星星，停了好一会儿突然不见了，沟底却一片曛唧唧，声音穿了铁鞋似的。周承红眼着也喝多了，看见石头星星落下去，忍不住竟泼泪出来，抄起一根棍子舞弄，棍头遇着石头，火花四溅，众人惊悚一片。

"大哥，孩子好呀。"

"大哥呀，有福。"

"大哥啊，孩子一定也像他的父亲一样将来是个读书人，做官。"

这句话如针刺一般进了覃老四耳朵，覃老四极不高兴了，眼睛里顿时放出敌光。

"怎么说话的？孩子的父亲是我，是我，不是秀才。"

周承一旁圆承，说："会不会说话？嫂子生的，不是大哥的是谁的？"又低声了说："大哥呀，那个秀才留不成，万一孩子大了知道了根由，岂不难堪？绝了秀才才是对的。"

覃老四觉得周承说得极对，世上应消去这个秀才仇家。

那个黑豆般的儿子一天天长大起来，覃老四看见孩子就对那个秀才生一层怨怒，实在难以宽宥。覃老四心里常想："他睡了我的女人，走时实在应该一枪崩了他，落得干净。"想着想着，便给周承如是这般叮咛一番，一定要看到春明秀才的头颅才可放心。周承领了任务，伴了那个冒着傻气的矮子，背了干粮和短剑出发了，去茫茫世间找寻那个春明秀才，索要他的脑袋。

"大哥呀，我们走了。"

"走吧，杀了他就是除了哥哥的心头之患。"

矮子本来不肯说话，今日却壮士一般，昂了头，说："哥哥呀，我们杀了那个臭秀才，回来给我们分金条吗？"周承扯矮子的衣袖不让胡说，矮子却不理会，还说："回来了给我们也娶个媳妇，像嫂子一样好看。"

"好，我应下来。金条，女人。"

矮子欢喜得小狗一样跟着周承走了。

且说二位走了几天，腰腿断了似的，知是不远处就到春明秀才的庄子了。此时太阳正火盘一般悬在头顶上燃，二人被太阳早烤得像水里拔出的人，矮子的衫子已经拧了几次水了。在河里几番掬水饮过，还是似火覆在身上。又渴又饿行在河旁路上，这时后面恰上来一个老爹，担着西瓜叫卖。这老爹长得一副菩萨面相，须髯飘白，眼明如炬，浑身也汗湿了多半。二人见了便讨要西瓜解渴，那老爹却言没有带刀，西瓜又不得拳打了享用，周承就卸下佩剑，在石上切了瓜，二人已干渴得似漏罢水的筛子，一阵吞食，瓜皮就扔在河滩里。准备谢过老爹，那老爹挑了担儿却不见了踪影。二人打嗝一番，继续走。恍惚里，前面石滩出现一只飞动着的兔子，二人顿然来了精神，想捉了兔子在前面庄子里沽二两酒快活一下。于是二人狠劲地撵，撵出几百米，那兔子却现身成一只狐狸，还媚了一个眼神，朝石头滩里深处不见了。矮子吓得抖索，说："周哥呀，我看那是一个妖精，莫不是要引我们送给虎豹吗？"周承是什么也不信的汉子，耸了一下肩，让继续前行。又行了一个时辰，眼见得太阳那个火团还在天上作威，这时却在半山腰里乍然现一个女子在采药，穿红着绿，背上是个小背篓，背篓里已经有不少草药了。那女子的眉眼真真比得过山上最艳丽的花儿。矮子看得发呆，周承用手在矮子眼前摇，矮子才醒过神来，说："我的妈呀，没见过这么好看的人，这样的美人儿娶回去是不敢在土炕上倒的，要伺候在神的面前才行。"周承也看得涎水湿了前襟，二人皆傻了一般。只是顾了看，这时天上一团黑云滚来，像悬在头上的乌城，一个炸雷下来，二人惊醒，看过头顶的云，回首看山上时，哪里有什么女子，二人都揉揉眼睛，不知怎么说。

等赶到春明秀才的村子里，已是黄昏。秀才早知身家有难，脱身不在村里。柴门紧闭，门前圈里的猪也不见了，想来是售卖了。叩问邻人，竟是刚才火阳里担了西瓜叫卖的老爹，说："那秀才可怜，听说被人无由追杀，老母担惊，病重身亡，秀才才单身脱逃走了，不知去向，可怜啊，如一滴落雨飘去了。"老爹还给二人指看了不远处一座新坟，坟上果然飘着几绺纸幡。

这一晚，周承二位就歇宿在老爹茅舍，老爹人好，还真炒了一盘山肉，沽得几两黄酒，痛快到夜深月斜方沉沉睡去。二人醒来已日高三竿了，老爹早出门去卖瓜，屋里只见一个老婆婆，细声问候了二人，说老爹让二人走时带着两个西瓜路上解暑。二人一看，院里小桌上果然摆了两个花皮西瓜。二人谢过，一人抱了一个出门循原路出沟去了。那条河沟腰带样细长，走了多半天还没有出头，又是热煞的时候，二人早已心口里火煎起来，坐下开始吃瓜，一人一个，吃完二人却昏沉如沉渊底，不辨东西，腿脚相交，浑身无力，汗也汹涌而出，擦不及。眼痴了不到半个时辰，均躺倒在河滩里不省人事了。原来那位老爹早看出他们是追杀春明秀才的强人，离开家里时，给桌上西瓜里注了毒药。

到底二位怎么了，且先不说，回到山上看看吧。

这春明秀才也非痴书傻读的人，自在山上被迫撒种后，终日恍惚，虽偶尔回味与那女人云雨美妙的感觉，但分明知是自己惹下不赦之祸，就在老母病亡后锁门离开，躲藏他处。先是经人托请，在衙门里谋了个抄录辑校的差事，终日不得闲着，月酬数银，不敢奢侈，依然素衣素食，只是不轻易出门张望，怕被山上人眺见捉了去。这样过去九个月，本想长久下去，解决生计，又有衙门人的体面，可事总有不测，那位知县大人得罪了上面，被安了贪罪发落到外地，满衙里的人走的走散的散，鸟兽一般，有的还偷怀了衙里的锡铜器物趁黑跑走。真乃树倒猢狲散。自然春明秀才也怅然离去。那天离开时，他买了满怀的肉包子，准备远行了，离开县城朝北山方向走，到得下午，已经把满怀的肉包子下到肚里，循着狗吠，进了一个庄子。这个庄子煞是清爽，绿荫蔽目，飒飒的凉风从树间穿过，庄子竟清闲得如置世外，几个人走路也散散得毫无急迫，说话也温文婉转。春明秀才叹道："真个好去处啊！这里就像个睡着了的母亲，无梦无扰。"正在回味间，一个长袍老者出来，嘴里衔杆烟锅，绣了花的烟袋还在下巴处晃荡，他是先生，是准备到庄子里学馆去的。看见清瘦学生模样的春明秀才，问了根由，春明秀才据实如此这般把自己的前后备细述说一番，更把祸惹山上的事说得情切动容。先生乃见不得可怜人的，涕泪起来，拉着春明就去学馆，留春明在此帮教，答应每月的束脩酬谢分得少半。春明感恩不尽，纳头便拜，呼为干爹。这先生本来没有子嗣，膝下尤虚，偶然一个惊喜落在面前，做了干爹，分外把春明放在心上，二人就安住在草屋里，种蔬种薯，把个寒窝竟经营得亲切如常。一个庄子的人都羡慕老先生的福德来得不浅。茅屋虽破旧，但先生好书，屋里桌上炕上还散放着书籍，先生抽闲里就把书来读，堂屋正中贴着孔夫子像，像日久卷皱了四角，先生时常在孔夫子像前燃起香烛，虔敬得无限。每日，先生下了学，春明就把饭做好了，摆在桌上等干爹。干爹每日里还要咂几口清酒，并要春明也尝尝辣香。

转眼至来年清明，春明要走，说明情由，原来春明知山上自己种下的根苗已两岁多了，自是十分思念，总想去看一看，了却心怀。先生也则知了山上有个干孙子，心里不由得暗喜，就和春明议定一起去看。这老先生原不是凡俗的人，早年幼时，曾多次奔考过功名，走在长安道上，然命舛不济，至此断了考取，发誓做个守分的农人，侍弄庄稼，了却一生。则乃一个偶然，母亲山上跌伤，不久便去了，留下他一人，没有了行止方向，日子从此饥一顿饱一顿。到了次年更是来了没深浅的饥荒，到处是讨要的如串队伍。他一看这般日子不会有边缘的，就弃了独屋和院里的一丛绿竹，奔河南少林寺去学拳脚了。五年后庄子里人以为他死了，他却光鲜着脸面回来了。身手处处是功夫，走路也风一般，但凡远近的人不敢与之争抢，有了口讼，也让他七分。他本该修一番茅屋，娶个老婆过活，可他不与女人结缘，要单身一辈子下去。因了年轻，浑身的筋骨生动，就给人帮忙讨债或消障雪耻报仇，常就把对方打得头破血流。在几年里，他真的惹了不少人，也得了不少不仁不义的财银。在一个寒冬腊月的风啸之夜，他的茅舍被人点了，大火随风顺势，噼啪燃了近一顿饭时间，等人们聚拢来救火，房子已塌了半边。他从此不再干那撸袖挥拳的营生，从良起来。年纪大了后，他是有学识的，就任了学馆，安静着高唱"子曰"，每日里听见学童红口唱他教的《春秋》《幼学琼林》《千字文》等，心里便舒服得如鸟儿斜尾飞过。在教学之余，他竟学得算卦看相，远近知道后，总有人前来要讨前程吉祥。

春明秀才说知了干爹，老先生啜过几口酒，二人计议罢，第二日早就起身去山上。老先生扮个卖售小货的，头顶着软沓的草帽，春明则在两腮粘了浓须，扮作个一眼瞎了用黑布遮住的讨饭人，手里还提着棍子。

正在清明，春意涌动，万物复苏。云君山上人间天堂似的。从河边石路上去，愈走愈深，边处的柳树刚冒出黄嫩的芽。从石隙那儿进去，看到覃老四住的那儿已是半午，无一丝寒气，山上远近的绿意顿显。二人走得甩袖阔步的，出了一身的毛汗。

覃老四正在和几个弟兄聚餐，桌子上是红肉清酒。周承和矮子也在。周承和矮子是怎么回来的，稍后再说。这时覃老四见远处依稀过来一老一少，走得僵腿僵脚的，就打发几个弟兄去问。一问才知是讨饭的，那个老者竟会算卦。周承就热络地说让算卦的老头给哥哥的儿子看看相，博个好彩。覃老四就挥手让二人近前，春明那样打扮他们哪里认得出来，一点没得含糊。覃老四让旁边厨房里端出一大盘肉，让二人吃了，等抹了油油的嘴，覃老四才说了让老头给儿子看相的事。老头当即允了，就延请至内室，后面跟着春明要进去，被周承挡了，老头说："一起看看孩子是添福啊。"二人进去，春明看到自己的骨肉竟长得一团喜气地活泼可爱，心里一阵酸楚，差点从黑布遮着处流下泪来。那曾与春明乐和了几个晚上的女人竟不曾有半点减色，只是很看了几眼春明，不言语了。老头是世故之人，备说了孩子无数的好话，语中饱含吉庆，又把孩子长大能做知县的话说得言辞恳切，使一圈人无不信赖。又说了大人的无限之好，把覃老四的手相看了个细致，积攒下的一堆好话全扔给了覃老四。覃老四是粗得如牛的，听了这般一番好话，滋润得难以比拟，就给老头和讨饭的一大把碎银，呵呵着深信自己的儿子是几十年后的知县。

在回来的路上，春明问干爹："我儿子真能做知县吗？"

干爹说："这是真的。这个孩子不是一般的福分。"

"那覃老四呢？"

"覃老四是作恶的，晚年自会凄凉冻饿而死。这也是真的。"

现在且说那日里的周承和矮子。那日里周承和矮子二人吃了毒西瓜，昏沉着死了一般。因毒性不足，他们躺在河滩里约莫半天工夫，才慢慢醒过来，哇哇吐了一阵猪食样的东西，直吐得肝肠寸断，爬到河边狠喝一气，涮肠了后，才觉得天色迟暮，咽喉里长个挠子在抓似的，脸皮也僵硬着疼。头顶上慢慢灰沉下去的天色里，几只乌鸦带着粗哑的叫声飞过去，使整个河道里阴森得似有个魔掌要抓头皮。他们还是浑身无力，走动不得，又躺了几个时辰，才有动的气力，本想返回去找那卖西瓜的老翁清算，烧了房子，怎奈这样了，保命是先，若返回去也未必报得仇，于是二人相携着出沟去。第三日二人才回到山上，给哥哥覃老四如此如此说了二人的遭际艰难，覃老四只得让二人暂休杀念将息一阵子再做打算。

春明和干爹上了一回山，见了孩子，心里宽解了一些。回到老先生的寒舍，二人对今日的表现很是满意，不禁哈哈笑起来。春明取了眼罩，兔子般跑到河里捉了数条鱼，竟还摸到两只螃蟹，喜滋滋着回来，老先生已置办了几样菜肴，算是山里的口福。二人不免把酒持螯一回，门口过去两人，见春明和干爹如此自在得意，也进来坐在一起享用。檐头的阳光早悄悄移照在门槛内，面前地上落了一方橘黄。

这样的日子过去不久，春明自知不可在这里待得太久，恐被山上贼人知道，追撵至此，连累干爹，就言明忧虑，拜别了干爹，弹泪而去。老先生给春明衣兜里塞了几两银子，预备路上用度。

离开了老先生，春明走了数日，在一个镇子上歇下身来，测想这里与云君山遥远，不至于被眼盯上。为了糊口，他在一家豆腐坊做工，白天除打理坊内毛驴磨豆腐外，还把昨晚做熟的豆腐搬运到镇上，交给豆腐坊老板女儿去卖。这样看着旋转的石磨里流出白白的豆沫，看着驴子走动摇头的样子，春明自觉这样的情景也合了现时的心思。晚上春明就睡在和毛驴隔墙的一间土房里，驴粪味儿无由地淹了鼻子。这样先安身下来，心里也稍稍妥帖。他还买了几册书，晚间点灯着看。时间稍过了两个多月，也到了盛暑时候，豆腐坊老板知道了春明是读书人，曾是秀才，就另眼相待，吃饭也同桌一起，有些账目也让春明拨算盘子算计。老板女儿是个眼里有水的人物，来了春明，一看春明并非凡俗，早在心里缠绕盘算，几次借口借春明的书或让春明讲书里的故事，就在春明睡的小屋里嬉笑到深夜，直等晚间的虫鸣都息了才回去，第二日又是这样。

正应了日久生情的老话。在那个时候，读书人尤其秀才是很受看重的，还可以在人前犯规不跪。豆腐坊老板夫妇心里也敲开了主意，看着女儿那么上心于春明，就任了女儿去。这女儿非一般地好看，人白眼大，说话莺燕一样，小口里的细牙白得如同糯米，穿什么什么好看。只要这女儿从镇上人多处一过，第二日便有不少女子跟随着学着去做她穿的衣服，不出十天半月，这条街就满是一个样子的穿着了，全因了这女儿的漂亮。有天仙样的人卖豆腐，买卖能不好吗？一日，深秋的街上，一股黄风把土气卷得像揭了一层皮，人们的衣袍也被撩拨得极乱，没有雨，却是故意捣乱似的。一块黑云被风贴到豆腐坊的土墙上，那黑云竟活了一样，颇似秦戏中青怖异常的脸谱，显一笑，不见了。看到的人大怪之。春明正在豆腐坊里招呼驴子转磨子，从窗缝里眺见两个背剑的人进了前边豆腐坊的主屋。这主屋里每日老板娘做了豆腐卖。老板娘做的豆腐有两种：一是叫白豆腐，从热锅里捞出豆腐切成小方块，调了调料卖人吃；一是把豆腐在油锅里烙了卖，叫油豆腐。这两人进来是吃豆腐的，老板娘满脸笑着迎进来，做了豆腐端上桌，二人吃了，出门离开却言说没有带钱，与老板娘不免争吵起来。春明从窗缝里看时，真切认得是周承和那个矮子，也不敢出去解劝，不过争吵几句也就无语了。春明看着两个影子走远了。有了这次看见，春明愈觉这里也不是久留之地，在一个落雪的晚上，春明给天仙说了要走的意思，这天仙是深陷了春明的情潭，哪里肯放手春明，就涕泪不休起来，拥着春明紧攥衣襟，生怕春明像个虫子飞走了。那个夜里，雪落得仿佛天上的云粉全掉下来了。天仙那晚就歇身在春明的土屋里。第二日一早，天仙给父母说要嫁与春明。这父母知道了昨晚的事，知是生米已熬成稀饭了，就顺口答应，并决定在腊月里完婚纳婿。腊月眨眼就到，豆腐坊在这里可算是多半个土豪，为了操办女儿婚事，豆腐坊里很是忙了一个月，准备大宴宾客，把女儿的婚事办得和乡绅们的事一样，早早请了乐班，也邀了远近有头脸的人物，虽寒风疾烈，在街上把人们的步子搅扰得短了分寸，但该来的都齐齐到了，老板在门口躬身迎候，堆笑里使今日也显得不怎么冷峻了。

这二年里，春明在磨坊里磨豆腐时，也在驴子旁立一案桌，习字，每日里不曾歇手，每次驴子磨完一天的豆腐后正是他习完当日的作业。豆腐生意有了他的帮忙，颇有日进斗金的气象，他的字也慢慢成了好字，周围知之者甚多，被誉为书家，渐渐索字者多了起来，有的竟持了酬谢来，回去把字贴在堂中。豆腐坊老板和老板娘对于春明的出息愈发喜欢，看定春明是能飞动的人物，更不敢有半点小觑。自从春明的字进展得遐迩有名后，云君山上的覃老四也知道不远的镇上有个人写字有名，也想在山上的土屋里贴几幅以显耀其有文化，就派了一个弟兄去索字，回来说那个写字的人就是当初睡嫂子的那个秀才。覃老四一听惊了，问：

"看准了？"

"准了，我们执杖打的，怎么会认不得呢？"

这下山上把春明摸着了。恰在春明和豆腐坊女儿结婚的这一天里，正当上酒上肉，炮仗响过，桌上的人尽皆举杯时，三个恶神般的人进来，不管左右高下，端起大杯就是豪饮一气，喝罢了，对着满满的人群说："对不起了，春明秀才是我们山上的敌人，我们要捉他去还债。"两下里就把春明身上的彩衣和红花扯落地上，绳绑了起来，不等豆腐坊的老板和女儿出来，春明已被三个汉子架在空里旋风般走远了。这等事情出来，喜事办得空喜了，豆腐坊的女儿也扯掉红彩衣服要去追撵，被众人拉住了，那女儿就哭声拖地起来，把自己的大喜闹得冰凉一片。人们说："让先拉去吧，山上的人谁敢惹呀！"

回到山上，覃老四果然见了真正的春明秀才，牙根恨得发痒，听说春明秀才正在和豆腐坊的西施举办婚礼，就问："你一个臭秀才，一辈子艳福不浅呀，好女人怎么都朝你的怀里钻呢？"吩咐把春明秀才关起来，择日处置。自从捉住了秀才，山上几日里不消停地庆贺，酒醉了几次，给周丞和矮子也备了特别的犒劳。这几年里，云君山上在覃老四的统治下，竟愈发像个人间村落，也给不少弟兄在此成家，一个弟兄一个小屋，小屋里备办了简单家具。每个弟兄娶亲，必要大摆宴席，吃喝得颠三倒四。这个娶了那个娶，山上几乎隔不了几日就有酒肉。人说，饥了吃着香，渴了喝着香。山上的弟兄都是几十年才见得的女人，娶过了女人，就疯了一般地享用，把个云君山闹腾得颤巍巍起来，比山下的欢腾多了。山下官府也曾上来看过，几次欲招安，覃老四哪里是那样的人物，就与官府的人马交手了几次，官府还伤了几个人马，回去再不敢来了，任其生灭。这样覃老四的日子更见泰然。

事情总那么有波澜，令人有想不到的味道。自从上次春明和干爹扮了算卦和讨要的来过一次，覃老四的压寨夫人认得春明了，只是看了记在心里，不敢吭声，待春明走了，总在心里惦念。女人总爱藕断丝连，有了那么几次交欢，女人心里就刻上了秀才，当初的甜头始终不曾散去，把春明与野兽似的覃老四比了无数个来回，覃老四哪里给女人能留下滋润。要不怎么说，千万别沾女人，女人被沾一次就会落下一辈子的心病。及至这次春明被捉上山听说要杀了，这女人哪里听得了这个结果，这几日心里自是被推翻了一样，烂着疼。梦里也湿了几次眼睛，舍不得春明。冷风愈发厉害，把山上吹得清冷异常，看不到一片叶子了。背阴处的雪还没有消尽，斑驳如花狗。这一日晚间，覃老四和几个弟兄又在喝酒，到四更多才回来，已经月斜过了不少。回来就撂身在炕上呼呼睡去。这正是女人去看春明的时机。女人毕竟胆怯，孩子睡得沉，她慢慢踏出门，知道春明在哪里关着。身上单，出得门先是激出一个喷嚏，这女人哪里顾得感冒，就脚下轻快着去叩春明的窗，里面问："谁?"外面细声一个："我。"里面早听出了这女人。窗子开了，二人的手像两只极渴的鸟儿合在一起。女人的手竟冻得冰似的，春明急急拉在自己胸口来暖。二人明亮的眼睛交织着，夜月也恰把月色留在二人的面前。女人还摸了春明瘦削的颊，胡茬在女人手上的感觉就像春天里犁牛在地上的踏痕。

"他们要杀你。"

"我知道。"

"你想办法逃吧。我不想让你死。"

"我想办法。"

女人踏着寒气和清冷的月色走了。

临刑夺命的日子愈来愈迫近，春明这几日里如抽了精神，虽然喝着压寨夫人偷偷送来的蜂蜜，但心里丝毫无甜。腊月里下了几场雪，遮覆了满山的枯黄，风顺着沟道沿着山路攀缘上来，在云君山上时起时落，故意跳舞似的。是个大红的日子，行刑选在曙色刚出来的时候。几个人把春明绑着拉到东边山头上，后面跟着一溜列队的人，覃老四穿得严实，狐皮棉袄几乎把脑袋要埋进去，他坐了土轿，是自己弟兄从山上砍来的竹子做的，不太洋气却软和舒服。他已经咳咳了几次，没有吐出来。等把春明绑在那个杀人的柱子上时，他还坐轿在半路走着，看着东边出来的红光把那个即将要死的人像剪出来的影子立在山上，他深叹一声："这样看来，还真美呀。"那座山头已经杀过不少人，都是那样绑了，砍头，然后倒下去。可是今天砍头时出了点岔子，刀还没落在头上，那个秀才就抢先朝山下扑去，落下深渊，一个深长凄厉的叫在空里盘桓。覃老四一惊，那个秀才已经看不见了。周承说："这样下去也是个死，下面是极大的水潭，深得啥也出不来。即使跌不死，也会把他冻死的。"

在山下，春明的干爹和豆腐坊的一家人都知道春明今天的行刑日，洒泪不干，趁未明就朝山上走，刚走到河滩深处，仰头看到山头被绑的影子，就急了，引动哭声。却突然听到一声长啸，面前水潭里激起浪花，知是春明跳崖了，就纷纷乱着从潭里捞人，把个湿透的人捞起一摸还有气息，抬着便朝豆腐坊跑。这春明命大呀，只是断了一条腿，其他一切竟毫发无伤，经过半年的调养，依然是那个秀才春明。为了蒙蔽山上，放出风来，说水潭里死了一个人，被豆腐坊埋了。豆腐坊还制造了假棺，请了一帮热闹的吹手，把假棺埋到了山上。给春明改了名字，叫昌青。山上听说后，深信春明已经死了。

春明腿断了后，不再出门，只深居在豆腐坊里，习字看书，愈发像个读书人，不几年里，秀才的字更值钱了，在乡里声名远播，只是没人叫春明，都呼昌青。在豆腐坊住得多了，昌青有时也想干爹，那豆腐西施就驾了驴车把丈夫昌青送到干爹那儿住一阵子，住上十天半月后再捎信让豆腐西施接回去。这样日子过得也是别样景致，令人羡煞。

光阴荏苒，时间从未停过步子，不觉过去几十年。那么山上到底怎样了呢？

山上的那个儿子，已经长得竹树一般了，果真应了昌青干爹的的话，那儿子在开科的年份，进仕入科，得了官，知此县事。也该这儿子是做官的料，不几年里，把一个县治理得清明和顺，连个偷盗的讼事也不曾有。万民欢呼。

山上的覃老四们，随着年纪大了，慢慢安心过日子，也不兴风作浪，一家一户都有田地，种瓜得瓜种豆得豆。不作恶行凶，自然朝廷也视而不见，相安无事。

做了县官的秀才儿子到底还是知道了自己的身世，身为老爷，不便随意，就对山上不闻不问，对覃老四却是怀了一种酸仇的心。县官曾偷偷来到豆腐坊认了亲爹昌青，磕了头，弹泪不起，动情不已。自此常来看望亲爹昌青，还带着一应吃穿用度，十分孝顺，被人赞誉。县官还在自己的衙门里贴了父亲昌青的两幅字，"明镜高悬""视民为亲"，人皆称好字。再过了数年，覃老四得了绝症，死时正是深冬，经过数日的冻饿，他实在经不起了，就化作一股黑气冲天而起，上到天上，窝成一疙瘩云飘走了。后县官把母亲接到衙内万般伺奉，直至百年以后。县官常吃豆腐坊后母做的豆腐，吃得上瘾，每每路过，进来看了秀才父亲，还要狠吃一顿油煎豆腐才满意。

秀才有个县官儿子的消息不胫而走，都夸说秀才的命好。

2014 年 8 月 4 日　盱丘堂

厨子交友

　　方圆几十里，厨子名声搞得那么大的唯有我们驼子沟的我的表叔辛达奎。他是从部队转业回来的，在部队就是个厨子，当兵几年里没摸过枪，饭却做得好，有部队的好伙食，可以说他身上的每斤肉都是部队的成绩。回来后，他在这沟里开了家不像样的饭馆。沟头是几个村子，可要到下游的镇子上赶集，这路几十里，在沟狭处，辛达奎就开店，做菜卖饭。上来下去，行人走累了，进去喝一碗水，要两个拼盘，乏累过去了，又起身走。人们从这里去下游买了东西，东西少的人背驮着，东西多了就是驴子驮。一天到晚，石子路上嗒嗒地响，是驴子在上下，人跟在后头。这很像过去的茶马古道。响声使驼子沟不至于寂寞无趣，也使辛达奎的饭馆有了人气。辛达奎饭馆的后头就是叮咚着流淌的溪水，驴子到了这里，会自动去饮了，再走，比有些念了书的人还有教养。这一切都像安排好的一样，不用路上的人操心。山沟两边是陡壁，斧砍削的一般，在陡壁上还有方洞，那是鸟儿们的家。鸟儿是不怕人的，不管沟里再大动静，它们不管，悠悠着来去，过它们的光景。按说石壁上不应有绿的，可偏偏一些树，一些草，爱长在石壁缝隙里，还长得自在逍遥，葱绿一片，没一点羞臊，以为这里它是主人。要说沟里还有啥可说的，那就是树林里的兽，好几十样，有叫得上名的，有叫不上名的，在林子里烦了，就有钱人似的，在沟里走走，伴在人的前后，也没有什么事，就是在人前人后走，从没有伤人的事出过，也像是极有教养的东西。人和这些东西久处就像兄弟了，兄弟了就那样。晚间，还没有完全沉寂时，你听听，那些鸣叫，缩作一团，不聒耳，有的细声从团结的声音里出来，冒着几分清亮。这些声响，伴着此时从沟下上来的脚步，一直要到沟顶的村里去。头顶有月华清辉，高高的一片天，深不可测。

辛达奎的生意可以，这几年他对驼子沟很满意。偶尔会在林子里打了野味来卖，照应生意。他的名声从去年开始奇大起来，是另有原因的，不是什么好名声：说他卖过人肉包子。说这话的人怎么想的，是吃过辛达奎的人肉包子吗？这话一传出去，有的人就私下说，怪不得辛达奎的眼睛里冒凶光，说着浑身也惧怕起来。平日里辛达奎是身体好，只是稍黑，哪里能看出不温和来啊，这一说即出，立马辛达奎成了水浒里的土匪一样的人物了，过他饭店时也不敢进去啜茶了，辛达奎的生意一下跌了几十丈。辛达奎心里纳闷，是谁这么害他呢？依我看，我的表叔哪里是卖人肉包子的人。别看他人高马大的一块子，可他胆子真不大，一次我看他帮忙一家邻居捉猪来杀，他牵了猪尾，待刀子霍地要进猪脖子时，我见他腿抖索得像是秤杆子。他是买那家的猪肉往店里用的。有了谣言，一天下雨，饭店门前的草棚子上雨落得噼啪，草棚子四边的雨在吊线，大雨啊。他坐在棚子下的石头上，纳闷，就想谁给他胡说八道呢？一时气起，拳打了石桌子，真想一脚踏垮了草棚子撒气，又一想，垮了还得自己再搭。

表叔是上过老山前线的兵，店里给他打工的是和他一起上前线牺牲的战友的妹妹，叫星子的女子。星子的哥哥死了，母亲也死了，表叔辛达奎答应把战友的妹妹管大了嫁出去，就算完成了任务。星子已经二十一了，快到出嫁的时候了。

"星子啊，你说哥哥会卖人肉包子吗？"

"哥，别听有些人胡说，真卖人肉包子，早就被派出所拉走了。"星子从店门口把声直递到草棚子下。

卖人肉包子的话也真传到派出所了，可派出所不信。所长是辛达奎的一个八竿子打不着的表哥。

没有生意，或者说生意淡得不能再淡时，辛达奎躺在那里看一本诗集。他属武人，可对诗歌有兴趣，也看得懂。有了好句子，他就给星子念。这个癖好，使驼子沟这个平凡无奇的小店有了文化气氛。诗歌随时都会掉着碎渣落在地上。星子对这个绝对不会卖人肉包子的哥哥多了几分敬意和喜欢。

就在表叔坏名气飘得遮过镇上所有人名气的时候，一个诗人来了，他是县上的干部，包村扶贫来的。诗人驾到，表叔辛达奎有了一点兴奋。因为他爱诗，诗人来了，就可以立在他的面前，他可以一睹诗人的面容，有可能的话，还可以和诗人对饮几杯。于诗人，他是梦里有过的，戴眼镜，面上放彩，夺目是自不必说的。还有点类似天上星光的意思，简直有神仙的几许气息。如果诗人仰首在他的草棚下，望月一吟，那草棚子上能冒几丝绿芽来简直都说不准。诗人，了不起的诗人么。

那天辛达奎手里提了两只野鸡一只兔子，刚回来到饭店门口时，眼前两个人，一个人是他们村主任，另一个人戴眼镜，背着黑色小包。村主任介绍说："这是扶贫干部，也是一个诗人。"村主任问："又打回来野鸡了？"辛达奎说："哦，晚上我给你们炖了吧？"我表叔辛达奎，在部队上虽没摸过真枪，可打小就摸土枪，在林子里不说一枪过去串两只什么走兽，一枪一只动物是绝没问题的。他不吹，有人看过他使土枪，像女人玩毛线球，娴熟得来不及看。这样的辛达奎，饭店锅里断不了野味，那是绝对真实可信的。现在诗人就在他面前，他打的野味，自然是今晚的桌上味了。辛达奎洗手时声响挺大的，把盆里的水洗得洒了一个席大的圆。诗人在面前，他多少有点吃惊和抖颤。按说，在他心里，诗人绝对不是这样的，那么是怎样的呢？他这时也说不清到底是怎样的，可就是觉得不是这样的。他没有书刊可读，不知道这位诗人的尊姓大名，诗人的大名也不会无缘无故飘到这里来。严格论起来，村里不知道诗歌却明白过日子的人数不胜数，可他好歹知道诗歌。虽然村文书能写个证明什么的，可离诗歌至少有十里八里远。辛达奎看了诗人一眼，心里嘀咕：身上没多少肉啊。他看人肉和看猪肉眼光是一样的，都是肉。他之所以对肉感兴趣，是因为自己是厨子，厨子不关心肉，他做菜的肉，那不是好厨子。在部队上他练就了一眼能看出一头毛猪能杀多少净肉的眼力。这次看诗人，也是这样估量的，乱想着立马收了心，赶紧回到村主任身上来。

彼此笑呵呵，再彼此笑呵呵。

诗人是扶贫摸底来的，摸到他这里来了。村主任说这是程序。

诗人高挑个儿，黄脸，嘴角冒一点须，有点不正经。脸过长，不好看，还显露出些许傻气。个子高，手臂和腿不会短，如果放倒了，——这么一想，脸又那么长，会立刻把每天从他店门口上行下行的驴子连到一块去。这样想当然不好。大约天下诗人也有好看如鹿，如骆驼，如熊猫者，像今天面前的这个诗人样，大约是少数。辛达奎大胆地推测，长得像蚂蚱簸箕般的诗人，其诗也好不到哪里去。"也许我想的不会错。"他想。可辛达奎今天错了，这个诗人的确是县上极有名的诗人，镇长在昨天还设宴招待了一番，向他索了一本诗集。诗人酒后发言，看了这本书，你干啥成啥，没有得不到的。镇长红着眼，——他的野心是想干到省长的位置，酒后没敢明言。等酒醒来，他对诗人却持了怀疑。

今晚果然在月夜里、草棚中，辛达奎把野鸡和兔子肉贡献给了诗人，像祠堂里的供品那样摆着。村主任没有来，于好味儿，村主任历来不缺席，可今日真有事。正是摇摇摆摆之夏末，暑热还在纠缠，可夜间在驼子沟里，很舒服，清凉如在水里，群虫乱鸣并起，斜过来的月光落在酒杯里。诗人向他论诗。

酒过数巡。诗人想起传说的人肉包子，就问辛达奎："人肉包子我还没吃过，想吃一回。"这一问，把辛达奎问得有点冷汗溢出。

"你怎么也信啊，我哪里敢做人肉包子？那我不是找死吗？"

"哈哈哈，我就不信。可我没吃过人肉，吃一回也没什么不可以。"

诗人是真想吃一回人肉。

酒后的形状概难论述，诗人向辛达奎说尽了诗之美妙后，把自己的一首诗拿出来，让辛达奎掌着蜡烛，念得神鬼莫辨，把辛达奎感动得涕泪流了一衫子。于是二人成了知己。诗人就睡在辛达奎——我的表叔店里。有人担心诗人会做了表叔包子的馅子，可过了多日，诗人没有死，依然飘摇在村里做他的扶贫济困工作。

表叔辛达奎一次竟把自己床头的那本诗集拿出来求教于诗人，诗人是极想当导师的人，有了辛达奎这一招，他简直心里乐开花了，在这里也有做导师的机会，这简直太、太……他把一杯茶，没经过考虑一下子从喉咙里灌下去了。有了求教，诗人和表叔的友谊又进了一步。看来若表叔有需要死的困难，诗人不假思索会替身赴死。有的人和人成至交非常难，可到了这里，表叔辛达奎和诗人竟这么简单，只要拿了诗集问几句诗人，就足够了。

孰料，表叔辛达奎和诗人在不长时间里，有了磕绊，问题出在辛达奎店里那个星子身上。诗人自进了辛达奎的饭店，眼睛就在忙着瞅星子。星子是一意要嫁辛达奎的，辛达奎不愿意，觉得这样对不住死去的战友。迟迟没话。星子决意等下去。诗人来了，问题也来了。诗人的心里比辛达奎五彩斑斓得多，他好女人，也好诗句。能在县上的诗报上发表诗歌，也能把自己看上的女人拉到怀里。诗人的本事太大了。表叔一辈子也不会知道诗人有如此这般广大神通的。自从诗人对星子有了想法，他没有把扶贫忘干净，只是把那个事像拎在手里晃荡一样不那么重视了。他在辛达奎面前提起星子，总慢慢地把话弹出来，似悬在店门口的铁丝上一样，要落要落了，却落不下地。

沟里每天上来下去的人和驴，很辛苦，石头上的足音噔噔响个不休。分不清哪个是人的足音，哪个是驴子的掌响。

快至秋天了。诗人的扶贫还没个头，还要在村里住多久谁也说不准。辛达奎心里终于进来一点亮光了。他要撮合诗人和星子的事。他知道诗人离了婚，单着身。这是多好的事啊。辛达奎总以为，诗人是县上的干部，星子嫁了诗人，自己又和诗人是知己，简直是美好极了的事。一天，辛达奎给星子说明了，星子两眼汪汪，说自己要嫁给辛达奎。辛达奎说："我是哥哥，咋能娶了你吗？那不是胡说么。"辛达奎给妹妹星子说："你知道吗？他是诗人。诗人，懂吗？有文化，不像我，只会做饭炒菜。嫁了诗人，你浑身也有文化，哥哥将来到你家里，就能看诗人的好多书，让诗人把哥哥也培养成一个诗人，那不好吗？"星子说："好是好，我怎么觉得诗人没有你好啊。"辛达奎说:"你不懂文化。"

　　说话间到了冬季。诗人却不冷不热地不提和星子的事了。这让表叔辛达奎有些着急。到底诗人是怎么想的,待辛达奎弄清楚后,心里便冒了一次火。诗人又在城里见了一个女朋友。于是一个夜间,辛达奎问诗人:"我妹妹哪里不好?"诗人不语。辛达奎又问:"你有多重?"他指着门口的磅秤说:"称称。"诗人怕了,从内心真怕了。到掌灯时,辛达奎故意大声给妹妹说:"我想把诗人做了馅子,人都说我做过人肉包子,我是冤枉的,这次我要做一回真人肉包子。"妹妹一惊,大呼:"你疯了?"让隔壁睡着的诗人听得真实。

　　最后的结果是,诗人娶了星子。辛达奎和诗人拜了把子,成了诗友兼妻哥。辛达奎真在县上的诗报上发起诗歌来。过几年,辛达奎说不定也是像样的诗人了。可饭店还开着,到了闲时,辛达奎还会抓起诗集读一会儿,来了客人就把诗集朝床头一扔,奔厨间做饭。人肉包子的谣言也弱下去了,人多说辛达奎乃文武双全之人也。据说有诗发表后,辛达奎后面有几个女人要跟,要跟他过日子。辛达奎,我的表叔还不答应。

　　他是等更好的女人吗?没人知道。可一个事实是准确的,表叔辛达奎成了诗人后,他的名气更大了。这时的名气与人肉包子一点关系也没有了。

2017 年 6 月 29 日

土匪大西

山上是土匪，山下是农家。

土匪的名声向来被传得不好，可这座山上的土匪，却好像不是土匪，是邻居，还是善邻。他们的名声不在几杆烂枪上。

对土匪的日子如何过法，大多人想象的是在山洞用大锅煮肉。其实这里的土匪讲究得很，在山上的平缓处盖了房，一大片房，也种地，收获豆子、洋芋、玉米、麦子等。到了一定时候，准时冒出炊烟，直直到天上，似天地间的柱子。有分工，也训练，和学生上课差不多。土匪头子，他们叫大哥，戴着毡帽和其他人有着区别。喝令了，就有小的奔来鞠躬，领命而去。可吃饭时的样子，是山下人没有猜错的，大锅，熬稀饭也煮肉，排队把大碗端在手上，一个长柄的勺子当地在碗沿上一响，打饭就完了。没有敢拥挤呼叫的。据说这里聚拢的土匪，多数是山下日子混不下去了，来山上要个活命，让他们下山打家劫舍，有的真没那个胆量。正是山上土匪饭后时光，有的人在打盹，有的人靠在石壁上说话，有的人就蹴在石头后大便。因为都是男人，随便得很。待臭气袭了别人鼻子，那人就要挨几句骂，那骂也是玩笑居多。这时的山里静得很，贴着地躺的，能听到谁在上山踏落了石头，石头又滚下砸在渊底的声音。有这声，也没人动，懒得动，只顾睡。刚介初冬，山里的动物也储备了口粮，懒得出来了。各自有各自的日子啊。这几日难得有不扯风的时候，太阳早出晚归，把他们的房子也照得铺金挂银的。下山去劫的事情愈来愈少了，即使偶尔下去，也是走得远，绝不在眼前的人家做事。下去也是抬回几头猪，捉一些鸡鸭，增加肚里的油水。如果他们养起家畜了，那和山下的日子没一点区别。假如太寂寞了，也要能唱的人唱一堆，那哪里是唱，是高了声的哼唧，却也很解寂寞，唱出来了大家哄笑，只是为了引逗大家哄笑而已。土匪里能有歌唱家吗？没听说过。

这山上有个三十多岁的土匪，叫大西，是去年春首来的。他知道山上的这帮人义气，没有害过他们村。他也曾看到过山上一个弟兄的父亲死了，他们举山去做孝子，缟素了五六里路，很热闹，齐磕头，齐号啕，震动了半条山沟。大西来时满山的花，灿烂得大西都醉乎乎的。大西死了母，殁了父，地被人抢去了，上来时是打死了一个人，怀里抱着一根棍子，浑身血，两眼里露着凶光。他被引到大哥那里磕了头，诉了冤苦，那个大哥也献了几滴眼泪，算是收了。那晚他就在这里吃了一顿肉，还有苞谷酒。那是他的"入山宴"。这肉，这酒，有几张八仙桌，太有意思了。待月色淡下了，晚宴才收了去。

大西做了一年土匪，变样了。他渐渐把家里的悲凄事忘了，开始活泼起来，眼里的天亮堂了，云彩也可爱。他成了一个个子不高、有时会冒出调皮气的土匪。虽然自小脸上就有几颗麻子，可麻子长得不碍眼，不在脸庞中央，靠耳朵一些，倒给他添了几分莫名的喜气儿。尤其大西一笑，麻子就跳起来，像要落地的芝麻粒。山上土匪们都说大西精明着呢，手脚快，眼色活，也识得不少字，仅识字这一点，他就被那些人高看不少。做啥都要有本钱，生意人要会盘算，婆娘要会做饭，做丈夫的要能挣来钱，做官的呢，自然要会贪，大西的本钱就是勤快老实。

山下离山上最近的有两家：一家是两个光棍，前年死了一个；另一家是一个老爹，伴了一个女儿。女儿的丈夫刚结婚几个月就被拉兵走了，充了从河南上来的镇嵩军，不知死活。这老爹原来是剃头的，年纪大了，老犯咳嗽，咳嗽起来人就像只磕头虫，很难知道他能活到什么时候。为了今后的日子，他把剃头的手艺教给了女儿。这女儿也是红颜薄命，水灵似仙女，可丈夫不在，她要支撑这个家，种地打水，给过路的客官剃头，抽几个零碎钱过日子。她还会酿苞谷酒，只因她爹好几口，就一直做下去，年年都有几大缸。剃头的生意多半是为山上弟兄们服务的，剃一次头三文钱，可酒是不卖的，只有这女子的舅舅来了才拿出来喝。两个老头，喝到没黑没明，说些胡话，多是翻开那个时代的陈账数落。

大西和这女子就是在剃头时认识的。

她叫小晴。

大西第一次来剃头，就遇到了小晴去沟河里汲水，水桶恰又漏了底，小晴正在急恼，大西在家里曾做过木匠，就扳倒漏桶，一阵啪啪咚咚的，桶好了，从河沟里汲来水把小晴两个大瓮全填满了。这一下给小晴心里添了好。女人心里有了这个好，于男人那才是好运的端头。有了这一次，二次三次，大西不等头发长，就会悄悄奔来剃头。且每次下山下得如一只调皮的脱鹿。小晴喜欢花，门口就种有菊花、木棉花、栀子花，每次大西从山路上下来，老远就能看到小晴家门口的花。有时，大西也会采来几束野花，逗着跟花的蜜蜂跑到小晴那里，给小晴放到窗台上、桌子上。待大西走了，小晴把花放在晚间的枕头边，淡淡的香，有花的夜，小晴的梦也格外香。

他们有了爱情。

土匪也配有爱情吗？配。

小晴的老爹给小晴说："你嫁了大西吧，他是个好人。好人是能看出来的。"

小晴说："那我丈夫回来怎么办？"

老爹说："他回来？还能回来吗？那个仗打得……"

那年在西安，镇嵩军死了不少人。小晴的丈夫果如老爹所言，死在了城门口。

大西心里有了小晴，山上的事就不大放在心上，总挑机会往山下跑。要跑下来也不易，山路是绕弯的，人言十八弯。这弯也太随意了，宛若山里好口舌婆娘的丝蔓话，搭在山上，就不管了，任由人兽走动。走完十八弯，又要过沟里河上的两座桥。一座木桥，一座石桥。木桥是两根椽搭得的，摇晃，过起来要有技巧，若脚下欢如风扇，还没有觉得摇晃，已经踏上对岸。大西手里的花，举得高高的，过桥时简直就是飞鸟。待过石桥时他才安心起来，嘴里哼唧着。要见小晴了，他心里没法不高兴。在一条深沟里，这时要立在高处看，那个大西也不过是个点，欢动的黑点，直奔到一个屋里去了。

冬天里，大西的爱情被山上弟兄们知道了，报告给了那个大哥。按规矩，弟兄们是有得热闹看了。他们也有严格的规矩，惩罚乱性者。大哥就曾几次把糟蹋女人的弟兄打得血肉淋漓。可这次热闹和好看没了，大哥觉得这天下快要静下来了，做土匪的日子不会长了，就思谋着这些弟兄的后路。他们也应该有女人，有爱情，有日子。于大西的事，他说："多好的事，干吗要惩罚。"大哥要给大西做喜事，做出好样子来。在那场大雪后，满沟的素，弟兄们一个个精神十足，借了大轿，不是把小晴往山上抬，而是把大西朝山下送，那个轿闪的，故意要把大西闪到天上似的。几天里，这条沟里比大户贵府里嫁娶还要热闹，光猪就吃了几头。

随后的故事很平淡，大西深得大哥信任，做到了山上的三把手。解放这里时，土匪们被解放军收编了。在解放县城时，大西负了伤，回到山里再也没有出来过。他过他的日子，有他的小晴，有他的地，种瓜种豆，养鸡养狗的，日子过得安静。沟河里有小鱼，在小晴坐月子时，他的任务就是在沟河里捉鱼熬汤，他那时捉鱼的手法特好，水里的石头下，手一伸进去，就有鱼在掌心里，鱼像听话的孩子一样。到了“文革”时，几个做过土匪的弟兄，被他们那儿的红卫兵打打闹闹，折磨得死去活来，死了几个。活着的几个，到了改革开放后，相约还来过大西住的这条沟里，忆起他们的山上岁月，感慨万千。个个成捋须的老者，看着远处他们年轻时落足的山上，云雾缭绕，打着哈哈说：“不说不说了，我们还是喝茶，再活几年。”茶是大西的儿子在山上采的，大西的孙子听说在西安的政府里做了事，很英武，是个处长。大西给来看望他和小晴的弟兄们说：“处长，处长比我那时的三把手大多了。”

1988 年 3 月 6 日，大西死了，就埋在沟里向阳的一面高坡处。那里原有一片花，现在照样开，每年红艳起来，过路人都看得见。

2017 年 7 月 2 日

城墙外的老董

城墙外头住着老董。

西安城墙是我国保存最完好的城墙遗址，每天从各地来看城墙的人不少。这城墙没啥看头，可就是纷纷来人看，背着包，边走边看，还仔细看。老董一天能见不少这样的人，他不解："这有啥看的？"这一点他不懂。他就挨着城墙住，早上推开窗子，第一眼就是城墙。由于住在城墙边，来看城墙的不少人也能被老董碰着，有时也有偶尔走进他家里去的，讨个水喝，或者找他聊聊城墙，他都待人客气，毕竟是来看城墙的，远近都是客人。从老董待人处，能看出西安的老头都那么好。

老董也不是打小住这里的，他是刚解放那阵讨饭讨到西安城里的。一个孩子，挎着一个破篮子讨饭，被一家国营食堂领导见到了，发了慈心，说："唉，这孩子可怜，解放了还讨饭，多丢人啊，丢社会主义的脸，收下了，做我们烧火的。"可能那时正缺烧火的，他就成了职工。人的运气可要好，像老董，就碰着了好人。至今老董记着那个老领导，一个走过长征的老红军，见不得人哭，见不得有苦的人，总想帮帮有难的人。那人的腰被子弹打过几次，没有死，肋骨少了三根。老董一直记着老领导的好。老董做了国营食堂的职工，这食堂离城墙不远，食堂领导见他没处住，又给他找住的，就在城墙外找了一间房子给了他，他就成西安城的一个小主人了。那时把老董这样的人可当回事了，要没有那个老长征领导，老董哪里会成城墙的邻居？讨饭时十五，现在他八十七了，全然是个白毛老头。

老董在国营食堂里烧了一辈子火，也学会了烧几样菜。你说在食堂里工作，不学得烧几样菜的手艺，那不亏死人啊。他也交了几个好友，多是和他差不多，认不了几个字，纯是大老粗，可他们一起就是几十年，彼此走动，今天去他家，明天来我家，吃几样小菜，抿几口老酒。这就很幸福了。

老董在西安城里多半辈子了，也脱尽了乡下人的土气，俨然是个城里老头了。按说他要是有文化，走在城墙边，再仰目稍有点傲，那咋看都是西安城里的一个教授。可他不认字。他如果喜养鸟儿，早上趁清露时，托着鸟笼出去，再嘴里唱句戏，那也像是西安城里的老先生。可他不会唱，爱听别人唱，《赶坡》《四贤册》《白逼宫》，他都爱听。他有个朋友爱养鸟，一次外出到儿子那里，就把那个多嘴的鹦鹉鸟儿托付给他照管，就在朋友出去几日后，那鸟儿不吃了，可把他急坏了，怕这鸟儿死了怎么给朋友交代，就四处提着鸟儿求医问药，比他自己害病上心多了。鸟儿又吃起来了，老董抹了抹汗，说："我的爷呀，你终于动嘴了。"这么一说，那鹦鹉真是可爱在嘴上，把"我的爷呀"就记下了，来人就喊"我的爷呀，我的爷呀"，声尖尖的，飘出去，窗子外头的城墙上也能听到。

他透过窗子能看到城墙。下面大，上面小，斜着上去，有十几米高，树影子把城墙遮了一点，到每天下午的夕阳时，树影子恰给老董遮了半个窗子。斜面的城墙，在砖棱上长有青苔，晴日看不分明，到了雨天，只稍有一点雨，就能看到砖棱上的绿，淡淡的一缕一绺绿，如果雨要淅淅沥沥降几天，那绿就更鲜翠起来。待雨停后几天，那绿又隐去了，像藏猫猫的游戏。这一点，老董最知道，看多了，就知道了城墙的根底，也似摸到了城墙的心思一样。可以说，他是城墙的朋友，城墙也是他的朋友。

在城墙边住久了，也交了几个爱古玩的朋友，出来吹，他的脑子里也灌了一些古玩的知识。比如哪个朝代的值钱，哪个时期稍差点，什么什么颜色的，什么什么纹络的，也懂那么一点。在闲着时，——按说他退了，有的是大把时间，他常去城墙边的古玩市场转悠，概不买，只看，斜眼看，像个有几十年经验的老玩家，背了手，从东头看到西头，看得这里的多数玩家也认识了他。他只是看。有时日头斜了，他还看，忘了吃饭。有认识他的，指指天上，意即天色不早了，说："老爷子，该吃饭了。"他笑笑，说："我近，我近。"指指不远处。大部分认识他的，都知道他和城墙是邻居。也有大胆把几样古玩寄放在他家的，放心，知道他不是那种人。凡寄放了东西，他就有了看守的职责，比他的东西更上心，别人连看一眼都不行。他会说："朋友的朋友的，太珍贵了，要是我的，别说看，你要喜欢拿回去看，看厌了还回来就行。"

从去年开始，老董的身子更弯了，连和朋友抿几口的兴趣也不大了。他毕竟老了。可他身体大部分零件还可以，没有一件不称职的，尤其胃口，堪称优秀。他好吃羊肉泡馍，这是全西安城人的美食，也是他的美食。在西安城里，不吃这惠口惠肚的东西，亏啊，哪里能称得上是西安城里人。再加几瓣糖蒜，出门来就剩下哼唧了。在西安城里日子就这么过的。本来老董的日子就是这么过的，可偏偏一日里来了一位朋友，一位和他论过唐太宗到底爱吃啥的朋友，偷偷说是个好事。原来他瞅下了一个老太婆，要给老董说上。

老董是一辈子光棍，没有娶过女人，听了这话先是拒，后来心里竟热起来。他属慢热型的。一辈子不沾女人，死了也不知道女人的好处是啥，没几天他心里热沸了，默诘自己：八十多了，娶不娶呢？他也看了那个老太婆，是个周正中看的女人，比他小十岁多。听朋友说，她还会刺绣。可老董又一想：这样了再娶个老婆，像什么话呢？是自己日子嫌过清静了吗？可再想：的确，一辈子不沾沾女人亏得深啊。经过半月煎心，他答应娶亲。在城墙边上，列几张桌子，邀了一些朋友，喝一顿，荤素的几盘菜，是他老董亲自烧的。这时他才觉出，自己的烧菜手艺只有在自己娶亲时最用得上。今日的菜格外好吃，朋友们都觉得今日的菜好。

老董娶了老婆，日子变化并不大，还是每日沿城墙走一番，看鸟市，看古玩。他老被人看作老玩家，曾几次被呼为老师来请教了，老了老了做几回老师，他感觉实在不错。他被请教时说的一通话，从没有出格处，做老师蛮可以的。只是现在有了老婆，他不是看到天色将晚才回家，而是心里惦记着家里的那碗饭，冷了吃老婆会嘟囔的。有了家里的嘟囔，他八十多岁才觉出家就是用来嘟囔的。

与城墙做邻居的这个老董啊。

2017 年 7 月 4 日晨

七芳嫂子

一

在我们吕家，我认为最值得炫耀的是我的一个堂哥，叫吕庄辰的，他在西安一所著名的高校当教授。当教授是我上学时的理想，我没当得了，他当上了，我在很长时间里觉得这错了。堂哥吕庄辰戴了眼镜，夹了讲义，想象得出他那个样子，从校园的树荫下走到教室里去，第一堂课应该首开口的是："我姓吕，叫吕庄辰。"——肯定是这样的。我们吕家，有点好，就是祖上一直不看重官，即使出了位显得很的人，在村里也并不受特别的尊敬，只有对怀存知识的，读了大学，眼镜片上有了不少圆圈，或者写了不少锦绣文章的，那老少见了亲近他，嘘东问西的，深以为这小子以后不会矮人一等，准有出息，是能成大角色，谁也约莫不来他能干出什么戳天大事的。堂哥真受到这样的礼敬。我终于没有这样做教授的机会了。是我当初学习不好吗？不是的。堂哥仅比我大五个月，上学时是同班，一直上到高中的，我的成绩不赖，老跟在他后头，差一二分是常事，我的父母和他的父母以为我们俩会一起走出去成大事，我却没有。我成了一个在县城里挣工资的小人物，不过有得吃喝，没有阔，却也没有窘过。村里人自然是不多瞧视我的。

我和堂哥很要好。他回老家时常在我这里住留一宿，我们清茶谈叙。次日他便回村里去，有时也是我陪着。村里的白须老者，见了我们俩，总叫的是他的名字："这不是庄辰吗？你回来了？"接下来才是提到我，好像我是理所当然的配角，也有忘了我名字的，问了堂哥，愣是记不起我的名字："这叫啥来着……？"堂哥和我就笑。过后我曾带几分妒地说："哥呀，还是你成功，妇孺皆知了。我可有可无的。"他摇了摇头嘴边挂笑。这当然是我们间的玩笑。

一次我去省城办事，去堂哥家里，吃喝罢了，就袖手于身后，看他的书斋。教授当要书斋的阔气和书之多寡，堂哥的书斋属一流。我却发现他的书斋里有一张黑白的和村里五六个人照的相，还装了框，就挂在一摞书上。他的父亲也站在边上，他就在父亲的靠里边。我仔细看，里面有个女人，是七芳嫂子，后排站着，微笑如春。那时她有四十多岁了，也是很好看的模样，不减她二十三十时的好山好水。我问堂哥："你怎么还有这一张？"堂哥说："里面的人大多不在了，七芳嫂子去年也过了'三年'，我回去了，当时是她儿子给我打的电报。"我知道，家里的"三年"和去世一样，要大过，很热闹，待客是必须的，还要请响吹的班子。他说："七芳嫂子的'三年'过得很不错，坐了四十多席。席口的多少，有无鸡鱼，是衡量红白事的标尺。现在村里的席口一点也不比城里的差。"我说："怎么没给我说？"堂哥不语。他给我面前放了一杯茶，茶叶正在煎水里尽力地绽，两片正像空里飘落着欲着地的树叶。他说："七芳嫂子真不错，她那时和村里人就是不一样。"我也应声说："好。"

二

七芳嫂子嫁给村里进海哥时已经是 20 世纪 70 年代中期。她是如何嫁进来的，我那时尚小，和堂哥庄辰都记不得了。进海哥家里是地主成分，于是地主家里的男人没人嫁，女人嫁不出。这是合乎那时规矩的。进海哥是到了快三十才娶的媳妇，也因为七芳嫂子是邻村的，家里也是地主，一样的高成分，彼此不好弹嫌，恰宜结亲。当时这样结亲联姻的不少。时代特征表现在各个方面，这是细微之一。他们结了亲，我却终记不得进海哥祖父，就是那个地主的模样，听说人高大，鼻子也宏伟，竖在脸上，是闻名遐迩的善人。到我和堂哥读书时，书本上早给我们教清楚了地主样子，待村里老人说进海哥的祖父是好地主、好人，还曾在河里救过人时，我们怎么也不信村里老人说的，老觉得此话是戏语，把我们心里的地主样子咋也推不翻。可村里的老人老说进海哥的地主祖父好。我还没上学时，地主就死了。把那大个子的宏鼻子人抬到半坡里埋了，埋时大雨，从坟上回来的男人们，浑身被泥抹成了花豹样，孩子们也笑了多日。

七芳嫂子是进海哥的媳妇。叫七芳，姓什么，我不知道，堂哥也不知道。七芳，那有五芳六芳吗？一二三四又在哪里呢？这又成谜。谁知道这"七"从何而来。进海哥又不是在家族里排行七，他是独苗，有三个姐姐，都嫁得很迟了，再迟一点，做老姑娘是一定的了。七芳嫂子在娘家也不是排行第七，这就莫名其妙得很。或许她出生在七月，没有考证，也是揣摩，不值得信。有的事就是这样的，说不清但又确实是这样子。

七芳嫂子在我的心里是美人，我那时对女人长得好与丑，标准大抵是个子和皮肤，眼睛也要大而有光彩，我觉得七芳嫂子正合了我的标准，终是坚定地认为七芳嫂子是村里最好看的。有了这个结论，我曾对堂哥说过七芳嫂子长得好看的话，堂哥也认为好看。我们二人的标准竟那么趋同。

七芳嫂子和进海哥按说比我的父母亲年纪小不了多少，在我和堂哥还不明白嫂子的意义时，一次我和堂哥散学后在村里玩耍，经过她家门前，她斜靠着门框，微微笑着看我们过。她穿了红上衣，裤子是阔腿的绸子。现身在门首的一个姿态摇曳的女人，背后的门里稍暗，门框是近乳红的色，怎么看，七芳嫂子也似一幅油画。她招手让我们近前。我们不去，她就下台阶近我们。问了我们什么，我记不得了，可我明确是不知道叫她什么，觉得她和我的母亲差不多，就怯怯地问："我和哥哥叫你姨妈吗？"这一问，她反笑了，露出白花花的齿，说："怎么能叫姨妈呢？我是嫂子，叫嫂子。"这是我在她面前犯的第一个错，总以为她和我的姨妈年纪仿佛，大约不会错，却大错了。我们村里让叫嫂子的基本没有人。因为，和母亲俦类的女人，我和堂哥都叫了婶子或者姑妈姨妈之类，和姐姐差不多年纪的人我们知道多数是同辈，即使做嫂子，也不叫嫂子，村里不兴叫嫂子，一律称姐姐。这嫂子是城里人的叫法，我们才不那么叫哩。可七芳嫂子要我们叫她嫂子，我和堂哥好长时间都以为她和城里人差不多，总有哪一点是城里人有的。那天我回去，给母亲说了，说进海哥媳妇让我和堂哥呼她为嫂子，母亲说："叫姐姐好听。"父亲则不语。

我记得七芳嫂子的公婆。公公称阿公，婆婆叫阿家。她的阿公是读过书的，因是地主家里的少爷，到解放后，受了打击，什么也不会，言语折断了一般。但他看书看报，常去队里公房里要报纸看。一脸松坠下来的皮，几乎把眼睛要遮没了。七芳嫂子的阿家是个体面的阿家，小脚，个子矮，可干练得合村没有一个女人能比上她的。在别人看来，她眼里老放毒光，小脚只在门里门外动，走不了几步。她常串门的是自己族里的一户，那家是"漏划"的地主，女人大致和她差不多。七芳嫂子的阿家的小脚上穿的鞋老是红绿布做的，有几分鲜明的妩媚。七芳嫂子待公婆是好的，没有吵过，也没有给过公婆一回恶眼狠语。一个夏天的晚间，我和堂哥从她门前又过，已经掌灯了，煤油灯如亮豆，每家都焰苗跳跃着亮一点，明一小片。即使村里的煤油灯都亮起，也是黑乌乌的村子。然从七芳嫂子门口能看到七芳嫂子正端了碗朝公婆面前的八仙桌上放，放了又去端。端了几回，大约端完了，她灯下的影子才静去，看不到糊纸的窗格上的暗影来回过了。

三

七芳嫂子的屋子，毕竟是地主家的屋子。过去房子很多，到他们住时，时代不同了，只余不多，但够他们两辈人住。她家的屋依然是高大的，也廊阔，敞亮是不用说的。屋前的椽，是几层叠着，只有他们家是这样的，椽头子也是切削后的正方形。村里没有哪家能有这般排场体面。大户就是大户。屋檐也翘，雕得的花子看不清了，可贵气在，谁家也比不过。还有一点是，七芳嫂子的丈夫做大队里的电工，因为他识字，会算收电费的账，别人胜任不了。进海哥弟兄几个都识字，可都是不爱说话，言语像被关禁了起来。他们也从不骂人，连粗声也不曾随便甩人。这与读书绝对有关。进海哥——七芳嫂子的丈夫，就是默声到底的人，人前也不大去，上电杆，收电费，低头走路，没有笑颜。他们家的人都惯了。等弟兄几个好不容易娶了亲，分了家，七芳嫂子和进海哥搬出来住。她家的屋后是一盘石碾子，原来石碾子有草棚子护着，下雨也能上碾子，后来棚子倒了，碾子就露在太阳里，只能天晴上碾子了。碾谷子，碾苞谷，碾麦子，也碾辣面子。真若碾辣面子，又恰起风，半个村的人都打喷嚏。灵得很。碾子就在七芳嫂子的窗子下，她每天一起来，只要启了窗，碾子就在眼前。谁家上碾子，她能第一个知道。碾子不用了，又是被雨冲过的时候，那自然干净得可以坐上去说话。碾子周围住的人，尤其女人，老爱坐上去，手里虽空不了，握着活计来，可她们是图说话的，拉家常里常就拉出是非，有因此吵得骂嘴的。可七芳嫂子从不说是非。我和堂哥也是爱坐碾子的，一个圆盘，平而光净的，没有女人在上面坐时，我们在上面抓石子，非常好玩。在雨后不久，碾盘子中央的石窝里还积有水，似小潭，能映出房的影子、树的影子，蓝蓝的天也在里面。我们这时最热衷的是蘸了窝里的水在石碾盘子上写字，比赛谁写的字好、字快。我知道，窝里的水写字用不完，剩下的水会有渴了的鸟儿饮尽的，我就见过饮水的鸟儿，喝一口看一眼，很怕人似的。鹅卵大的"小潭"，一两天里要引来很多鸟儿，第三天准定干。

我和堂哥一次在碾盘上玩，太阳不大，是五月天。堂哥额上已沁了汗。七芳嫂子的窗口探出了七芳嫂子的头，她叫堂哥的名字，说："来，来。"七芳嫂子是喜欢我们俩的，可我觉得堂哥比我长得方正，多一点体面，七芳嫂子喜欢堂哥大约比喜欢我要多一点的，这我知道。这时正出杏。她叫我们俩进她屋去吃杏。堂哥近前去，我看见七芳嫂子忍不住搂过堂哥亲了一嘴，堂哥从她家出来怀里兜

着不少杏，黄黄的，飘散着杏的甜香味儿。我们见杏高兴起来，在
碾盘子上吃杏，贪恋的样子。七芳嫂子从窗子口又递出来一句话：
"杏是甜仁的。"于是我们俩吃了杏，又在碾盘子上砸吃了杏仁。这
一回，我在回去时心里暗想，堂哥被七芳嫂子亲了一嘴，我也许也
会有被七芳嫂子亲一嘴的时候。到时候真要亲我，我是不是要躲一
下脸呢？嘻嘻。

四

　　七芳嫂子被人说是破鞋时，我和堂哥已经上了小学三年级，真
不知道破鞋的意思是什么。我认真看过七芳嫂子穿的鞋，并不破，
也没有露脚指头的窟窿。她的鞋是彩布做的，大脚片，好看的鞋和
好看的脚。到了我粗略明白破鞋的最实质意思时，我就听堂哥的母
亲在说七芳嫂子的此类话。我还是不太明白破鞋到底有什么很大的
不好，就回去问过母亲，母亲对我的问题有点惊，她厉声问我：
"是谁给你说的？小孩子别老听瞎话，小心我拽耳朵。"我这才知道
说的破鞋是十足的毁人的话。可这坏话放在七芳嫂子身上，我有些
愤怒。给堂哥说了，他也不想把坏话朝七芳嫂子身上摊。

　　到了我上初中时，七芳嫂子是破鞋的话，已经没人说了。村里
此时才似无风的塘。我也听母亲说，是有人在害进海哥，才说的这
话。这话说了几年，我始终没见进海哥和七芳嫂子为闲话吵过嘴。
是进海哥早知道这是坏话吗？

　　我和堂哥庄辰到了初中后，学校离家有十多里路，住在校里，
不常回来。见七芳嫂子的面也就少了。在星期日回来时，也不是两
人一起回来，有时只回来一个人，取了两家的东西背负着，趁星期

日快天黑时就到学校了。捎的东西也无非是酸菜罐子，几块切成四方的锅盔，也有一件破旧的夹衣什么的。这样的形象，从野地里走过，就是一个小人物，背后是鼓囊的一疙瘩，两边手上是悬荡的菜罐子。这样走，须格外小心——菜罐子是瓦罐子，易碎。有一次，果然我把堂哥的菜罐子打碎了，也怪前几日下了雪的，地里还白着，可路上被脚踏得滑溜，给堂哥捎的罐子就跌成了几片。我又折身回去，母亲大怨我的不小心，把别人的东西弄坏了如何是好，——她主要是想着没处再找一个罐子以赔付堂哥。父亲则问我磕到了哪里，伤皮没有。看着天色愈暗起来，全家人更急了。母亲奔一家去借罐子，打发我去七芳嫂子家借。谁家有多余瓦罐子等他人借呢？母亲跑了几家都空手回来了，唯我从七芳嫂子那里借得了。母亲见我手里提着一个颇为洋气的罐子，脸上笑了。是白瓷罐子，罐子周身有青花，一圈都是。是兰花，细叶子舒展着。像这样的白瓷，很少见，村里大抵唯有七芳嫂子家里有。母亲看着罐子说："这么稀样的。"又问："你七芳嫂子高兴借？"我说："高兴。"母亲是指这么好的罐子借人是可惜的，万一再打了，即使赔也没处买。七芳嫂子也太大方了。我借罐子时，七芳嫂子真是高兴的，还问了我和堂哥的学习，她又说："你们俩要考大学，将来在省里做事情，坐小车。"我上初中时，还没见过她说的小车是啥样，她一定是见过的，才说我们将来会坐。那次我是在夜落下时才出村的，有了摔破罐子的教训，我走得极谨慎，趿着步子，生怕又把罐子搞碎了，一双小腿到学校已差不多像被敲了一路，发疼得厉害，眼睛是凭雪地里的亮色睄视路的。堂哥庄辰在初中后面的两年里都用七芳嫂子的罐子提菜。罐子的确洋气，我跟在他后头时，罐子上的兰花，真像开在野地里一样。我在心里默念，可不敢再把这个青花罐子打了，七芳嫂子的。

五

七芳嫂子也有老了的时候。我觉得她显老大约在她跨五十岁时。我和堂哥已经上高中了。显老的七芳嫂子也并不是太老，就是有了母亲那辈人的老成持重，然她的好看尚没有被什么掏去。堂哥和我在回去后，常要一起去看看七芳嫂子，也因为那个青花罐子，也好像与罐子无关。一次还在她家里吃了"焖饭"。焖饭是端午时专吃的，恰是一个端午节吧。焖饭是酒米做的，要长久地在锅里焖，水多水少都不行，这很难把握。七芳嫂子的焖饭刚好，黏成一个大团，要舌头使劲搅着才可下咽。焖饭里还有豆角粒，豆角粒将烂而未烂的时候，尤其好吃。那次的焖饭就正好，我和堂哥记了一辈子，太好吃了。以后我们俩在一起说到吃时，都要提说七芳嫂子那顿焖饭，不知已经说多少遍了，凡在一起就要说。那次我们俩都吃了一大碗，想再吃，又怕锅里完了，进海哥回来不是没得吃了吗？我们是带着深刻回味才不舍地搁下碗的。那绝对是我们的一次人生大口福。

七芳嫂子慢慢老了。人老时像是一锅开水慢慢地变凉，要慢慢散尽了气才会变凉的。七芳嫂子的老，是她觉得活不动了，想歇歇，才头发白起来，脸上皱纹稠密起来的。在七芳嫂子快七十岁时，竟遇着了一件奇事，差点要了她的命。堂哥在西安，还不知道，一次回来，又在县城我的家里住了一夜，我说了七芳嫂子的事，他也惊得不小。那一夜里，他说睡得像是悬在树枝上，下面就是悬崖。他说："七芳嫂子怎么会那样呢？她一个女人，也太厉害了，比英雄还要英雄的。"我说："是呀，咱们村里还没有出过这样的英雄。"——说的是在一年深冬里，进海哥到山沟里砍柴，要进去几十里路的，回来时黑严实了，她去沟口接——沟口我们叫沟门子。到沟门子，就更黑了，宛若合住的城门。她看见一个人影慢慢走来，喊了一声，是进海哥。岂料进海哥背着一捆柴，身后跟着一只狼。进海哥已经和狼打过一场了，疲惫不堪，差点成了狼的晚饭。七芳嫂子听罢一下子火气起来，这时的她，哪里会想到自己是个女人，就直奔狼去，那身手是一个目瞬，狼没注意，被拉住了尾巴。可那狼毕竟为狼，一个回身，把七芳嫂子的胸口抓开了。二人扶携着回去，已是血人。七芳嫂子失了一个乳，自此是半面胸。七芳嫂子半年里像换了面目，人也瘦得剩下了骨头，只是眼睛依然锥子一样尖亮有神采，盯人一点也不减其明润气。

堂哥问："她现在不那么讲究穿着了吧？"我说："七芳嫂子还是那样，没有掉多少好看。只是瘦，更像竹竿样清拔了。"我回去看她家门口反种了好几片花，种类不一，开花不断。我说："七芳嫂子现在一天的时间多半操心在她门前的花草上，要浇水，要摸叶子，有时她要凑近，几乎把眼睛要挨着花了，看花瓣里的细粉，也好像是闻花香。她身体弱得手里拄着拐，可她就是要看要闻每朵花，蜜蜂蝴蝶进去觅香，她也不许，要挥杖赶走，她只觉得这花是她的，连进海哥偶尔浇一次花，她也嘟囔，说进海哥不知道它们的根在哪儿，他是糊涂着泼水。人到了这时，极像真正的糊涂了。"

堂哥庄辰说："七芳嫂子不会吧。"

我说："就那样了。"

这样过了七八年多，七芳嫂子死了。

一天里，堂哥说他家里七芳嫂子送的青花罐子还在，他要留着，纪念下去，留给儿子，最后成为文物。其实那件东西早已成文物了。

这样一个农村女人，嫁入地主家里，做媳妇做阿家，也被人说成是破鞋，说成是英雄。死时只有七十斤重，快八十岁的人，算是长寿的了。我对七芳嫂子这样的老嫂子，有非常好的记忆，她不同于村里一般我叫嫂子的人。

堂哥庄辰是教授兼作家，他说他要给七芳嫂子写个传记，给村里人把七芳嫂子表表，让他们也记下这么一个嫂子，他要我把对七芳嫂子的印象写出来，交他参考。这篇就是我给堂哥庄辰写的，不知堂哥满意否？余得的一些琐细，我会面晤口述于他。

2017 年 7 月 7—8 日

村中杏事

杏子黄，麦上场。

杏子和麦子，本是不挨边的两样东西，像两个兄弟，一起相伴相行着黄熟了。这是端午过了不几天的时候。仔细用鼻子闻，真的会有杏子甜香的味儿从杏子树上跳下来，不经意间会跳到哪个窗子上，让鼻子碰到了，像碰到一个朴素调皮的小姑娘。麦熟是以黄为特征的，黄从田里发起，慢慢就包围了村子。看着黄起，从村边地头路过的农人，心焦起来，腿也似有一点抖了。——这是麦忙要一扑塌来了啊。龙口夺食，颗粒归仓。关心麦子的男人，手里捏着烟袋，把大拇指和食指伸到发黑的烟袋里拈，拈，再拈，终是拈，眼睛却贪婪地朝着地里看。他在估摸割麦的时日。大人们才不大关心杏子黄的成色，只有孩子们才是杏子们最重要的主人。

晋家村过去是有杏园的，现在没有了，余下的不叫园子了，——只有七八棵杏子树，能称园子吗？可过去真有不小的阵势，一提说晋家村的杏园，远近都知道。那是农业社时候的事，分田到户后，杏子树没人要，糟蹋起来也很快，砍了不少，大多烧了柴。多可惜的事啊。如今，晋家村的杏子树唯傻子家有。虽有七八棵，但几棵还老了，无果登门，每年只挑几片叶子，像个老光棍，端挺在那里。可傻子家并不砍了去。结果的那几棵，却还尽心卖力，杏子结得又大又甜，让一村的孩子们仰视它、尊敬它。到了这个时候，说不定树上有了点点黄杏子时，树们就暗笑起来，心里嘀咕，说："看看那些小东西的眼睛，馋的，呵呵。"那些眼睛里肯定有一双和别人一样放亮的眼睛，那是我的。

傻子年年以有杏园为傲。

年年是大我八岁的傻子。听他母亲说，年年是在四五岁时发烧，烧坏的。我不知道人就怎么能被烧坏，大概是年年那个脑袋里起火后冒得一股烟，和锅煳了差不多吧，就坏了，然后成现在这个样子。肯定是的。

杏子的多寡好坏与年年无关，最关心杏子的是年年的奶奶，一个活得有点颠倒的奶奶。年年的爷爷死了，父亲也死了，只有年年的奶奶和母亲在。母亲上工挣工分，顾不上他，他就是奶奶的全部了。奶奶的天地里就是一个孙子年年，奶奶幸福多少就是年年傻气多少，画等号。每到杏子树叶子繁密了树，杏子开始由枣子大起，长成比鸡蛋小一点时，就熟了，奶奶就坐在门口的石头上看。杏子树离村子很近，隔一条路，只是被别人家的几间房遮着，要不是遮挡，奶奶会随着发花的眼神一直摸过去，蹲在树下。她看守杏子的眼睛是否一团模糊，也只有她知道。她吃烟，手里老端着翘得若蚂蚱般的黄铜水烟袋，像个老头子，呼噜不息地吃。白外衣已经成灰色的了，宽大极了，袖子短，领子低得几乎没有。这样一个循季节把时光参透的老太太，坐在石头上，看着远处。她从杏子很小时就嘴里絮叨："年年的，年年的。"

那年杏子黄时，村里一家人结婚，娶花媳妇。这是合村高兴的大事，全村人几乎全行动起来了，邀了鼓乐，一团一团的红，女人和孩子在这时最见喜气洋洋，穿红挂绿显露着，也趁机亮晃自己的美。年年也知道结婚是怎么回事，虽语有颠滞，实在话说不大清白，可他高兴得手舞足蹈，一片灰云朵似的窜来窜去，"结婚了结婚了。"喜气盈满了村巷子。几个看热闹的女人，是年年叫嫂子或婶子的，撺着年年问："结婚是干啥哩？干啥哩？"年年一脸清楚的，反对她们有点奇异，不屑地答："结婚么，就是结婚，你不知道啊？"他反问起她们来。众人一个哄堂。这样的哄笑事一年里不少，也不是这些大嫂或婶子有丝毫取笑年年的目的，是心里疼他，又觉得谑笑一下也没什么不好，有趣么。我那时已经明白结婚的实质了，年年可真不像是明白的。他大约只知道可以大吃一顿，有肉，有好多盘子，有许多席；两个穿新衣服的人，喜眉笑眼着。就这些。

今天嫁到年年村里的是他的表姐——年年三舅的二女儿。年年知道是表姐出嫁。这个表姐待年年极好，去年春上曾织毛衣给年年送来，一件深红色的毛衣，年年去年冬季就穿着，很高兴向那些与他打趣的嫂子或婶子显摆，显摆完就一颠一颠地奔离开她们，乐不可支。今天结婚的表姐是被一辆车送到新郎家来的，有车送，算是上等彩仪了。在太阳正高时，一切都按例走完了，准备待客吃饭，饭后客人就会渐次离开归去。一个长者是这次婚礼的主持人，他青筋暴突地喊："坐席了，老少都去坐席了！"星立喧哗的人，得了这一声，就纷纷找座，要吃宴席了。这时，年年的一个嫂子给年年说："年年，你表姐爱吃杏子不？"这一提起，年年似如梦初醒，他唯一能待人的好物就是杏子，也恰是杏子该摘的时候，刚过了端午，地里搭镰也是几天的事。年年逮住了这一句，跌撞地回去了，待人们坐定正卖力吃席时，年年提着一篮子黄杏来了，依然是满面欢喜，可明显他的一侧脸上划破了，还淌着血。篮子在他手里摇荡着。新房那里还有着一群年轻人在围观嬉闹，全然不顾已经开了的席。年年知道新房，提着篮子就去给表姐送杏子。可门口的一堆人不许他进，他就向窗口去，窗子正开着，格子窗，贴了红纸剪的喜和凤。表姐一身红，背着窗坐在炕沿上。炕上大约也是红被子，反正皆红。新房里满是人，喧盈得无空隙。年年刚准备把杏篮子朝里面递时，被一个女人挡了，他以为她不让自己的表姐吃，就一个怒，奋力把篮子里的杏子往窗子里泼去，篮子空了，可许多圆圆的杏子一时间里滚得满炕，表姐转身过来，见了年年，一惊，双手慌乱着去捡拾杏子，再看年年脸上的血，问年年："年年，你咋啦？"年年只冒着一个字，吃，吃，吃。年年见了表姐，把篮子里的杏子全给了表姐，特满足的样子，喜气难捺，就折身奔去了。表姐在新房里的话他根本没听到。

那个打趣的嫂子也无恶意，见年年提篮子出来，就撵上去要给年年擦脸上的血，可年年高兴地拨开那个嫂子，回去了。

那天我也参加了宴席，到宴席结束，我也没见年年来吃肉吃席。他又去摘杏子了吗？或许他被奶奶拉去保健所擦药了。果真是擦药了，次日年年脸上有片红，是碘酒。

我是常吃年年家里的杏子的。年年待我好，我不会喊着谴笑他。母亲也常教我要待年年好，说年年可怜。

我六岁的时候，年年已经十四岁了。那一年，是个初夏，我病了，发烧，且喉咙里长了肉疙瘩（扁桃体发炎），被人说如果不赶快治，就堵死了，我就会死。这个结论，使母亲更急了，她这个猴子样的儿子可不能随便死了，死了，她的天就要缺一大半了。昨日下了一场白雨，泄了热，早上路干了，也凉爽，她背着我就去找保健所的老屈。新凉的早上，有股杀去暑热的气味。从村里到保健所要过一座桥，翻一面坡。母亲背着我刚出村口，后面跟来了年年。他手里还提着什么东西，只是跟着跑。母亲叫他回去，他终不听。只是嘻嘻着跟。他问我："去哪儿？"我在母亲背上说我害病了，不治就死了。他就是跟着跑。路边的野草疯长着，不少草尖上还吊着露，是昨日白雨落下的。脚踢了草，就落得满鞋的湿。母亲问年年："你去干啥？"年年笑，说："我去，我去。"在过桥时，是木桥，又稍有一点滚动，母亲背我过去了，又过来拉年年过去。年年那个走路法，过这样的桥不去牵助，多半是要成湿人。他过来了，发烧的我也替他高兴。终于到了，公社保健所在公社一侧。像庙的一个保健所。公社保健所素日里可能看病的人少，这时老屈就窝在躺椅里，光着上身，手里拿着蒲扇，没有摇，享着清凉，远远地看我母亲和两个孩子近前来。老屈是中医，年纪快七十了吧，光头，眼皮耷拉，留着两绺须，像个仙人，说话极慢，慢得像是爬着的龟，话到跟前需费几个小时似的。这个老中医，是公社聘来的，从城里医院退休了，被硬聘来坐堂。他以挣钱为主。听我母亲说了我的病，他不愿热煎搭理，因为钱的事。母亲是很怕儿子死的，就恨不得跪下求。可那老屈，就是一副冷漠样子，慢出来的话也冷得不冒气。这时，年年一个趔趄，近前把手里的袋子放在老屈面前，说："杏，杏，甜核的。"老屈问："杏子？"一堆光亮的杏子在他面前滚开来。诱人着呢。有了杏子，并没便宜药钱，可老屈态度好多了。待我们抓了药在回来的路上，母亲赞年年，说年年关键时还有智慧。可我们一路上就是没发现他袋子里是杏子。年年受了母亲的赞美，嬉笑得更有成就一样。母亲说："年年，你真行。"年年只是"嘻嘻嘻嘻"。

年年的奶奶死了。人总要死的，年年的奶奶死得很不甘，她是操心年年。奶奶死时也是一个端午时的前后，杏子熟了，还没到摘时。那天，年年在奶奶咽气时，以为奶奶要吃杏子，就飞奔去上树，他往年哪里会爬树，可那天他像猴子，上去摘了一袋子最黄最大的，跑回来奶奶已咽气了。他把杏子放在奶奶枕边，擂自己的胸口。奶奶的水烟袋不用了，奶奶看杏子的样子没了，奶奶不再说"年年的、年年的"了。

在奶奶死后，年年像成熟了很多，一下子把傻劲减退了不少。他积攒了很多的杏核，就不吭声地找到村里没用的地边或渠边去种，种了就去看，等芽苗出来，出来了就又提着桶去浇，他知道芽苗没水活不了。等过了十几年，这些树大了，成了年年的杏园。可树大了，年年却老了，他的病没有好，还是那样。杏子是比以前多多了。那次我回去，年年坐在他家门口，一脸的痴，待看清我了，才跌跌绊绊地起身迎我，叫我名字。他不糊涂，见我格外亲。但是在冬季，门口的寒风像个贼，老欺负年年。他冻得流清涕，悬在鼻尖上，不掉落，然看得我心悬了，还是不落。到我和他说完话，我离开，那点清涕还在鼻下晃荡。他老是问我："你吃杏子不？你吃杏子不？"这时候哪里有杏子。他是把杏子吊在嘴上的，不管什么季节，什么时候，问吃杏子就像问"喝茶呀不"。

后来我知道，年年杏子多了，吃不了，他不卖钱，给村里人送，让把他叫叔叔的那小辈人送到各家去。这杏子当然也是甜核的。

我曾问他，你记得"杏子黄，麦上场"吧？他嘿嘿着说："记得记得。杏子黄，麦上场么。"

2017 年 7 月 12 日

豹子还是自乐班的头儿

豹子是村里自乐班的头儿。

豹子是他的小名，他的哥哥叫老虎。老虎豹子么。小名一叫就叫一辈子，搞得他的大名则丢了，没人知道。农村人就这样。其实他的大名还文化得很，叫雷进信，他的哥哥叫雷进贤。他们是"进"字辈。他哥哥雷进贤，就是老虎，已经死了。

大村子都有自乐班，豹子的村也不小，也得有自乐班。这里离城近，那些地大多被城里征了去，建起了工厂和公司，他们地少了或者干脆就没了地，年轻人进城打工挣钱，年老的就在村里享福赋闲，他们比有地时悠哉多了，尤其农闲时，更是闲得空白起来，就四处找乐。人一辈子，不缺吃穿用度了，就找快乐的法子，——唱戏就是最好的。唱秦腔。周围村有了自乐班，自己村没有，这像啥话，不是落得矮了吗？豹子给村主任说了，村主任大方，指使人去西安买了一套家什，给豹子说："那你挑头吧。"这算是官方的正式任命，豹子就是头儿了。到六十多了，一句话，他竟当起了领导。豹子心里高兴：嗨，你看这命，官衔虽小，也是值得庆贺的。他在心里一衡量，这和村主任几乎是平起平坐的官儿。也是好事儿。

在关中周围，秦腔是最勾魂的事。特别是上了年纪的人，秦腔像海，他们是在海里扑腾大的，现在老了，——大都是五六十岁，六七十岁的人。这个年纪，孙子孙女都大了，交给了学校老师，落得一身轻松，于是一见秦腔，不得了，听乐器乍响，就没命了地朝跟前凑。豹子领的这一堆人也就是四五十岁、五六十岁的人，尤其那些已经发福得和碌碡可以媲美的妇女，大多能唱，还唱得好，占了自乐班的多一半。她们是一辈子都在秦腔戏里的，过去哪家的柜盖上没有收音机？那是专听戏的，收音机把她们培养成才了。秦腔把她们濡染得浑身是戏，现在刚好用上。

豹子打板。还有几个老头，板胡二胡的一吆喝都凑齐了。村里这样的自乐班，有了这几样就能开张。乐器多了自然热闹好听，可这哪能和城里的剧团比，吹笛子就没人，更没有挥手点豆子一样弄洋琴的。至于钩锣、手锣、梆子，那简单，谁都能拿起来。你唱时我打，我唱时你敲。村主任是年轻人，虽不爱戏，可村主任妈是爱唱戏的，戏还唱得好，声柔绵得若府绸。豹子说她唱戏缠弦。唱戏就要缠弦，有的人唱戏虽嗓子好，可不缠弦，也不好听，反弄得弦索要撵着他跑。那哪儿成。

一群农民，一群从地里走出来的大闲的农民。今晚，豹子还挽着裤腿，一边高一边低；拉二胡的还敞了怀，吊着肚子上的松皮；各自的腿下放着一杯泡得发紫的茶。开场了。他们在制造着农村的快乐、农民的快乐。让人由衷羡慕。

自乐班的地方就在村委会西头那个房子里。不大，够用了。家伙一摆，几人一凑，梆子板胡二胡声从窗子里逸出来，比吃药还妙，一会儿就是一屋子人，喊喊叫叫。常是先说几句闲话，再开嗓启喉，见面都是欢喜样子。屋子小，前门后窗都开着，故意让声散出去。夏天里开窗门也图通风凉快。到了冬天，晚上七点已是黑严实了，来了人就是围一盆火，飘雪了冷，然戏能热火人。门外寒，屋里热，戏不断。火是炭火，打板拉板胡拉二胡的，纸烟在炭火上点。炭是村里给买的。不是村主任妈爱吗？有这个村主任妈，一切好解决。豹子这个头儿也好当。他老想：自己毕竟是个领导啊。

豹子天生爱戏，凑班子时，他一叫，他的亲家就来了。班子里有豹子两个亲家，一个是拉二胡的阳娃，一个是爱唱戏的亲家母，叫大梅。阳娃的女子嫁给了豹子的老二。这是真亲家。大梅按说是老虎的亲家母，可老虎和豹子是亲弟兄，大梅自然也是豹子的亲家母。里面唱戏最年轻的还有一个是豹子的儿媳妇——豹子大儿子的媳妇。有了这么复杂的关系，豹子在里面的这个领导当得盘根错节、五味杂陈的。尤其有了亲家母，有了阳娃这个二胡亲家，还有一个真正的儿媳妇，豹子被人说的笑话就多了。这个大儿媳妇爱唱戏，先被豹子看上了，就托人给自己大儿子说媒，一说竟成了。迅捷而顺当。做公公的豹子后面老跟着一个儿媳妇唱戏，像什么话？再怎么在农村这个视野里也不好看，那不惹说闲话吗？没事也说得有事。自然笑话归笑话，儿媳妇还是常来唱戏。公公打板儿媳唱，没啥大不了的。

自乐班里常唱的段子是《赶坡》《秦香莲》《花亭相会》《三滴血》里的"家住在五台县城南五里"和《白蛇传》里的"西湖山水还依旧"，新戏《洪湖赤卫队》也较为拿手，常唱的是"娘的眼泪似水淌"。《血泪仇》里"王桂花纺线线"那段，村主任妈唱得滋润动听。她来了老是这一段。别看她人老了皮皱，可声音舒展着好听。这些新老段子唱了无数遍，她们唱不厌，大家听不厌。

到了夏天，天热得啊，没处去，就天天晚上开戏。星星在村子的天上，戏声在村子里弥散，在热气里扩展。豹子和阳娃这个二胡亲家原来为一些事心里结过疙瘩，一直未消解，到自乐班里，二人就不大说话，各弄各的。坐在对面，打板的豹子摇头晃脑的，拉二胡的阳娃也是摇头晃脑的，且青筋暴突，互不看，声起手动，配合还算默契。阳娃和豹子的区别是，阳娃嘴里叼着烟，摇着头而烟灰不断，烟瘾大得无边。豹子细长的脖子，打板手动，可他的脑袋不动不行，像个电动棒。他眼眯了也能打，听板头的，真正的有板有眼。他的镲功夫也好，有的能打板，却镲难耍，豹子镲和板都耍得好。他在"文革"时就好耍打板和镲，那时他二十多岁，老底子在。阳娃已经没牙了，没有补，坐在亲家豹子的对面拉二胡轻易不笑，可能也是嘴里叼着烟笑不成。二人虽在自乐班多年了，可心结还是没解开，不正眼看。农村人的事情多少有些有趣处。

豹子的儿媳妇人长得在村里属上乘，来了也不和大家说笑，起了板头就唱。爱唱的几段戏，豹子公公牢记在心。只是到了夏天，那个叫大梅的亲家母，六十多了，还没减却多少风度，本来年轻时就有八分摇曳姿色，搞得几个男人塌陷在其桃色门，差点身败名裂。这个年纪了，她已经缩了多余的灿烂心，可是爱打扮的毛病还在。今夜的戏好，今夜的豹子亲家母也穿得好，裙子，怎么还低了领子，把大半个胸露了出来，站在豹子旁边唱时，豹子眼睛避不过，多看了一眼，赶紧跑开，可还是搞得豹子眼睛像有罪似的。这一夜，豹子的眼睛有了罪，豹子的心里被那个白胸，搞得睡不着了。这一点心思其余人肯定没看出来。他眼睄那个白胸时，儿媳妇刚好出去了，不会发现的。

终是少不了不好的说法，对豹子不利。豹子老婆不是心眼小的女人，也是六十多的人了，玩笑话飘来飘去的，难免飘到她耳朵里。本来儿媳妇唱戏公公打板，又是豹子看上的儿媳妇，就使老婆心里有点硌硬，可偏偏那个在豹子老婆看来绝对不正经的亲家母在里面唱，那就是老婆的心病了。老婆知道那个骚情亲家母的粉色历史。老婆爱戏的话，能一起去，可老婆不爱戏，更不会唱。在自乐班成立初，豹子老婆就曾给豹子警示过："若那骚货去唱，甭搭理，甭和她说话。"豹子只低头答："嗯。"意即"遵旨"。

玩笑归玩笑。老婆就有几次醋醋地向豹子问起那个亲家母：

"那个骚货唱得好吧?"

豹子对老婆称亲家母为骚货本有火，故意不吭声。

"你爱听她唱吧?"

"人家唱得不错。"

"你是骚货的亲家，自然唱到你心里去了。"

"啥话吗，我能捂了耳朵?"

这样在家里的对话经常发生。豹子心大，不在意老婆的话。

自乐班把一个村的欢乐都聚拢来了。人活着，就是图心情。在自乐班里，吹拉弹唱，都是开心的事。豹子出了门，来到村委会自乐班那个房子里，就没见心情不好过。他能活到百岁多，他没有"三高"，就是自乐班落得的好处。小戏有大乐，豹子深信。

说实话，亲家母的白胸一直在豹子心里搁着，是从那个夏天的夜里开始的。当然亲家母那戏也唱得入耳。豹子迟早会忘了她吗?

去年秋天时，刚开始落叶。一天里，豹子晃着脑袋生气地在村里喊："我不干了! 不干了! 有啥干的，谁爱干干去!"他把双手甩开走得很快。他为啥生那么大的气呢? 是和老婆生气吗? 可到了冬季，他还干着，没真辞了自乐班的头儿，稳如泰山，晚间的戏从没断过，又从窗子门里出来，飘得像云像风的。

豹子还是自乐班的头儿。

2017 年 7 月 14 日

苦瓜店的老板娘

我是爱吃苦瓜的。我火气大，吃苦瓜败火。

苦瓜这东西，长得丑，虽翠绿，可表皮疙瘩着，总觉得不怎么好看。如果一个人，脸白，却不平，有疙瘩，怎么能叫人喜爱呢？我们这里有个地方，能把苦瓜做出几种花样，能炒了吃，凉调了吃。仅凉调就是两样，咸一样，甜一样，不同口味，都好吃。再送一钵苦瓜汤，更深一步地败火。因苦瓜，一时引来不少客。本来我们这里是不大出苦瓜的，可这个饭店偏把苦瓜做出了名气，拉了许多人来吃，在这小地方轰出了名。那个饭店也索性叫了苦瓜店。

来吃饭，我觉得也有的人是追老板娘来的。这不是瞎猜，是事实。苦瓜店是一个女人做老板。叫老板娘，可没见过老板啊。有的人说老板死了，可我的确从来没见过老板。对老板的死，有两种说法：一说老板有了钱后，去云南那里贩毒，被逮住枪毙了；一说老板和一个女孩私奔到南方去了，不久被黑社会沉到海里淹死了。这两种死法都不大光彩，是否可信，谁也证实不了。

这老板娘四十多了，英气，姿色算不上一流，可人到这个年纪，尤其是原来有八九分丽质的女人，少了缥缈，多了踏实。身上的那股雌柔的气质，像极了午后的酽茶，或许就是午觉的那股厚实劲。眼大，待人时更把大眼睛用得恰到好处，笑就挂在眉眼间。脸盘方正，鼻子嘴搭配得合适，属退了俏丽后的耐看型。她曾经可能小蛮腰过，做姑娘时或许如一缕香雾，袅袅娜娜。可这时真的没有了过去。有人是来吃饭喝酒，可也有来是为了看老板娘的。在苗条成主流的现在，这个女人以她的丰腴美使不少男人着迷。这女人啊，太瘦了不好，太肥了不好，苦瓜店的老板娘胖瘦正合适，是那种糯米般的甜而不腻的女人。男人就这点花花肠子，说破了也没有什么不好。

苦瓜店不大，但装饰得雅致有品，又在城中心，生意一直不错，人来人往的。人们是撵着苦瓜来的，还是撵着老板娘来的，分不大清楚。店的二楼，是老板娘和员工住宿用的。老板娘是楼头的单间，早上她启了窗，梳头，恰早起的太阳把一束光伸在她的窗台上。有人从楼下街上过，常看到老板娘梳头和轻施粉黛的样子。暗红色框子的小方镜常年竖在窗台子上。从街的那头过来，镜子里反射的一片光，就曾打过人的眼。当她关了窗，那就是下面店里开始接待客人了。她不慌不忙地下来，一团香气地坐在一楼一角的办公室里，看外面就餐的情景。店里伙计们，勤谨着跑动，她不用说话，他们看她的眼色就知道怎样做。

因为主营苦瓜，店里总飘散着淡淡的苦味儿。

日子很平静，她很在意她的店。店里的生意也像河一样，没有哪一天暴涨，也没有哪一天塌泻了。过了几年，苦瓜店连一点让人以为好看好听的事也没有了，只是买了一三轮车又一三轮车的苦瓜，再做成宴，送到客人肚里，这些显得苦瓜店过于素淡清平。好事终于来了：就在那一年的秋里，快入冬时，来了一场好戏。主角是老板娘。在人们把日子过困乏了时，老想有点刺激让神经蹦跳一两下，也有人老想着苦瓜店的老板娘身上应该有个什么故事生发出来，好让这个城里有话题可论，不至于把日子糟践了，果然好戏就如冬令般来了。是确切知道老板娘的男人真死了后。这样的女人真死了男人，其他着迷老板娘的男人，就觉天赐良机，是值得窃喜的事，纷纷要策动起来了。果然听说有个富翁，求婚了，被拒。富翁想不通，发誓要把苦瓜店包半年，每天请百名老百姓来吃苦瓜宴。此话炸雷般丢出去，却终没见落实，那些听了包宴的袖手闲人还排队等着这好事哩，宴竟黄了，就跳起来讥骂：什么富翁？一个啬皮。紧接着，一个在市上做局长的，丧了偶，也来求婚了。可老板娘也不同意。这不有点过了吗？那个局长是一表人才，想嫁他的多了去了。就在立冬的前一天，这局长也深情已久了，于是豁出去了身份，在满街黄叶纷纷落坠的那天中午，他身后一俊朗青年，拿了一块红毯，朝苦瓜店门口一铺，局长随即跪下，高呼："我爱你——！"这一声，惊动了店之东西南北中，一条街的人也受了惊，奔来看。这样痴情的做法，一个堂堂局长，在这里跪着，从来没有过。这事无论如何是有着头条新闻意义地惊了一个满城。老板娘没出来，当全店伙计都瞅她，看她如何是好时，她轻移莲步，上楼睡去了，像风只舔了一下水皮，就没有了影子似的。楼下的红毯上还跪着人，可楼上的靠边的窗子只启了一条缝，就闭合了。十分钟后，又启了一条缝，伴叶子落下一张红字条，局长看了，起身便走。据看到的人说，局长满脸的泪，满腔深情空空洒落在了初冬里。

字条上到底写了什么呢？几年来满城的人都在猜，猜不出。

老板娘爱的是一个卖肉的，屠夫。

世间百态，一个卖肉的，却赢得了老板娘的芳心，真是天公也有作奇处。那个屠夫长得好看吗？我见过，长头发，长脸还陷进去了，鼻子也挂在空里，和苦瓜像极了——与苦瓜店注定的缘分。凭他一天的生意，能挣二百块钱就很不错了。他是离婚了的，独身多年。他的肉一直给苦瓜店送。送去了，不给钱，记账，年底了一把给，老板娘亲自给。这二人在冬天里真成了，没有大动待客，就在苦瓜店待了几桌。苦瓜是主角，竭力把苦瓜做得极致就是。在待客时不少人才明白，——他们二人是同学，卖肉的还当过老板娘的班长。二人在过去同学时，到底有没有什么故事，都不知道，只凭揣猜了。这样看来，他们间没有故事说不过去，一个有钱的翁一个有权的士，两个人追不下来的女人，一个卖肉的就坐享其美，应该有个道理。可这道理到哪儿讨去？这个冬，属暖冬，没有刺寒过一天。苦瓜店里一如往日，做苦瓜，卖苦瓜。只是突出的变化是，卖肉的常出入，他不和伙计们言语，只出入，和老板娘过话。另一个变化是，卖肉的穿得体面多了，身上的油腻也减下去不少，再这样减下去，过不了一年，卖肉的身上一星点的肉味儿也没了，纯像个机关干部是可以断然的。

第二年的春，刚开春，渐向深处走，就出来淡香的春，哪里来的淡香呢？肯定是左近的花儿开了。老板娘和卖肉的隆重推出合著的诗集，封面是疏朗的苦瓜蔓，只悬一个苦瓜。书给伙计们人人送了一本。在闲着时，伙计们还故意在老板娘面前大声朗诵起来。苦瓜店门口也设了一张桌子，摆着诗集，不卖，专送。诗集名字是《苦瓜集》。这诗集一出，许多人好像明白了这让男人垂涎的老板娘为什么要嫁卖肉的了。那个局长偷偷要了一本诗集看，那个富翁也偷偷要了一本诗集看。他们不是看诗，是看老板娘的内心。或许他们能看懂，或许他们根本看不懂。

2017 年 8 月 18 日晨

徐婶远行

徐婶怨了几年把闺女嫁得太远这件事。现在闺女的儿子已经三岁了，说也是白说。在夏庄，闺女多数嫁在父母眼前，方便啊，逢年过节，一来二往，亲近也暖意。娘家有个大小的事，一个信儿，闺女来了，呼叫一通，一下子屋里就热闹了，心里的难过会顿时消得无影。女儿的作用比汤药都大。但在夏庄，也有几家把闺女嫁得远的，像小珍妈、桂花嫂，还有徐婶，她们的闺女像朵云一样飘得远远的，想说句热乎话也够不着，她们老在一起议论，心里不好受。

今天徐婶去看远在白马县的大女儿的婆婆。

老汉是自己的老汉，徐婶不会落下他，要一起去。今天她把老汉也特意打扮了一下，穿了新衣，昨天还让他理了头，好歹像那么回事了。老汉毕竟是男人，出门次数比徐婶多得多，也知道一些出门的规矩，徐婶多数还是要被老汉照顾的。女人出门胆小，徐婶出这么远的门，除了去女儿家、出县这样的远征，即使前面就是银子堆，她也不想出门。

徐婶有两个女儿，一个儿子。大女儿就是今天要去的嫁到白马县的那位。二女儿嫁得近，就在邻村，可女婿是个赌棍，把光景弄烂了，为这，徐婶和老汉没少操心，还去上门打闹过，可把那个浪子还没拽回来，这几年二女儿一直在和女婿闹离婚。这是徐婶的心病。儿子算是安然着，结了婚，在城里打工，家里留下媳妇。媳妇也是老实人，只是还没怀孕，徐婶常看媳妇肚子，没有鼓起来的迹象，她曾多次鼓励媳妇到城里住，也就是让她和儿子睡觉。可媳妇怕儿子怨，又怕在城里花钱，就不愿意去。徐婶和老汉说："你说顺妮是不是——我叫她去，她还不愿意去。"老汉瞪她，不吭声。其实老汉心里想的和徐婶一样。

徐婶最偏爱的是大女儿。大女儿像一棵玉树立在她心里。大女儿长得好看且不论，主要是大女儿自小就在徐婶面前像个猫儿，黏着徐婶。徐婶到哪里去，大女儿就哼哼着跟，跟着又不好好走，要徐婶催促着才能撵上。看到徐婶这个女儿的人都夸徐婶会生娃，生的娃像用天上的云朵和了泥捏得的娃，白洁，还洋气。虽然有大女儿跟着，她受累赘，可人家的夸奖，徐婶心里很受用。后来她出门，身后没有大女儿跟着反而觉得人家眼睛不看她了，她缺了魂。

说到底还要怨老汉。大女儿要去打工，去省城。徐婶心里就不愿意，怕出事。可顶不住大女儿腻腻地缠，加之老汉的劝说，她同意了。果然不到一年，大女儿在外面谈了对象。起初还瞒着，待徐婶知道后，已经晚了，事情扳不过来了。这个疖子落在老汉头上。她不是不同意女儿出嫁，只是女儿嫁得太远了，在白马县。白马县还在省城的更南边，在徐婶心里，白马县和外国那些大鼻子住的地方大概也离不远了。她能悦意吗？

大女儿给她说恋爱对象的事是在一个夜晚。山村里这时都是才吃了晚饭，家家在收拾锅碗，有的响声大的，能把锅碗碰撞的音传出来。春天的夜晚，不长不短，晚饭时的光线正好还能看清鼻子。村子临河，房子又是一溜靠山的，家家门口是十余级台阶，下去是河，上来是家。村里人家大门是轻易不闭的，恰亮着灯，灯把一片光打在门口的石阶上。徐婶的家里晚饭才端上桌，这样迟半拍的晚饭少有，平时都是按时的。黄狗早已躺在桌子下，等谁筷子的施舍。稀饭、腌菜，还有锅盔。锅盔是徐婶的拿手，会施儿颗芝麻，让芝麻香气在锅盔里打转，还会把锅盔的外皮烙得五分焦黄，剥了皮吃，焦脆焦脆，孩子是专挑焦皮吃的。那夜有没有月，徐婶已经记不清了。家前的河里，初荷大约还没开。

大女儿把那顿晚饭搅和了。她说她谈了恋爱。话没说完，徐婶脸就冷了，待说出对象是白马县的，徐婶的脸简直要沉得挂不住了，她就把筷子一摔，把正在吃锅盔的老汉惊得咬了舌。大女儿也到谈恋爱结婚的时节了，徐婶不是不同意女儿嫁人，可就是听不得那"白马县"三个字。徐婶的爷爷在旧社会里常跟人跑白马县担盐，后来在白马县被土匪捉去，打死了。她父亲和人趁月夜把人抬回来的。自小在徐婶心里，白马县是出土匪的地方，是流血是死人的地方，能好吗？况且又那么远，和把女儿送给了天宫的王母娘娘有什么区别？

那个夜，被徐婶搞得稀凉。桌子上的饭菜剩得多，趁人都离了桌，黄狗斗胆竟把一片锅盔衔起奔去了。于狗来说，也是值得纪念的一次。

徐婶的怨气冲天，她怪老汉起初同意大女儿出去打工。

已经过去几年了，怨气在日子里也磨得没了边边棱棱。虽然远，可大女儿谈的女婿不错，端端溜溜的一个小伙子，模样儿吧，在徐婶看来，是村里她见过的女婿中最好看的。翠玉的女婿她见过，头像烟锅子；花妮的她也见过，人黑，还眨巴眼；夏琴的女婿那次来时徐婶和几个妇女也见了，一般，嘴能说，但不像是干大事的。就看她大女儿夏季的女婿，偏偏啥都好，模样没有一点可弹嫌的。据徐婶估摸，村里的女人多半在心里羡慕她，有的还是嫉妒，绝对的——有这么好的女婿。女儿夏季和女婿在省城里做生意，生意做得不错，准备在省城里买房。准备买房子的事，老汉一个字也不说，可她要说出来，让村里人听。为啥不说？好事就要说，谁要羡慕谁羡慕去。我女儿就是好，我女婿也好。好就是好呀。老汉曾一次说："你不会少说一句？夏季还没买房你就说出去了，到时候没买，丢人不？"徐婶反戗了老汉一顿："有啥保密的？买房还不是迟早的事，怕啥？"老汉这次又受了伤，就低声抢白了一句："你只说老大，咋不说老二离婚的事？"这一下真戳到了徐婶的疼处。她不吱声了。

河滩一边就是公路。恰在一排房子的前面。通班车，是中巴，大巴包不住。路边立个牌子，上面是一串站名。夏庄就是个站。清晨里潮润，从野草里贸然出来的野鸡多，不怕人。竟有一只鸡从居家的高处下来，在路边散步。车终于来了，老远就刹车，停在徐婶和老汉的面前。车门刚一开，一声"姑"就从车门里扑倒出来。司机是徐婶娘家亲侄子，住邻村。徐婶还没等大侄子问她去哪儿，她就边上边说："我和你姑父去到你夏季妹妹那儿。"司机问："夏季咋啦？"徐婶说："夏季的婆婆被摩托撞了，我去看看。"大侄子说："那么远，看啥看？"徐婶说："哎，要去的。这是礼数。不去人家会咋看咱？"徐婶就看重这样的情理和礼数。徐婶的这个大侄子小时候念书是白光景，可长大了能说会道，跑了车，日子过得好。车的前面玻璃上挂着一个拳头大的熊猫娃娃，在一摇一晃的。车刚开时，徐婶才从玻璃窗口看见自家的黄狗竟在车旁站着，是送她和老汉的。她给狗摆手让回去，狗没动，只看她。她再摇手，狗还是没动。她就冲狗喊："回去啊,乖乖的,回去回去。"车走了,狗还跟着跑起来,后来就从玻璃窗里看不到了。徐婶心里难受。

大侄子司机问:"姑呀,那婆婆伤得严重吗?"

徐婶说:"不厉害。"

大侄子又说:"不严重就不去看了。看啥?"

徐婶说:"看你说的,不看我们成啥人了!"

她和老汉坐大侄子的车不用掏钱。先到县城里,再倒车去省城,然后在省城汽车站倒去白马县的车,时间还要赶紧的,迟一些就赶不上去白马县的车了。这一点徐婶心里清楚,这也是大侄子司机给她叮咛的。

在白马县住了一夜。那天去时,大女儿夏季和女婿也从省城赶回去了。一家子热闹吃饭,一家子热闹说话。大女儿夏季的那个白脸婆婆,像个干部,还一口普通话,这让徐婶心里不舒服。这不是明摆着显示自己比农村来的她优越吗?第二天回来时,徐婶就一直在心里嘀咕这个白脸的婆婆,总想找她一点毛病。好费了一番思量,终于徐婶找到了,那假干部牙是黑的。一个女人,一辈子牙黑,虽然是天生的,可这不是让男人生嫌的缺点吗?找到了那婆婆的毛病,徐婶心里终究踏实点了。车到省城,又是搭回县城的车。到了县城,已经不早了,徐婶又想到自己的大侄子。可老汉的意思是,不等大侄子的车了,随便坐别人的车赶紧回去,家里的鸡两天没喂了,狗也是饿着肚子。可徐婶一意要等大侄子。省钱,能省一分是一分。她把这个账算得很清。

在等大侄子的车时,老汉是不常说话的,这时却说了一句话:"是不是夏季和女婿吵架了?我看夏季不太高兴。"老汉也真是老汉,一句话让徐婶心里打起了旋涡,本来等车就急人,这时她心里立马暗乌盘桓开了。是不是女儿和女婿闹离婚？是不是女婿在外有了人？要是那个王八蛋女婿真在外有了人，她就是眼瞎了，把狼看作了狗。这么想着心里更急，更觉得大女儿和女婿有了问题，问题还大得不得了。她心里顿时聚了一堆湿淋淋的恶云，没了好声气，突然来一声："这徐南瓜死哪去了？"——徐南瓜是开车的大侄子。徐婶忍不得了，给老汉发号施令："给南瓜打电话。"老汉说："急啥？娃可能在路上。"徐婶更躁了，说："打不打？"她不会用手机，只能靠老汉打。

老汉被迫在拨徐南瓜的电话……

2017 年 9 月 14 日

玉 壶 春

　　陕西出青瓷玉壶春，最好的玉壶春在耀州，耀州最好的玉壶春则是圆成坊的玉壶春。圆成坊的玉壶春闻名遐迩。都做瓷器，偏圆成坊的玉壶春好，这里面有道数。像"望"时的月，都看着圆，可圆与圆不一样，懂瓷的行家就知道。玉壶春这东西我也特中意，好看，像两个"S"并竖了，那个线条怎么看也似了女人的腰身，柔得和润而有文化。得人爱的东西，多半也有得人爱的原因。玉壶春那个可人样儿，能不招人爱吗？它的名字还是苏东坡题的："玉壶先春，冰心可鉴。"有了这句，干脆就叫了玉壶春。从此玉壶春就若藤缠树一般黏上苏东坡了。下面大肚，上细颈，颈端又敞了口，随意落一喇叭花似的。那寓意是"敞开心扉"。民间的什么东西都隐含有吉祥的意思，我们的人民凡事都往好处靠。

　　我和圆成坊是邻居，对玉壶春也知道得不少。

　　圆成坊的玉壶春为啥好？因其是老板亲自"拉坯"的。那是一绝。有外地人坐飞机来掏高价要买他的绝活手艺，他问："咋买？"那人说："你开个价。"他说："把我手剁了去。"——这是什么话，来人一下子被噎死了，扭头就走。

　　圆成坊的老板叫陶石高。陶石高比我大三岁，自小一起长大的。他人老相，上小学时就长"抬头纹"，到人称他"老陶"时，我才工作了十年，本来都是小伙子，他却先"老陶"了，我在单位人还呼着"小吕"。他和我一起厮跟出去，多被人看作我的长辈。他占便宜。

陶石高也是苦命人，在中年时丧了妻子，一直未再娶，有一个女儿，他一个人叮叮当当地拉扯着女儿过。时光也很快，女儿就敞风敞水地大了。到现在，女儿已经是他的帮手，我看那女儿已经差不多是老板，陶石高快退到门后了。由于和他是邻居，他的那个女儿我是知道根底的。打小就胖，陶石高死去的妻子胖，女儿随了妈。这小东西随便长，一路胖下来。我曾心里嘀咕：你这小东西啊，陶然然——他女儿叫陶然然，我心里说，别再这么胖下去了。我担心这么胖下去，陶石高迟早会把脸也变成梯田的。我都替陶然然急。陶然然没有听我的话，还是胖。到底还好，到陶然然大到嫁人时，虽胖是客观的，可并不难看，也有了女孩子这个阶段最招人喜的风致。她尤其出落得眼睛大，落地窗一样，又开朗爱笑，敞亮得让人多了另一层喜欢。丰腴的女人偏是另一种味道。这孩子待我也像待他父亲一样，我去陶家，陶然然总是把最好的烟拿出来待我。再就是沏茶，把我叫叔，叔长叔短的，叫得我浑身舒坦。享受这孩子的叫了。可在她像小鸽子那样幼小时，也有一样怪处，我至今不明。陶然然这孩子一两岁吧，最见不得我，陶石高抱着孩子出来转，那小东西见了我就哭。后来竟老远看见我就哭。我猜想是小东西嫌我丑，吓着了吧。可我不觉得自己真丑得到了吓人的地步啊。我给陶石高说了，陶石高说："孩子哪知道美丑。你丑是丑，可还不至于吓人吧。"为这话，我还真生了陶石高的气，几个月不去陶家。到了那小东西快挪步时，孩子见我才不哭了，我们两个又归于和谐，不再计较什么了。小东西在几天里就跑起来了，像弹簧。在我们两个人间绕着跑，如果大人是句子，她就是逗号，随意点。给我们俩造的欢乐不少。

陶石高把拉坯的手艺传给了女儿。据说陶然然的手艺超过了陶石高。

和圆成坊差不多的陶瓷坊还有几家，都做陶瓷器。耀州地面上最不缺的就是陶瓷坊。店多，就有竞争。同行是冤家，且冤家路又偏窄。圆成坊的玉壶春被人家嫉恨在心里，聚成了疙瘩。

陶石高问我："你说咋办？"我说："你等等，时间到了就没疙瘩了。"其实我心里是没有想出解的药。他叹息："我这个玉壶春啊。"

他是老板了，手里自然宽裕。他开始喝茶。别人喝茉莉花时，他喝铁观音；别人喝铁观音时，他又改了，饮咖啡。一个五十多岁的农村老头，玩咖啡，还讲究起来，有点拔俗，也现一谜团。五十岁前他担着圆成坊，到五十岁后，他把担子交给了女儿，闲时间宽得多，有了享受的想法。于咖啡，他俨然是个专家了，曼特宁咖啡、曼巴咖啡、巴西咖啡、摩卡咖啡、哥伦比亚咖啡、夏威夷咖啡……他好喝的是曼巴咖啡，爽口，强劲，总觉得有点苦，他偏要那种感觉。他还专门给自己收拾了一间房子，待客，品咖啡。我以前对咖啡很陌生，哪里又会去尝。跟着他，也品起了咖啡。他有了咖啡，本来光着的头，他也觉得不合适了，蓄了发，再让长下来，披在肩上，花白的宛似瀑布，便有了几分把调料放错了的绅士风度。我在心里忍不住暗暗发笑。

同行是冤家。那冤家在，他心里时时会突兀出那些冤家，像水里的瓢。他在我面前常念叨："我的玉壶春呐，玉壶春。"

女儿陶然然掌了圆成坊，生意似乎比过去更好了点。陶石高在春的尾巴时，觉得圆成坊门口的柳树上多了不少细尾的鸟儿，鸣声脆得落在地上就碎。他在品咖啡时，老听到，听到了就要打开窗，看又看不大清。房里放的那个特大的玉壶春瓶，就在他的眼前，春光进来在玉壶春上闪亮，逗他玩似的。他喝咖啡，来了人是奉茶。

他有时就想女儿该嫁了，他也该手上牵孙子了。那样，他才更像陶石高，更像五十多岁做爷爷的人啊。这心思我看得出来，他就是担心女儿胖，嫁人有困难。

每年都要祭窑神，在腊月二十三。过去祭窑神是家家在窑前磕头祭拜，现在像圆成坊这样的瓷坊，都是铁板做的四方形的大房子一样的所谓窑，用电烧，不冒烟，能控制温度。这在陶石高看来，哪里有烧窑的感觉，鼻子一点也不呛，简直就是工厂的工人。把私窑变得不伦不类。他给我说："唉，坐在铁房子前还是喝茶。"意即过去烧窑的感觉消退无踪了。

今年的腊月二十三，他们当然也要祭窑神。他早早到镇上去买水果。猪头和羊肉，他是早预备好了的。他是要认真待神的，不敢马虎。猪头他是整个煮熟了，用酱料酱得乳红乳红的，看着都香。那猪头是外甥家的，外甥是个杀猪的，每到年前，就是杀猪卖肉，给舅舅留猪头那是铁定的规矩。从镇上往回走时，有的铺面门前泼了水，结了冰，特滑，他走得小心缓慢，可也差点落马趴。见了人，还要打招呼。一个他小学的同学就向他问话："老陶，又是老规矩？"他说："老规矩，祭窑神比啥都重要。"在这里做瓷坊的，谁家能不祭窑神呢？！老陶在冷风里竟看见马家的马德祺也在镇上买了水果，肯定也是祭窑神用的，躲着他从另外一条巷子过去了。老陶一下子心情跌了多半，像落在冰水里。一个胖嫂问他话，他也没了喜色。由于脚下滑，走回来小腿肚子疼。

马家是陶家的冤家。多年了，虽不至于吵闹，可心里彼此明白，都视对方为敌。即使偶尔老陶见了马家的马德祺也是哼一声，无语再道。他对光头矮胖的马德祺那是从心里恨啊。

祭窑神多是晚上，对着月。往昔是陶石高和女儿陶然然一起，把备的那些猪头羊肉水果等，摆一大片，磕头，一起，再磕。老陶要朝着铁房子，也是朝着天上的月，说一堆话："窑神爷爷，保佑保佑。保佑我们爷俩烧一窑，成一窑，好一窑。"在陶石高心里还有一句话，是"保佑我的玉壶春一个不坏，个个成"，虽说不出口，但陶然然对父亲的这些话听了几十年，对能否保佑，心里老嘀咕，可也不敢乱说半句。只是跟着磕头。这头磕了，也就离年很近了，那些猪头羊肉和水果，刚好年上用。一个年，二人吃一个猪头也差不多可以把年搞得油乎乎的。年年是猪头，今年也是这样来。今年的月，还亮。东西摆好后，老陶只等着一起磕头，可陶然然迟迟不出来，打扮抹粉。老陶急了，自己先磕了头，觉得头上的月与往年没有两样。腊月下旬，正是最冷的时候，他头上被冷风扫得一阵紧，披在肩上的头发也被一股风掀得芦苇般乱。他磕罢头，就喊女儿赶紧来磕头。陶然然来磕头了，磕头时嘴里也嘟囔了一堆。这时在屋里的老陶听见女儿陶然然嘴里提到"马家"两个字，以为是女儿陶然然在窑神前诅咒马家，就趿拉着鞋跑出去，给女儿陶然然说："然然啊，我们家即使再和马家有仇，也不能在神面前咒人家，神会给他们降祸的。"他把女儿推进屋去，自己反在窑神前说："神呀，你不要见怪，娃年纪小，说话没轻重，你千万别在意。"说罢，叽咕叽咕才回去睡。

陶然然不是说马家的坏话，是给马家那个公子祝福，也祈祷窑神保佑马家。

过了那个年，我才知道陶家女儿陶然然和马家那个公子相好了，谈恋爱。这把陶石高气得不轻。在年后一个晴朗天里，陶石高又在镇上碰到了马德祺，他是一肚子的气，马德祺身后还跟着那只没尾巴狗，那狗又把陶石高看了几眼，使陶石高心里又多装了一袋子的气。他把阴处还没消尽的雪用脚踢得乱飞。狗不敢看他，跟着马德祺跑了，没有尾巴可夹的样子很不好看。

后来马家托我向陶家提亲。这于我是难事啊。仇家变亲家，这需要怎样水平的媒婆才能完成啊。一次我向陶石高稍提了一句，就被老陶骂了一顿，唾沫星子淋湿了我半个身子。他咬住一句话，"马家是惦记我的玉壶春，哪里是要我的闺女？"陶然然这女子也是鬼头精，晚上和马家公子给我提了一堆东西，要我舍命给他们保媒。我看清了形势，为了这个陶然然，我这个做叔叔的，即使被老陶一拳打死也要做这个媒。只是马家公子，——我原来并不看好他，又是一个胖，还矮，眨巴眼的人。我乍一想，这两人要是成了婚，他们的孩子会是什么样子呢？

陶石高这个弯转了半年，我的功劳是大的。这个媒，也是我这辈子做媒成绩最好的，可以不无骄傲地说，能入我之正史。怎么完成的呢？我把马德祺和陶石高叫在一起喝了一场酒，都醉了。陶石高提起玉壶春，马德祺借酒，向陶石高发咒，说两个孩子是真爱情，不是为了陶家的玉壶春。这陶石高能信吗？要马德祺给他磕头。马德祺也是酒劲在身，倒头就是一个响——真磕了。我的天呀，那个黄昏，搞得一个镇都是他们二人的世界。陶石高信了马家不是为了玉壶春。

马家也是瓷业世家。不久就在马家的览瓷厅里摆了两件瓷品：两头极胖肥的大象，尖小的鼻子，耳朵几乎遮了身子。瓷品叫"对象"。有人见了，就笑，为什么笑？那人说，你们看像不像陶然然和马家公子？这话传到陶石高那里，陶石高端着架子真来看了一趟，进门就自笑了。这个笑，于陶家马家非常重要。

陶然然知道这是马家故意做的。

到陶然然怀孕的时候，陶家的玉壶春没人拉坯了，这事又耽搁不得，陶石高就把拉坯手艺教给了女婿。这女婿也是精明人，一教就会，拉得的坯比丈人还好。陶家的玉壶春比过去的更好了。

陶石高把马家制作的"对象"也摆在了自己那个品咖啡的房子里，和玉壶春挨着摆。他于是天天看，看不够。

2017 年 9 月 24 日

知　音

一

周云河在工地上无意间捡到一张晚报，副刊上面有小说散文诗歌。他蹲在一边看起来。从他面前过去的工长没有看见他，谢天谢地，周云河挪到一棵树后继续看。对文学他太有感觉了。

从商州来到西京城里打工是去年就有的计划，今年周云河辞别了门前的丹江河，来了。他在西京城一个工地上做电工。他是和他的对象一起来的，对象叫大梅。他不同意一起来，可大梅的娘家人执意要他们一起来，怕有意外，给他娘再三再四地说，就一起来了。能有啥意外呢？西京城是人家城里人的，他只是干活挣点钱，回去结婚，回去养孩子，再养几头猪，过光景。能有啥意外？

大梅给一家做保姆。是个老太太，生活不能自理。大梅伺候她。大梅这个保姆比他周云河还要挣得多。城市里的事情，他周云河说不清。他俩一月加起来，也有七千多。七千啊，真不少了。农村人一月有七千块，能睡着觉吗？大梅挣的大梅存着，周云河挣的周云河揣着。毕竟没有过门结婚，各人的钱是各人的，等成了一家子再说。

周云河在一边把那张晚报的副刊全看完了。有个老乡吕学敏的小说在上面，他认识，就看得细。觉得他写得好。吕学敏，周云河在心里再念了一遍那个名字。看完他折起晚报装进袋子里，准备拿回住处看。裤子上的土不用拍打，反正浑身都是土，不用拍打，拍打了还要去沾土。

说实话，这个工地很大，据说是西京城里的大工程。他来了几个月后的一天，西京城的大领导就来视察了，都紧张。周云河那天也特意扎了领带，要他带笑的，他脸上的笑却被吓跑了。那天的打扮，把他这个电工搞得像是大使。终于几个小时过去了，他周云河还是电工。工地上的整洁只好了几天，就恢复原样了。

还好，副老板是商州人，几个月里没有拖欠工资，月月利爽。大老板他是见过的，矮胖，光头，通体放光。和尚他是见过的，老板与和尚区别大了。老板那天挥舞着手说话，给十几个人说话，咋看都是浑身生钱的人。周云河知道老板姓邢。

周云河住的地方离工地不远。大梅住的地方离周云河却不近。大梅就住在主人家。周云河住的房子是工地上租的，他们五六个人住一间。这样，周云河和大梅在西京城里的住宿都不掏钱，多好的事。他们俩约定每周四见一面，平时不要见面，初来乍到，要遵守人家的规矩，耽误了事能长干下去吗？他们的目标是挣够了结婚的钱，就回去结婚，大梅养孩子，周云河继续挣钱，给他们孩子挣念书钱，挣他们盖房钱。农村的日子就这么过。

周云河写诗歌。偷偷地写，偷偷地看书。他偷偷给自己念自己的诗，也给墙念自己的诗。他母亲最见不得他买书了，更见不得他对着窗子朝外面念什么。窗外那几棵树，那两丛花已经听了不少他念的诗了。清风，翠竹，芬芳，书声。他母亲会说，那能吃吗？母亲说得对。他心里不反对母亲的话，有时还感激母亲在清冷里给他一个提醒。去年夏季时，他还没有来西京城里。他在家里就狠看了一阵文学。鲁迅、川端康成、贾平凹、废名。他嫌他住的那间房子楼上老有老鼠昼夜突突地跑动，扰他看书，就搬到另一间房子里去了，来人找他，他说"避暑"，来人环顾了后，吐一个"哦"。其实他是"避鼠"。

二

住的地方，是出了工地，朝南走一段小街，再朝西，几百米，过红绿灯的十字口，又转向南，直去。那条小街两侧，铺面不密，只是那法桐树粗大，周云河曾给同来的本村马光景说："这么大，要长多少年的。"马光景说："五百年吧。"他是胡说的，法桐树长那么大，根本要不了五百年。法桐树长得快。他们就是从两侧的法桐树下过去的，阴凉，踏着树叶落下的影子，影子在没有风的时候不动，有风的时候就稀乱，周云河每天都从这里过，对这些树这些树影子，熟悉了。

六个人，架子床。这比有些工地民工睡地铺要强多了。六个人中，周云河还有两个人是同村的。另三个人不熟悉。天热，六个人同进一间房里，气味儿、汗味儿、脚味儿，很突出。一个洗了另一个洗，容不得几人同在仅可旋身的地方争空间。每个人的毛巾都挂在自己床头边，每个人的毛巾都散发出似乎稠嘟嘟的汗味儿，他周云河的也不例外，只是他的显得新，是来时新买的。他比别的几个来得迟。靠门里墙上贴着一张纸，上面是时间表，有起床时间、出门时间、吃饭时间，也有熄灯时间。这张纸有约束大家的意思。熄灯是不用他们操心的，房东到晚间睡的时辰就拉了闸，一片黑，——因为电费是由房东承担的。拉了闸，他们的鼾声自会此起彼伏。

洗了就出去吃饭。吃饭是各掏各的钱，却是一起进一个饭馆吃。多是吃面，油泼面、臊子面、扯面、拉面，偶尔也吃岐山臊子面。吃多了面，周云河也吃一两次炒米饭。这样的食谱简单，主要是经济。出来挣钱不易，不能由着自己的嘴铺张。西京城里的面食足以打发他们的胃口了。一大碗面，辣子要重，几个人解决面时会把桌上的一小碗蒜也解决掉，这一点铺子的老板已经提了几回了，嫌他们口重。他们尿管，吃饭掏钱，哪有算计蒜的道理？这样吃饭，即使谁偶尔没有零钱，老板找不开，哪个替谁掏了，过后也很快找了零钱还过去，从不欠。他们很清楚"好朋友明算账"，因此他们很和谐，绝少有口舌争执。

回来时很快就到拉闸入睡的时候了。周云河掏出兜里的报纸赶紧又看起来。他是想再看一遍那篇小说。看完了，他又把昨晚写的一首诗看了看，觉得满意，折了压到褥子下。褥子下已经有好多这样的诗了。他觉得自己的诗不赖，可以当诗人了，只是他这个诗人还被压在民间的最底层，其光芒还没出到窗外，说具体点，他的光芒还在褥子下。

房东是个老汉，大约是退休了，专经营这个院子里的房子。眼窝深，眉毛长，看来和善，却也冒粗话。城里人就这么好，有房就是有了聚宝盆，钱自然落在盆里。周云河有时想，他如果在西京城里有一个院子，嗬——那他就专做诗人去，让大梅做太太，把家里弄成阔绰人家，听戏、饮茶，也打牌下棋，把发表了他的诗歌的杂志就摆在人面前，来人喝茶时就看他的诗，用高仰的眼神看他。还要在水池边挂一个鸟笼，让鸟儿唱商洛花鼓。再把母亲接来，坐在藤椅上，手里还要握一根值几十块钱的手杖，枣木的，端上是龙头。——想了这些，他睡不着了。灯早灭了。

房东有个女儿，做教师。她知道他写诗、好文学。房子门关着，可窗子是大开的，太不宜关了，关了实在有闭气死人的危险。当鼾声四起时，周云河听到屋外高跟鞋走过的嗒嗒声，那是房东女儿从学里回来了，她有晚自习。

每天早上醒来在紧张的穿衣洗脸中，有一段"戏"，就是和马光景玩笑一通。又说马光景昨晚梦话里说殷芳的名字了，还要加油添醋地演绎一堆。殷芳可能是马光景在高中时暗恋的女同学，怎么让这群男人知道的，又成了他们的笑柄，这周云河真不知道。周云河只是听，跟着笑。按周云河揣测，马光景好吹自己的过往，包括和女人的往昔，他大抵是说漏了的。今天早上又让加了一出，是马光景给殷芳说，给我生个儿子吧。大家一起哄笑，简直止不住。马光景和现在的老婆有个女儿。这样一出"戏"，他们要维持一个整天的享受，到了明天早上又会是另外改编了的一段，来把一个整天打发完。打工者就靠这来释闷的。

再演这出"戏"时，房东老汉的女儿已经走了。

三

周云河给大梅说："我要发表。"大梅说："发什么表？做梦。你的工资该发了吧？"大梅最关心的是周云河的工资。

近来周云河总想着发表。他还去了书店，买了两本诗歌集，看，看，看看看。他觉得自己的诗不比他们的差。

周云河是鼓了极大勇气走进房东老汉女儿屋里的。那天下雨，工地歇工。说不定明天也去不成。雨滴还在落。一侧的楼前放了短短的一个塑料棚，雨落在上面像鬼踏步，簌簌簌的。棚下有几样杂物。棚子一角置了一瓷盆，刚好一注雨插在盆里，已经满了，朝外溢。没人管。白瓷盆，盆底里有花，因是清水，那花看得分明，可水落进去，那花就自然乱成一团了。院子里的水肆流，正向一个水眼里走，再流出去就是街上了。踏阶和房阶接处，长了一绺细草，不知名，却长得翠绿，那是注定长不出大样子的。

姐，你是语文老师，看看我的诗，帮我改改，我想寄出去发表。周云河是第一次进房东老汉女儿的房间，腿有点抖。他知道她是语文老师，也偶尔写诗。那是她一次和他说话时说出的。他不敢多打扰她，且坐在那里心里乱跳，把自己几十页作品朝老师桌上一放就想走。那老师说："我有个同学在晚报社工作，是编辑，我帮你打招呼。"仅这一句，周云河的热血就浑身奔流起来。当他从那个雅致温馨的小房里出来，顿觉自己离人家常呼的诗人名称应该不远了。

房东老汉的女儿叫陈雨洁，周云河以后就叫她陈老师。

陈老师把周云河领着去造访她那个同学朱箫春。朱箫春，女，三十五岁，晚报社记者、编辑。已婚，有一女。老公在高校为师，好琴。在去时，陈老师给周云河叮咛："去了你不要说，我给介绍。"周云河："嗯。"陈老师又说："你的诗不错，我让她想办法发表一两首。"周云河又："嗯。"这个"嗯"里已有了大感激了。陈老师又说："去了不要客气，我们是同学，随便了好。"周云河再"嗯"。这个"嗯"里又多了一层对陈老师的感激。两人在路上，周云河还是买了一袋子水果，苹果、香蕉、火龙果。这火龙果周云河真的没有吃过，也没见过，自然以为此果稀罕。贵，一定好，可问罢并不贵。待二人从朱箫春那里出来，周云河便记下了，朱箫春喜欢吃的水果是荔枝。一骑红尘妃子笑，无人知是荔枝来。美人都喜欢吃荔枝。朱箫春是美女。在周云河看来，朱箫春比陈老师好看，又气质佳，如一飘带，挂在世俗的树枝上惹人瞩目。西京城的文化人他周云河没见过，更没接触过，这个朱箫春算让周云河见识了，西京就是西京，出的人不是花盆里可以种出来的，绝对是大园子里的东西。

四

第二次周云河是带着大梅去找朱箫春的。

一条巷子，颇陈旧了，按说应该拆了，可还在那儿，像个乞儿。都是五六层的楼，夹了一条道。楼都是二十世纪八十年代初盖的，斑驳了，雨水淋漓的样子还在。夹得的道也太窄了，两个楼间搭块木板，就可以通了。就有两家阳台接起来的，放花盆，也悬挂衣架，把个窄条的巷子搞得不成样子。这里不是哪个单位的住宅，是杂居的，属办事处管。然办事处也管不了，一个快退休的跛腿老头常收电费、物业费、垃圾费等，算是这里实质的首长，却也遭了不少骂，他无奈地说："要不是为了那点工资，谁管这里，还不如去见阎王。"这是实情。朱箫春就住这儿。

这儿叫八坡里。离城墙近。绕过城墙，走一段小街，就能看到八坡里。周云河和大梅从城墙一边过来，大梅给周云河说："你说这城墙修那么高干啥啊？"周云河说："你不懂。"快近秋了，西京城里雨水不少，这一段城墙上爬满了爬山虎，一面墙尽成了绿，叶子绿莹莹的，快至墙顶的爬山虎像大蜈蚣，有雨水和阳光的助力，还在使劲爬。大梅说："这么好看的。"他们刚进了那条巷子，楼上三层一个窗子里冒出一个银发的头，朝楼下巷子口喊："玉玉，你没带伞吗？"巷子口一个晶莹的着红衣的小姑娘把她手里的伞朝起举了举。银发的是奶奶，举伞的是孙女。举伞姑娘身边另一个小姑娘已经打起了伞，那伞是花布伞，白地绿花。雨里的花。果然又下起了细雨。今秋的雨随便而毫无架子，十分亲民。雨能下大吗？周云河他们没有带伞。

朱箫春一个人在家，她说，她的丈夫和一个好吹笛的人出去了，说他们是知音，笛子知音。当知音二字从朱箫春嘴里出来时，周云河像是被针尖刺中了，他对知音没有体会，可他对知音的意思太明了了，此时知音二字一出来，他脑子里一堆细胞像被什么一下子推得跑起来，停不下来。

她又说：“他整天就是笛子，跟着一个小他十岁的人跑。他是那个小他十岁人的笛子老师。他们是一个知了另一个的音。”

朱箫春说她丈夫时并看不出有什么抱怨，反而对丈夫的不着家淡然平静极了，一副晴天无云状。大梅在诗歌与三个人之间的来来往往中，做了一只默口默耳的猫，只看着朱箫春房里的桌子腿。这里没有她的什么，包括从她面前过去的落在书本上的光束。

他们出来，大梅说：“朱姐对你的诗评价很高。”周云河“嗯”。朱姐给他说：“你的诗是城里人写不出来的。诗是歌者的心的舞蹈，你在麦场里舞蹈，他们没有那个麦场。他们的腿脚上没有沾土，于是，他们的诗没有五谷香。你的有。”这些话周云河记下了。在回来的路上他一直在温习。又经过爬山虎城墙的地方，周云河看到每片青叶竟那么葳蕤可爱，手摸了一溜叶子过去。大梅说：“就你手闲，会有人说你的。”——她说的“说”是批评。可这里行人少，那爬山虎又不是谁家的，即使见了也不会说。

五

　　周云河掏六十块钱买了一辆自行车，他去大梅那儿也方便，可他买自行车主要是为了去朱姐的报社那里。自行车浑身响，这响声在西京城里并不是事，人家吵得，他也吵得，大家的城市不用担心啥。

　　报社在西京城的一角。那里的楼房矗得像林子。都市的气息包围着晨昏里的一切。已经来了多次，朱姐并没有烦周云河的意思。且每次周云河经过报社楼角时，那个卖凉皮的摊子就在楼角的槐树下，没有人撵，卖凉皮的敦实大嫂坦然得满脸笑。从摊子边过总有一股呛鼻的醋味儿，这醋是岐山醋。周云河两次从朱姐办公室出来就是在这大嫂的摊子上吃的凉皮，味道不错，好好的木凳子被千万的手摸了也被千万的屁股坐了，已经发黑起来。她偏用蛇皮袋子缠上一圈，蛇皮袋子也跟着脏污发了黑。凳子下卧着一只长毛狐狸狗，不怕人，天天在凳子下卧。肯定是那个大嫂养的。周云河两回都这么想，这大嫂在西京城待久了，可能把自己当城里人了吧，看她那自若的样子，包括那慵懒似公子的狗。周云河对这种状态很渴慕。是面皮，不是米皮。米皮多由汉中人在西京城里租铺子卖。清晨还卖热的，充早点。

　　周云河在晚报上发了两首诗。这在工地，在他们六人的宿舍里，都是轰动的事。周云河买了几张晚报，故意把一张放在宿舍门口桌子上，却差点被马光景洗脚时压在屁股下，周云河夺下叠好，第二天才被另一个不修胡子的舍友发现，先一呼，马光景惊讶得合不拢嘴，蓦然要仰视周云河了，感觉自己村里出了举人。他虽对诗看不明白，不知所云，但从即日起，自觉要修正了没大小地耍笑周云河的毛病，对周云河肃然起敬了。马光景比周云河矮一辈，按说应该叫周云河大大（商州称同父辈者为大大，叔父之意），在村里时，因年纪比周云河大，从没叫过大大。这次，他决定要归宗循序呼唤了。

周云河有了晚报上的首次闪亮，便和大梅一起出去大吃一顿以庆祝。所谓大吃，也就是两个菜，周云河大方喝几瓶啤酒罢了。

大梅说："你要成西京城的诗人了。"

"嗯。"周云河嗯罢，又觉得不是他周云河真要成西京城的人了，而是——他也说不大明白。他就说："狗屁！"

大梅笑。大梅笑的原因是周云河的话像是被啤酒推出来的。

"是人家陈姐朱姐帮忙的功劳。知道吗？"

大梅说："我知道。"

大梅回去了，坐公交，去伺候那个老太太。她拿人家的钱，就得好好伺候人家，把一个安静的家里，搞出点响动，让老太太高兴。

六

那天周云河从外面回来时，又落雨了，且是大雨。一周里，雨歇歇停停，试探着调笑一般。已经有人呼烦了。西京是旱惯了的，雨稍稠，就会讨烦。周云河从大门里进来时，陈姐在她的房子里正看外面黑漆里尚有路灯橘黄照过来的夜色，街景她不会流连，她在想她的心事。玻璃上已经在淋漓着雨迹，扭曲着下滑，又下不畅，蚯蚓样地动作。

周云河看见陈姐房子里没有黑。他想去给陈姐道谢，说一声他的诗在她的关照下发表了，又觉晚迟了，不好，就进了他们六人的房间睡去。

陈雨洁离婚了，这周云河知道。陈雨洁的丈夫前几年里，去了几趟泾阳茯茶小镇，拉拢了一个美女，就鬼一样无踪影了，不久还和那个美女生了一个娃。这下无法收拾，就只剩和陈雨洁离婚这条路了。这话周云河给大梅说了后，大梅说："男人咋那样？不是东西。陈姐哪点不好？做老师，人又不难看。"大梅又说："陈姐一个人，你以后也不要太麻烦人家，去多了不好。"这话周云河能听出来。周云河就说："我知道。"在周云河心里，陈雨洁非但没有难看处，他觉得也是一个美女，尤其腰肢闪软，似风摆柳。其气质，把城里女人的优点全聚合身上了。经大梅这样一说，周云河心里反激起了异样感觉。他把朱箫春和陈雨洁并在一起认真比对开了。这是诗人应该做的功课吗？

周云河住的旁边还有一家面铺，做扯面，很地道。从门口过时总听到把面在案板上狠劲摔打的声响。老板是个宝鸡人，一口的西府腔。那天周云河在那里吃面，两指宽的面，又把辣子搞得重。周云河所在的商州人多是擀面，不会扯，这种扯面是故意勾魂的。在周云河看来，《水浒传》里梁山泊的日子大抵就是这样的，吃宽面，方块肉，大碗酒。他正埋头吃饭，门里进来一个摇扇的五十多岁的老头，光头，脑后肉拥挤了一脖子，一脚在里一脚在外，面老板阔声问："又是吃了来的？又是不吃烟不吃茶？"这光头没出声，坐下只是摇扇，待一出声，周云河听出他们是西府老乡，一口的"嗯""翁"不分。他们俩只是聊，并不耽搁生意。老板呼喊着，端面的端面，下面的下面，桌子上就是放蒜的铁方盒子，吃面的必剥蒜嚼，把满口搞臭了再走。周云河刚准备走时，进来了两个人，一个身上背的笛子，一个穿得像个猴子，看来都是文化人。两人一人要了一碗面，又点了拼盘和一小瓶酒，要坐下来好好吃喝的。猴子年轻，背笛子的年长，又是满头长发，不吃蒜，一直默默吃面，不言语。周云河猛然想起，朱箫春老师的男人不是也喜欢吹笛子吗？这个长发的清瘦的长者，不会是他吧？

七

快到十一月了，西京城里的落叶每天都要被扫除一遍，寒冷有时也不饶人。阴历十月一也快在眼前。周云河会记得给父亲烧纸的。就在前几日，周云河手机联系了朱箫春，去朱箫春办公室。朱箫春热情接待了他。就在朱箫春办公室另一个同事出去后，周云河扑通一个跪，把朱箫春吓得花容失色。在朱箫春万分疑惑时，周云河颤抖地说："姐，姐，做我的知音吧。"周云河已经是两泪涌流。朱箫春赶紧扶起周云河，幸亏没有同事看见。

朱箫春给周云河说："兄弟，回去好好把知音一词查查，然后给姐打个电话，好吗？"

待周云河走后，那杯没有喝一口的茶依然在桌子上，直到第二日中午朱箫春才扔了。

那天从朱箫春那里出来，已经天色迟暮了，城市里满是飞驰的车和疾步的人。天气不是凉爽了，是微寒渐袭。稍远处的城墙上点点的灯火，那无疑是夜眼。周云河的膝盖在疼，肯定磕烂了。他哪里来的那个举动，他根本不清楚，只是当时见了朱箫春，眼前一黑，觉得跪下是最宜的一举。城市是别人的，他是在人家的厅堂里走。他不知走了多少路，待他走到住处时，那五个人都吃了，他泡了一包方便面打发了肚子，就像完成了一件大事，又像做错了什么大事一样，早早睡去。

他没有查"知音"一词。他理解的就是朱箫春，至于陈姐，他也是应该来那么一拜的，可那会被工友知道的，太惹眼。

八

夏天时，周云河回老家去。雨水稠，南瓜长得好。母亲说："好啊，到处都是。"周云河家的土院墙几近残垣，正好是南瓜的架子。他家的院墙大约也是南瓜秧爬坏的。周云河走时，母亲早早起来，去摘南瓜。邻居的大爷恰时起来，从绿叶墙里露个脸，问："云河啊，回来了？"云河说："大爷，我回来了。"周云河母亲说："娃忙得很。"母亲已经摘了五六个南瓜，说："都带上。"大梅说："带那干啥？"周云河明白母亲，说："带上，我背。"蛇皮袋子只能装下四个。周云河背着四个南瓜进了西京城。

四个南瓜，他给了房东老汉两个，老汉吃了笑满面，直说："面，面得很啊。你们商州这花皮南瓜还这么面的。"周云河心里是给陈雨洁的。可老汉的"面"夸，也是达到了目的。另两个南瓜周云河背着送给了朱箫春。还是办公室。周云河进去放下袋子，袋子口就敞了，一个滚出来，围着桌子腿画了个圆停下，惹得一圈人哄笑。那个瓜圆，还带着一尾绿藤。

那次的南瓜外交，朱箫春是否满意，周云河不得而知。他想，南瓜的面，她应该是肯定的。

阴历十月一是鬼节，要给逝去的亲人送寒衣。按商州的风俗，阴钱要男子亲手打，烧纸钱时烧寒衣。大梅那天撺过来，她和周云河要一起烧纸。烧纸须找个十字路口，原因是好让极远的亲人寻得到。晚间，无月，二人胳肘下夹了火纸，在一处十字口，已经有人在跪着烧纸。火光忽闪，旁边有人在等着跪下去。离城墙不远，举头就能看到城墙。夜晚的城墙愈加青幽似海。

二人跪下，用棍子圈了一下，意即专为自己亲人烧的。火燃起。待燃熄了，才磕了头起来。周云河又在旁边跪下，点燃了一处火焰。嘴里嘟囔几句，大梅并没听到。周云河起来拉了大梅说："走。"大梅问："那一堆你是给谁烧的？"周云河说："给朱姐烧的。"大梅惊了，问："朱姐死了？"周云河说："没有啊，你胡说啥！"大梅说："没死你烧纸干啥？咒她吗？"周云河说："她是我的知音，我祝福她。"大梅就在周云河肩上擂起来，说："你是糊涂了？这样祝福？"

九

快过年时，西京城晚报又发了一首周云河的诗歌。题目是《云在房上》。报纸出来几天后，朱箫春约周云河一起吃饭，邀了陈雨洁。三人在一家小店，吃的炒菜。朱箫春把晚报拿了几份，全给了周云河。一面临街的窗，外面是几棵大树。周云河来时刻意收拾打扮了一番，退了寒碜，好歹有点城市青年的模样。

朱箫春给陈雨洁说："照这样，周云河写下去，很可能要做个西京城的诗人了。"陈雨洁赶紧举杯祝贺。桌子上又把周云河那首诗细致讲析了一通。多是肯定赞美。

这个年里，周云河把晚报拿回去了，轰动了自己一个村。大梅家里原来想多要一点彩礼，这次也嘴松了不少，私下传话减了三万。一张报纸传遍了村里，村主任走到周云河家门口也多停了一会儿，问周云河打工的事，多露出几分关怀。周云河从城里回来后感觉出许多许多的不同。他在年里就默默筹划年后的走，定在没过正月十五的初九。他准备给朱姐拿啥呢？他想拿母亲做的油糕，还有商州土产的"商芝肉"。如何吃，他是要给朱姐说清的。

2017 年 10 月 5 日

彩　　票

　　有三处售福利彩票的地方：光明路一家，大福街一家，还有就是吉祥路口那家。

　　买彩票大约是两类人，一类是来城里的农民工，闲了就三五相伴，来买彩票，两元一张，或许能中个奖，基本天天在试手气。彩票店的老板很喜欢他们。再一类是机关那些好彩票的人，事情不多，月月工资，也没有抓到权，对前途全然无望了，就满面浅喜地去摸彩票，不为大奖，是有闲钱而已。他们来后也仰头看墙上的彩图标线，认真研究，当看到一堆农民工，机关人便用瞧不起的眼神看，自信增了几十倍。问："有奖吗？"农民工们不知他问谁，一个也不答，发福的机关人便呵呵一声，表现出自己一点也不在乎钱的样子，是专来撒钱的，就摸了两张，买玩具般走了。走时回首还看看彩票店里那堆农民工，心里特甜润似的。这号人见有不如他的，心里就甜润。这样的机关人毕竟少，且来了有时也会瞧不起彩票店的老板，故老板对这样的人也不问茶敬坐，任其乱看墙上，若问一句，则答一声，概不细聊灼见。这样的人因其在机关里宛若跑堂的，或许年龄过了，就闭了晋升心思，偶来摸彩，万一有了大点的奖，得了几百几千的，也是抚慰。

　　昨天大福街那个彩票店里就出了一注大奖，据说是九百万。一时间消息在城里像烧了起来。可到底是谁得了那注奖又找不到主。一时间人们又在到处乱问。

在机关工作的叶先生就是在大福街那里买的彩票。他给彩票店留着电话，以防不测。彩票店老板就把电话打给他了，问彩票号码。叶先生竟把买的彩票弄得不见了，一时说不出来，彩票店老板就说："九百万啊，你真粗心。"老板挂了电话又继续打电话问询下一个了。

叶先生接了电话就浑身冒汗，一会儿就热成个水煮萝卜，彻底穿不住衣服了。他本来就胖，没有这个九百万，他一年也出不了一两次汗，家里有空调，办公室有空调，哪里用得着他出汗。可这九百万就是威力大，几分钟就把他搞得身里面的水待不住了，全要从每个汗毛孔里争挤着出来。真是奇事。

他找，找找找。他把办公室找遍了，没有；他把身上所有的口袋找遍了，没有。他顾不了上班，赶紧回去找。他急急下楼，路过厕所门口也忘了进去解决，等他到半路上内急难忍时，就贼样奔到一栋楼后去解决。回去他没敢给老婆说，只低头翻找。老婆见他急切，问是找什么，他说是办公室的钥匙。倘叶先生说了实话，老婆会和他来一场战斗，待胜负明确后才会允诺他找，否则，叶先生……彩票店又来电，说是还没找到真正的获奖者，按顺序推断，那个号应该是他的。这个电话，使他心脏受不了。

找了一夜。这个夜，叶先生过得非常不一般。他没有获奖的经历，买了就不知道珍视，随手一丢，便铸了大错。在找彩票时，老婆大睡，还发出呼噜声，他想：是她不知道他找的是九百万，她知道了，即使九十块，她也呼噜不出来了，会跟着他一起连吵带闹地找。

夜深了，又黑又深，他只是冒汗。找不到，也实在太累了，他就坐在地上，靠着柜子，想那九百万。九百万在脑子里愈来愈大，就在那里旋，像阵旋风。他觉得应该安排九百万如何支配了，可以辞职或者去世界旅游，做个不为钱发愁的自由人了，再不用听那脸长如马的上级呵斥他了。可是，彩票不见了，不见了这是大事，他的一切好事就实现不了。整整一夜，他想想找找，那个城市，那个寂静的如谢了幕的台子一样的城市，只有他家那个亮灯的窗口里有个男人在冒着汗找彩票。到了天亮了还没有结果。

他去上班。脸皮经过一夜的疲累几乎是贴上去的，步子也好像是拉着别人的腿在前行。在途中，那个彩票店的老板又来了电话，叽叽喳喳地说："错了，九百万是吉祥路口那家彩票店出的。"他须臾清醒了，把路边的楼房和林带也看清了，把唰唰过去的车也看清楚了。没有他看不清的了。靠在柜子上眯眼做出的九百万计划一点也用不上了，统统作废。这一作废，他才觉得彩票店似乎是对的，今天最起码保证了他的一场瞌睡，使他不至于垮了。

他路过彩票店那里，看到依然聚着的一堆农民工，嘻哈着希望有个头彩，里面墙上的图标也露出一半，红绿着。他痴愣了一会儿，朝彩票店默立，仿佛是默哀。

他是给同事说他的彩票呢还是不说。但他从此不去买彩票了，也把那个彩票店老板的电话拉入黑名单。他说他受不了。

2018 年 1 月 29 日

和平使者

我有个事要给你们说说，这个事也实在恼人，绕在我的心里，使我不得喜眉开颜。就是我的妈妈和奶奶吵架了，妈妈不让我去奶奶家了。

今天老师留的作业和昨天差不多，要在平日，我会坐在奶奶家的门口，搬了小桌子小凳子，坐在楼门刚好遮阴的一片凉里写作业，奶奶有时会给我洗个苹果或鸭梨，我写一行，摸了苹果或鸭梨咬一口，放下又写。等写完时，差不多和奶奶邻居着的大红就来了，她也是写完了作业，找我来玩的。我们二人是同学，一个班。

奶奶和我家是斜对门。村里这样对门的有两家。奶奶家的房老了，我们家的房新，爷爷奶奶在和我们分家时，爷爷说："小贝——小贝是我的名字——小贝喜欢住新房，你们就住新房吧。全然是我的面子起了作用。奶奶门前有口井，井深水甜，井口上架着辘轳，早上就有人去汲水。我们当然也吃这口井里的水，只用走二十多步，就到了井口。不用担水，爸爸用手提，一手提着满桶水，跨开步子，像走蟹步。爸爸臂上暴起的肌肉就是提水提的吧。

可妈妈和奶奶赌气了，不让我去奶奶家。妈妈是我的妈妈，奶奶可是爸爸的妈妈啊。一样是妈妈，她们赌气了，偏不让我去奶奶家。妈妈有些不讲理。她们为啥要赌气呢？我看不懂。

我坐在自家的门口写作业，能看到奶奶家的门开着，那片遮阴的地方空着，门里能看到院里的葡萄树，奶奶养的猫本来在门首蹲着睡觉，从门口过去一辆摩托，把猫吓到了，猫就回去了。可一会儿猫又出来了，它看见了我，跑过来瞅我，蹭我的裤腿，喵呜一声，又过去蹲在奶奶家门首了。奶奶在家干啥呢？不见出来，也不闻有声。我只听见我们屋里妈妈在擦洗什么，搞出的动静。还有一声似乎是妈妈把一个烂洋瓷盆子从屋里扔出来，恰落在一块砖上的声。

我写着作业，偶尔望着奶奶家的门口。咦？一个没留神，奶奶从屋里出来了，她像往常一样，手里拿着一个刚洗过的苹果，朝我扬着手，意即让我过去拿。苹果还流着水，奶奶在空里甩。是个美味极了的苹果。我不敢过去，怕妈妈看到了训斥我。我就朝奶奶摇摇手，指头朝里屋指指。这时奶奶朝邻家喊，大红，大红。大红跑出来，奶奶拉大红进屋，须臾间，大红一手一个苹果朝我跑来了。

我们俩一起吃起来。甜，脆，我的第一口就把苹果汁溅出了一个花，大红脸上也有了。我们一起哈哈笑。

苹果吃了，作业也做完了，我和大红一起下河捉鱼去。村口下去就是河，州河，地理书上叫丹江。是初夏，河里水不冰，温度正好。男孩子是长于捉鱼捉鳖的，我们看多了，也会捉。把河的侧流用石头堵了，成个池子，鱼就在池里，我们一起进去摸。鱼小，摸多了用塑料袋子装着提回去。我栽在水里了，裤子湿了多半，大红只是笑。又不冷，一会儿就干了。捉了七八条鱼，已经很有成绩了。我们提了回去。放在谁家炒呢？大红怕她妈妈怨她贪玩，我就出主意：

"放在奶奶家炒。"

"你不是不敢去奶奶家吗？"

我真不敢去，我们俩就再想办法。大红突然灵机一动，说经过她家后院门，让我绕到奶奶家。这主意太好了，我兴奋地捶了大红一下。

我们俩提着鱼回去。袋子里也盛了水，鱼还在水里游动。我们好像在提着微型鱼缸跑。到了村口，奶奶的好好——猫的名字——就来迎我们了，好好一直看着袋子里的鱼跟着跑，一双奇大的圆眼盯着鱼。

我们是从大红家后院过去的。奶奶看见我们俩提着的袋子里的鱼，就满脸喜悦，说："你们俩真行，这么多的。"奶奶是做饭的老把式，啥饭经过她手，味道肯定不一般，谁碰上了，是嘴的大福气。烹炸小鱼当然也是奶奶的拿手戏了。经奶奶的几下子，屋里立马溢香起来。我们俩互递眼色，垂涎欲滴了。吃了鱼，吃了奶奶做的饭，我又从大红家后院绕出来，和进去时一样，跑过大树，一拐两拐就进了自家院子。

爸爸是火眼金睛，啥也瞒不过他。他见我进屋后，把我拉着偷偷问："吃啥了？"我说："没啊。"爸爸笑了，就说："坦白从宽。是鱼吧？"我说："没啊。哪里有鱼？"爸爸指了指奶奶那边，说："坦白吧。"我笑了。我和爸爸一起笑起来。这时妈妈粗声喊爸爸把院子里放的木凳子搬进去，爸爸去了。爸爸搬过后，悄悄给我说："把嘴上那一圈油擦擦。"我就嘟了嘴要朝他袖子上蹭，他跑了。屋里一阵欢喜。妈妈问："你们俩高兴啥？啊？"

我跑出去了，给屋里丢一句："我不吃，吃过了。"

我跑到奶奶那里去了。这次我没从大红家后院绕。我的奶奶，我怕啥。我见了奶奶，故意给奶奶说："奶奶，敌人没看见。"奶奶大笑起来，像个玩具娃娃。她用手把我的脖子捏捏，问："作业写完了？看没看对不对？"我说："对着哩。"奶奶说："我的孙女能不聪明?!"

黄昏时，我回到自己家里。爸爸说："你妈知道你过去了。"我伸了伸舌头。爸爸在我耳朵边说："你是和平的使者。"我已经知道使者的意思了，这分量很重。

第二天，作文课。老师出题目，让写自己最爱的人，我就写了"奶奶"，把我做使者的经过一五一十写出来了。

恼事终于过去了。我是和平使者。奶奶家和我们家斜对门，我又可以随便坐在奶奶家门口做作业了。大红也可以和我一起，还有好好——大眼睛的淘气猫。

你们还不知道我长什么样啊。奶奶说我是大眼睛，水汪汪的；圆鼻子，有福气；羊角辫，像扫帚；嘴巴嘟嘟着，像个会跑动的小喇叭。她还说我是绝对小美女，长得像小时候的她。

2018 年 1 月 29 日

战　　友

　　赵大运确是长脸，有的人就说：赵大运脸长一丈二。这简直胡说，五尺都没有。不过赵大运的脸的确像一条梭子船。他和矮个的瞿东方是战友，一起在对越反击战时上过老山前线，又一起复员回来，住得还近。既然是战友，实在没有理由不走得近、不友好。他们也确实好。从赵大运在县城住的那个小区，出门朝西，过一个大坑，就能看到瞿东方住的地方。瞿东方住的地方不好，不是楼房，是一片低矮的自建房，住的多是原来工厂的人。房子差，每年到春天大风时，总有几家房上的牛毛毡要被风揭走，飘在空里，落下来便找不到了，这样的事是很好看的，空里一片灰色的东西，飞机一般，底下的人都仰了头看，呼喊着乐。被吹走牛毛毡的那家随后就再找一片覆上去，等下一次在空里飘。

　　这一片的人都知道赵大运和瞿东方是朋友，也是曾经的战友。关系紧，感情深。隔几日，瞿东方住的那里小卖店的老头，就能见瞿东方手里提着两根黄瓜和一瓶不贵的酒。小店老头问："又去找大运嗞两口？"瞿东方嗯着笑。那老头能看出瞿东方脸上的幸福。瞿东方过一条巷子，再拐了弯，两边的路人都能看到一个背影走过去，手里是黄瓜和酒，都知道他去赵大运家里。他走得摇摇摆摆，像河水里漂的树叶子。

　　赵大运有工厂的工资，虽然他的工厂塌了，可每月的一千多块钱是少不了的。赵大运的媳妇也会过日子，有个小本子，记每天的花销，比如今天菜几斤多少钱，一瓶啤酒多少钱，感冒药多少钱，补鞋多少钱，她都记得清清楚楚。给自己也舍不得买贵衣服，买一回衣服，要跑多次，邀几个人参谋，最后还要赵大运看后满意再买，实在把钱的出口把守得毫无漏洞。可瞿东方没有媳妇，一个人过。日子就没有那么有规矩。当初赵大运和瞿东方当兵时，二人约定，一个人死了，另一个抹把泪回来，替死了男人的寡妇找个好人家推出去。他们知道战争是说不准有啥结果的。还有一次，二人面前落了一颗炮弹，炸了花，二人好好的，毫毛都没掉一根，只是耳朵有些聋。这可奇迹了，二人为还能活着抱着跳。一圈人愣着看，扯了他俩的耳朵，耳朵是疼的，真没有死。回来后，赵大运的媳妇好好的，瞿东方媳妇跟着人跑了。跑了就跑了，瞿东方也觉得一个人过着并不是坏事。赵大运两口子的日子好着，怎么也不能让瞿东方的日子偏着一头一个人过。赵大运就想让自己的妹妹嫁给瞿东方，见了面吃饭，多好的事，可瞿东方喝了酒不愿意了，说自己配不上。这事就搁下了，一搁赵大运妹妹嫁了，十多年后，瞿东方也到了四十多岁。一熬，又到了五十多。后来赵大运媳妇把自己娘家一个离婚的媳妇介绍过来，也没成。日子这台挂钟，没等过谁，也不会等他瞿东方。

　　瞿东方就一个人过。像一列只有一节车厢的火车，寂寞地前行。

　　今天赵大运的儿子结婚，把喜日子在半个月前就告诉了瞿东方。瞿东方说："好啊，儿大当婚。"他是由衷地替赵大运两口子高兴。为什么赵大运两口子把儿子结婚的日子迟迟不给瞿东方说呢？

他们的亲家母是瞿东方原来跑了的媳妇。这门亲事说起来怪，是赵大运厂子里的一个人做的媒，两个娃见了面，百分百的愿意。这有啥说的。待赵大运知道亲家是瞿东方前妻时，他犯难了，给媳妇说了，媳妇也是说，怎么会那么巧？事情常常就那么巧。赵大运媳妇说："怎么给东方说啊，你们俩是炮弹没有炸开的朋友，比亲兄弟还好，说了东方会怎么想？"为此，二人犹豫了很长时间。

在考虑说的时候，委实像搞一场谈判仪式，叫了两个近邻的朋友，在赵大运家里设的桌子，六个菜，备着三瓶酒。酒过三巡，菜过五味，几个人都看头上的灯泡也有几分醉的样子了，赵大运媳妇觉得该到开口的时候了。可酒把几个人嘴搞得都忘了，赵大运的长脸在酒的抚弄下，竟红成一面门帘子。他只是想朝桌子底下溜，看着养的猫，指着教导起来。瞿东方的酒量好，可八两下去，肚子里也唱戏一般，头倒不会歪，可看到另两个人斜了，他笑那两个人，那两个人笑他眼珠子斜了。赵大运媳妇预备的蒸碗肉还没端出来，桌子上已经局面不堪，大有让酒搞得溃散的样子。赵大运媳妇把赵大运从桌子底下拉出来，扯了耳朵，吼着问大运今日要说什么话，大运才似梦醒，拍了桌子，一字一字说了一段像在肚子里泡坏了的话。瞿东方到底听清了，把眼神从赵大运家窗子上拉过来，又放到赵大运媳妇身上，再拉过来放到桌子上的凉菜上，站起来说："好啊，这有啥不好。"这句话，就是今夜酒桌上的活塞，活塞一动，赵大运媳妇把热好的蒸碗肉端上来了，满屋肉香。肉上来了，可赵大运和瞿东方二人在桌子底下拉着手鼻涕眼泪都来了，说过去，说打仗时的二杆子劲。

结婚的酒席在酒店订好了。这天瞿东方来得早，他知道要帮忙。赵大运家里到处都是"囍"，门口的对联，进出巷道里的

"囍"，这些都是瞿东方贴的。是个晴朗的天，贴上去的红就被太阳照得耀眼。

瞿东方是在酒店见到他原来跑走的媳妇的。这一日是她女儿的喜，也是她的喜，她穿得鲜亮，打扮得和刚钓到的鱼似的。她见了瞿东方，倒有几分大方，没有趔开，走过来问了话，便去忙了。样子还是那个样子，有点陈旧而已。

赵大运给儿子结婚后，迟迟抱不上孙子，有点焦心。这时，亲家公得了病死了。赵大运媳妇听了这一事，第一先想的是把亲家母拉来和瞿东方合成一家子。她从亲家母家里帮忙办完丧事，晚间就和赵大运说这事。

"你说好不好？"

"好是好，也要等人家过了百日吧。"

这事一提起，赵大运睡不着了，他怎么想也觉得媳妇这个主意是大好的。待天亮后，他上了厕所，喝了一口茶，就急急奔瞿东方那里去了。瞿东方正在家里收拾。其实他的家里有啥收拾的，一个人的家，乱成什么样子就是什么样子，没人去做客，邻家的狗猫也懒得去蹭饭。赵大运坐在凳子上，看着瞿东方的背影。这背影几十年里都是那样。瞿东方把茶杯从柜盖挪到桌子上，把家里已经发黑的铝壶启动了，烧水给赵大运喝。安静的屋里，瞿东方一个人是习惯了的，可来了一个人并没有给家里添丁点生气。墙已经黑了，且发出一种陈旧的气息。

"我看，你和她合在一起是好事。"

住在这里的人，似乎没有什么怨言和怨气。也有吵闹的，那是他们世界里应该有的，已经几十年了，哪一天都有一点热闹可看。瞿东方淹没在里面并没有什么怪异的。天上偶尔飞过飞机，呼呼的，声音落在这里，哪家都会有一片呼呼声，有朝天上看的，有不看的。从那条细路里走进去，拐几个直角弯，门有朝东开的有朝西开的，其中朝南开的多，朝北开的少，他们也学衙门，朝南开。可低矮是基本样子，把工厂不景气的日子摊开看，一家一家的人，干皱着眉头或者嬉笑着嘴，门口多数还养着花，铁桶里面养花，水泥盆里养花，有的还种了葡萄苗，搭到房檐上去，珍惜地给浇水，像把一句贴心的话培养出了感情。瞿东方只在窗台上立了一盆海棠，偶尔一顿米饭，淘米水都给了海棠，他的贴心处大致如此了。进他家席片大的院里，不细瞅，海棠是极易被眼睛忽略的。

"我看她还是心里有你的，虽近五十，可还不走样子。"

谁家没个难处。在这个小城里难处尤其多。据说这一片要拆迁了，出入的人嘴上只是说说，不知是好事坏事，也没看出丝毫喜悦。政府在城市的东边，他们在西边，离了八九里远，就被落在另一世界一般。老工人爱喝一口的多，心里大，不存事，有的拄了杖，也要奔去一辈子特友好的同事家里喝一口，没有愁可解，是见面图滋润。酒做了水，浇一遍干涸的心。年轻点的爱看足球的也不少，兜里没有多少钱，那不是事，爱看与钱和日子没有关系。若电视里足球开赛来到，面前就是啤酒一堆，看到天亮也不困。家里有上学孩子的，那几天里送孩子上学是女人的事，要不就是两口子打仗。为了安宁，女人知道怎么做。瞿东方不爱看，原因大约是赵大运不爱看，二人的喜好是从小得来的，长脸和个矮虽难以约定，其他喜好真大致相同。瞿东方没有女人，就少了孩子绕膝这一节。电视机坏了半年了，他懒得去修，偶尔在邻居家蹭看电视剧，邻家是一对老头老太太，女儿嫁得远，他给捎买一回两回菜，或者打酱醋什么的作为看电视的回报。捎回来就放在案板上，不说一句话，旁边放着一堆找的零钱。瞿东方佩服这对老头老太太的是，他们知道有个联合国，知道俄罗斯总统叫普京。

"有个女人，家里毕竟温暖，有现成饭。"

屋里桌子是老旧的，赵大运让瞿东方换一张，瞿东方说换那干啥？能放几个盘子就行了，讲究这个没意思。他每天坐在门口看出去，就是不远处的水泥电杆。这杆子送这一片的电，若遇停电的问题，电工立马就在杆子上面动。每次的问题都是在瞿东方家门口杆子上解决的。杆子不高，矮胖是优点，从这根杆子看，矮胖绝没缺点可谈。他从这里也获得了几分自信。杆子上向四面扯出去的是电缆线，这线上能落雀，也能落鸡。每到雨后的次日晨，邻居家的四五只鸡就仿雀的样子，落上去，母鸡也能攀高，跟着公鸡仿，按瞿东方的看法，母鸡也不学好了。这样的景象没什么不好，只是放在门口墙角的一排瓦被鸡们的粪打脏了。瞿东方在家里在门口所做的一切，鸡们都知道。

在赵大运快得孙子时，瞿东方和前妻结婚了。赵大运两口子的功劳落了地。这样的结婚不必复杂，叫了两桌客，全是赵大运认为该叫的，就在瞿东方门口展的席，赵大运两口子做菜做饭，也不差一点热闹。那个厂里原来的办公室主任也被叫来了，虽然是退休后的老态，这已经是极有面子的事了。老头牙落完了，把一颗花生米咬溅到旁边席上，打到一个眼镜片上，却也造了一阵说笑的热闹。即使打了两个盘子，那纯粹是隔壁老王家的猫所致，与客人无关。婚事圆满极了，离开的人都是赞叹酒赞叹菜赞叹一对不好称作新人的旧人离开的。

两年过去了，赵大运的孙子能拉着大人手走路了。一个孙子，两团的喜。那孙子是常来瞿东方家里的，好歹瞿东方也是外爷。那孙子是绝对的白娃娃，透明的洋葱娃娃，眼睛也是陶醉人的。对于这个孙子，瞿东方心里嘀咕过，赵大运儿子儿媳是一对黑，没有可以称道的白处，可孙子竟那么白，面瓮里出来的一样，他不得不多想那么一点点。这话他可一点不敢在赵大运两口子面前说。他埋在心里最深处，让话死了。

那瞿东方他的婚姻到底如何呢？在赵大运看来也是极不满意的。他们两个常吵嘴常打架。瞿东方过去的清净和满足没有了，落得一地的碎渣。瞿东方喝酒不行了，买双袜子也是错，和别的女人在路上聊几句也是大事。几次，赵大运见瞿东方的脖子上有指甲道子，就知道又闹过一场。瞿东方的邻居劝多了不顶用也不劝了，任两个脱轨着去过。家里的变化极大，海棠也不见了，听戏的收音机也被女人扔到墙外了，那次算是最厉害的一次，电杆上的鸡们可看得真切清楚，旁边能听到声响的几户，懒得去问，各人的日子在各家的门里。只是赵大运间或来后，见了人聊，都说瞿东方两口子过不成，把一片原本清静的地方搅了。

赵大运两口子想，这是怎么啦？他们给办了错事吗？据赵大运分析，是瞿东方过惯了一个人的清净，加进来一个人，把另一个世界硬拉进来，两个脑子又融合不了，问题大了。赵大运给媳妇说："劝离吧。"媳妇惊奇地问："有劝离的吗？"赵大运说："这也是好事。"

今天里，他们两口子拉着孙子就是来劝离的，可到了瞿东方门口，瞿东方出去了没在家，见他们的亲家母在把花单子洗了朝院子里的绳上搭，叫了外孙名字，喜得一团乱。赵大运两口子还在亲家母家里吃的饭，到了落日时，那话终没有说出口。可赵大运媳妇从赵大运的长脸上明显看出是让她先开口的。她思量，到底开口不开口呢？白孙子在地上尿了一片。

2018 年 6 月 16 日晨

秀才干爹

孩子都出生三个月了，认干爹的事实在拖不得了，女人在炕上吃了黑糖煎水泡死面馍后就老在琢磨这个事，她今天又忍不住给男人提出来。男人是个蔫蔫子，可女人的话他不得不听。这个前面他们两口子已经有了三个女子，这次是男娃，是女人立了大功的，更得给这个稀罕物认个干爹了。认干爹的习俗在商州一直有，据说认下干爹，干爹能护佑孩子。这一天，在清晨里要起个早，遇到第一个活物就是干爹。村里多数孩子都有干爹，干爹能否护佑且不论，也确有孩子半途遇了大凶死了的，但他们家的这个稀罕物是非得有的。孩子遇着的干爹五花八门，干爹有穿红挂绿的贵人，也有乞儿，也有牛马，也有……反正五花八门。认了动物的，动物做干爹只是名分，最后其实都追索到动物的主人，男主人便义不容辞做了干爹，女人则是干娘了。

清朝末年。北京的皇朝已经有点风雨飘摇，人们忙乱地找地方躲避身子，哪里敢比商州这个夏天的安静的早晨。

这里夏晨的安静，有两个特点：家家屋门闭着，铁门闩上滴着露，悬而未落，只有那个家里第一个启门的才会撞坠了那滴晶亮，在门槛上留一片指甲盖大小的湿；其二的静，则是由河里传来的水声，没有息过的水流声，到了这个时候，听起来格外有河水的清素，平日的水声被那些鸡鸣狗吠夹缠得好没雅致，哪里有此时的晨里所举起的若微风推帘的教养。

今日的村口也很静，一晚上把白昼里的热退尽了，人们还在睡觉着，东边天上红了一点，是太阳挣扎欲出的红晕。一个男人抱着孩子，立在清晨里等。

第一个醒来走到他和孩子面前的是一只猫，母猫，眼睛大大的，在奇怪地瞅他和孩子。他抱着孩子给猫磕头时，猫不知趣地跑了，待他抬头起来四顾，猫早不见了影子。他给襁褓里的孩子说："你干爹跑了。"

他不免有点失望，怎么会是一只猫呢？还是一只母猫。母猫做了干爹，那干娘必是一只郎猫了，唉，说不定还是几只郎猫的。这只母猫他认识，是村里王天仁秀才家的，它生过不少猫儿，许多郎猫曾是它的郎君。在他看来，这个干爹问题不小。但既然是干爹了，有啥办法，又变不了。他思谋着如何找猫的主人王秀才了。

他抱着孩子回去朝屋里炕上递进去一声："认了。"炕上的女人问："是谁？"他说："是王秀才家的猫。"炕上默了好大一会儿，也许是没听清，才说："那我们高攀不起啊。"男人说："是他家的猫，母猫。"

这里是一条圆石铺路的巷子。巷子深而细，大石和小石贴合得很像是一个大家庭里的兄弟，已经有无数的脚把石头踏磨得锃亮了。两边的墙也是石头的，离州河很近，谁家都会用石头做墙的，不掏钱凭的力气，拾了担回来就是了。巷子因为细而深似了蛇样，从巷子一头进去一溜风，风就会延宕着步子贪玩着从另一头出去，把行人的裤脚逗弄了离开。一句话从那头进来从这头出去，也是幽深着成了瓮里的声一般。夜间的巷子里，行人少了，没有灯火，进去似能听到鬼步跟随自己而心里愈发惊悚，孩子一到晚间从不敢独自出入。若漆黑里迎面来一个人，彼此会赶紧抚了心口子，大叹大惊，都怨彼此是鬼。走进去有好几户人家，其中较阔处有个大院子，住着一个写字的人和一只猫，人是王秀才，六十多了，猫是灰黑的身上有花点的母猫。日子过得有人又有猫。门朝巷子开着。从他门口过时，鼻子都能闻到浓烈的墨香，简直是从门里扑出来要绊倒路人似的墨香。他已经过成一个人和一只猫的光景了。他家祖上阔绰过，有牛有地也有过红脸牛倌，可现在没那些气象了，全是他父亲抽大烟抽败的。虽然家败了，可毕竟是大户人家，富贵过，庭院也深，连门阶也是用州河里的白玉石砌的。家里气象日衰，屋洞便显得大而安静，院里有一株杏，一株梅，每到杏黄时，村里的穷孩子都来闹，把杏打下来兜着跑去，秀才也不喝斥外面的乱闹，待静下来了，他才浅笑着说："这帮孩子，贪嘴的小东西。"也许是他没孩子就贪孩子的闹，也许是他不爱那个杏子，反正年年如是。梅倒是寂寞的，到了冬天一树花，静如处子地在院子里开放了，从巷子里过的人抬头都能看到伸出的花枝。香在雪里才有意思可言。平时孩子们已经知道了秀才的脾气，非但不怕，有时候秀才出门的长袍他们也敢拽一下，又赶紧涟漪般散开。制造这样的乐，会欢喜一团人，每次都不减乐。

认下了猫作为孩子的干爹，这不是丢人的事。碰到别的人又能怎样呢？可孩子半岁了还没有名字，也是拖不得的事，女人就给男人说："你提着东西，到孩子干爹家里去拜拜，让王秀才给娃起个名字。"这主意只有女人能想到，家里的这个男人吃饭是大碗，可肚子里是绝对比小碗还要小的主意也拿不出来。礼物是一斤红糖，一件包成四方的点心，点心一面还用红纸写着字，男人认不得，也不敢问，只认定是极好的话无疑，提了就去王秀才家。路上人问，他说拜孩子的干爹。也有人知道孩子干爹是猫，就打趣说，你就干脆说是拜猫不就对了。他便低头不语，心里不快。路人其实知道送去的点心红糖是王秀才写字时的填嘴物，作为干爹的猫绝对吃不到。男人见门半闭着，轻推开缝却扑出来那只猫，不，是孩子的干爹。干爹出去了，男人还是要进去，就伸头朝院里看，院里没有人。秀才家的门，这男人长这么大还没进去过，要不是孩子干爹住在这里，他怎么也不会贸然跨进这门的。门楼上雕的狮子大开口，可那个大口已经烂了多半，牙也掉了。他反倒少了一点胆怯。厅堂是很大的，阔成一口池塘似的。这让穷人家的这个男人委实吃惊。刚踏进院子的男人，竟遭到屋里一声"你来了"的问候，男人手里的东西差点抖落了下去。

"你没来过我家吧？"

"没有。给你提了一点心意。"

"你是给孩子干爹提的吧？"

男人傻笑。

"我听说你孩子认了我家的猫做干爹。以后不要认猫了，认我，我做你儿子的干爹。"

"那——？"

男人是觉得穷人家的孩子不配一个秀才做干爹，心里惶恐却忽然觉着自己那个孩子真有秀才做了干爹，那是准有万福的。

屋里虽灰暗一点，可大户人家落拓后的大样在，厅堂一旁有个小间，支了桌子，墙上有一副对联，男人是认不得的，可王秀才既然愿意做孩子的干爹，他们二人便是亲戚了。王秀才家里也难得有人来，今日来了亲戚，他就分外有兴致，拿出既秀才又亲戚的姿态，把那副对联念给男人听：

松竹秀而古

山水清且闲

他问男人："懂吧？"

男人只顾点头称是。他只懂那是黑落在纸上。

秀才字确实好。好在哪儿？秀而力。如女人练得了大功，脚踏地拔不起来，而腰间的裙裾又确切表明是女人，且裙底风动，掀又掀不起。

提的东西放在柜盖上，名字就题得顺利，叫大卿。王秀才说是孩子大了做官的意思。这意思太好了，男人觉得把自己孩子和官连起来，那简直是渴时瓢饮了井里的凉水一样滋润。孩子的干爹由猫换作了秀才，又讨了个能做官的名字，他觉得是得了双份的便宜，回去没到门口，他就朝屋里喊："我回来了——"好让女人知道他是得胜载银似的回来了。

此时，秀才写字的大名早播得很远，很远的人常有跑来索字的。秀才对索字的人，有茶，饥了也给一碗煎水泡馍。他的字在城里值了大钱了，他还不太知道，却被一些人提一壶老酒二斤点心的讨了去卖钱。他听人说了，就问："是真的吗？"在州河下游的龙驹寨里，王秀才的字很是招人爱，缙绅家里多数挂着他的字，以为耀，识字的人见了就指指戳戳，问是哪里的字。主家就说了是个秀才写的。秀才的大名不在秀才上面，而分明是字把他的名气弄大了又搬出去极远的。秀才写字，多半时候是半斤白酒在肚里，神气尽来，挥毫一气贯下，猫是蹲在桌角看的，笔到哪儿，猫的眼珠子就跟溜到哪儿，两颗星子似的轮动。一次他动作像飞起的树枝，惊了猫，猫迅疾要逃，却踏过墨盘，在他写好字的纸上留下足迹，如纷落的梅瓣。秀才看了，竟呼绝妙，指着猫说："你这东西，竟是了不起的画家。"他把那幅字卷起来架到柜子的最高处。

有了秀才做干爹，好歹也是这个穷人家的荣耀事。每年过年，是要给干爹拜年的，拜年是干儿子提了笼子，笼子里放着六个或八个馍，不会是大的馍，有的还掺了玉米面蒸得发黄，顶上炸裂得像是微缩的山梁，还要点了红，走近看是稀样的花子。笼子里还要有四把指头粗的挂面。已经到了大卿该上学的时候了，馍笼子大卿也能提动了，大卿的父亲把大卿送到秀才家门口，推了一把，说："你进去吧，要给你干爹磕头的。"大卿还是不敢进，又被父亲的大手推了一把，就进去了，父亲低声又说："要磕头的。"大卿："嗯。"大卿记得磕头，博得秀才的大乐。笼子里馍也被"回"了一半。没有吃饭，大卿提回来笼子，说兜里秀才干爹给装了两块银圆。到民国了，是袁世凯的光头。两块银圆？抵得上半个家当了。

大卿家里听说秀才家里的猫已经生了两窝猫崽了，被人纷纷索走。秀才不卖钱，他送了人，还要补贴一碗茶和一副笑脸。秀才在村里，在周围几个村里的声望实在不错，可送猫时倘有人兼以索字，那可万万不能，秀才总不停地抹鼻涕，眼望着高处不语。他知道索猫的人只懂猫不懂字。

大卿真到了上学年纪，有秀才干爹，干爹不能让干儿子不识字，说出去也不好听。秀才偶也卖出去几幅字，手上不缺小钱，但也不是大富，他就要掏钱让大卿读书了，拉了大卿手到村里学堂去。村里学堂教的是有钱人家的孩子，大卿的去连教书先生也吃了惊。说是学堂，也仅有十多名学童，桌凳分列，一人一桌一凳。大卿没有，秀才把家里的椅子搬来给大卿用，于是大卿坐着和其他孩子站着一般高。真乃高人一头了。大革命时期，也确实是"革命"，教书先生也剪了辫子，头发散作一堆杂草。先生对秀才是极尊敬的，一直把秀才送出学堂门，又弯了腰看着走远了才回去。可王秀才看见先生的辫子没了，蔑视着不正眼看。

学堂里的学童大都知道大卿的干爹是秀才家的猫。大卿就争辩，说不是猫，是秀才。学生大部分齐声吼，是猫是猫就是猫。大卿泼嗓子喊，是秀才不是猫。先生也知道是猫，就止了大家，说："我知道是猫。"大卿哭着回去了。他到秀才干爹那里，说了原委，秀才干爹就又拉着他去学堂了，朝一屋子的学童说："我是他干爹，不是猫，切记。"秀才回去了，大卿留着念书。对于秀才做了大卿的干爹，学童们似乎憋着什么难受，有人就又在课隙里朝大卿说："不就是那个鼻溜子吗，有啥稀罕的。"

王秀才的样子实在不大出彩，也没丝毫出众处。个子矮且不论，又谢了顶，脖子处的毛又脱不净，一绺竟落在衣领里。最顽固的一点就是一年四季鼻涕流不止，大概是鼻疾落得的，也有人说是遗传，他的父亲就是鼻溜子。因此学童们说秀才是鼻溜子也是对的，不是乱造的毛病。

人多的集镇处，离学堂不远。一个秋日，秀才从集上买了一捆旱烟叶抱着回家，在路上碰到大卿，就叫大卿："给我背着回。"大卿把干爹的烟叶子背在背上前面走，后面跟着秀才，秀才嘴里叼着烟锅子，烟锅子的杆长，长得差不多有二尺，秀才在路上若遇上狗，烟锅子完全可以作杖把狗打退。有干儿子给他背着烟叶子，他走得轻松了，心里也来了得意。有人说："有干儿子还是好。"秀才笑眯眯的。路边已落了不少树叶，还有不少的树正在落叶。秋的气象此时已经满足了。干儿子前面走，背得有了汗，他说："大卿啊，歇歇吧。"大卿不吭声只顾走。待大卿走出老远，觉出身后没了足音，回头看时，干爹秀才正背靠着一棵细柿树蹭痒，树小，已被他蹭得哗哗着像是在笑。大卿见干爹眼合着舒服得要死的样子，就走回来，一手拉住肩上的烟叶捆子一手给干爹抓背，干爹不痒了，才睁眼嬉笑着说："他妈的，背上有虫一样。"大卿感觉秀才干爹这两年愈发有背痒的毛病。二人回到秀才家里，大卿又帮干爹把烟叶子展开在院里的石磨子顶上，这烟叶子要阴干，不能晒，磨子恰在树下，太阳光落不到那儿。

已到蒋介石时候了。秀才差不多快七十了。大卿也十几岁了。秀才有意教大卿写字，大卿说："我不学。"秀才"唉——"一声，那"唉"拉得有一丈长。

秀才干爹的字愈发在远近名气大起来，也传到了省城里，就有人专来索字，秀才只是不大喜欢卖字，对真诚索字的只说要挂起来给家人子孙有个警示或天谕，秀才才收一点酒钱。对讨了字想朝出卖的人则不理，应付一声便闭门抱猫出去，给来人一个后背一个鼻吭。

快解放的时候，秦岭山里土匪多，今天这个闹两年被灭了，明天那个闹两年，等着被别人来灭。一日里就从秦岭山里来了一伙人，背着枪把秀才家里洗劫一空，能拿的字都拿走了，连墙上的字也小心翼翼地拔了钉子带走了。看来是有文化的土匪。秀才后来听说他的字被土匪拿到省城狠狠赚了一大笔。秀才至此也身体衰下来，落下咳嗽病，鼻溜子的毛病愈发像河水泛滥一般擦不断。在一个冬天里，秀才过州河上的木桥去州河下游表妹家里行门户，表妹得了第三个孙子，他也高兴着喝多了酒，回来天色已迟晚，他过桥时落在水里淹死了。

这里再无秀才和他的字了。

秀才死后不几年，解放了，土地分了，秀才的院子屋子被收了公。有人说大卿得了不少秀才干爹的字，大卿只说有几幅字，没有人们说的那么多。其中有一幅字是秀才给本家写的：

摩诘风流宛在
右军家世长新

大卿还展开让人看过，真正的俊秀不俗，被人汇报到县上，县上人下来看了，在大叹一番字好外，实在没有收公的理由，就叮咛大卿好好保存着，大卿毕竟做过秀才的干儿子。

大卿在1959年时做了公社的书记，应了秀才题的名字。虽不是"大卿"，可公社书记也是不小的"卿"了。在其后的平坟运动中，大卿带领群众把全公社的坟平完了，也有他秀才干爹的坟。到现在，大卿尚健在，已经九十多岁了，他家的门朝西，从门里能看到村里那片曾经埋人的坟地，他当年带人平坟的那片地里就有他干爹秀才的坟，已经成一趟平，庄稼不错。他是村里年纪最大的了，像他这样的人清明节时都不去坟上了，可今年清明时他特意去了秀才干爹坟那儿，真找不到一点坟样子了，他凭记忆就在那片麦地的这儿，把香插在地里点了，跪下去，膝盖压倒了两片麦子，给他黑黝黝若棵挺松般的孙子说："这里埋着我的干爹，他是我们这里清朝时最后的一个秀才，我死了以后，每年你祭坟时也要来这儿给我的干爹烧纸。"剪成竖条的白纸幡实在没处挂，就挂在旁边柿树的一根横枝上，很长时间大卿坐在门口都能看到白纸幡在风里飘荡。

现在偶尔有人还探问他除了那幅"摩诘"外是不是还有秀才的其他字,他说真没有。其实他还真有十多幅,在箱子底压着,他准备在咽气时交给儿子的。

有人说翻了《商州县志》,《商州县志》里没有王天仁这个人物,——应该有啊。有人还说,即使《商州县志》里没有,政协的文史资料里至少应该有啊。

2018 年 7 月 25 日晨

象奶奶和红鸡蛋

　　已经好几年了，象奶奶就接受着村里人生孩子后送红鸡蛋的吉祥礼。这是她那个岁数独享的，别人怎么想也得不到。

　　一面窗子，向南。房子很旧了，窗子自然也是老旧的样子，但窗框是雕花的，据象奶奶说，这房子是过去地主人家的，是政府"均"给她家的，她进这个门做媳妇时才十岁，现在她九十二了。她从小就在这面窗子里过日子，如今老了，她的儿女们也老了，她的孙子辈也都成了中年人，多半在城里过日子，余下她和两个儿子还在村里，两个儿子常在她住的屋里坐，轮换着给她在镇上买东西，当然包括油盐酱醋，以及米面菜。她如今所用的很有限，就那几样必需品，其他于她真无用了。她的窗口那里有一把高脚的木椅子，她坐上去刚好能放眼出去看得老远，远处清浅的蓝，村子似乎没有尽头，她看到的只是近处的房舍，她知道，那些年轻人的房子都离她住的这片有二里路，她住的这块已经没有过多的热闹可言，能看到的一些房舍有的竟塌了一半，过去她经过的日子没有了，连留下来的鸡狗也是懒洋洋地故作深沉了，其实也是年岁偏大的原因。昨天她明明看到从大老治家破败的土墙处跑走了一只兔子，她说给老二儿子听，老二儿子竟不信，说哪里会有兔子。她说是真的，老二儿子说她是眼花了。她说："兔子我能认不得吗？"

离窗子不远处是条小船，泊在小河里。这小船已经在那里很久了，也已有了破烂样。象奶奶在十几年前还曾坐那小船去过镇上买东西，后来便不坐了，是她不大出门去。小河里的水静静淌着，水边长着芦苇，细长而飘摇着，那些尖嘴长腿鸟儿喜踏上苇子，苇子就闪一下，鸟儿是知道那苇子不会断的，还要立在上面，苇子就忽闪着上下，鸟儿在荡秋千。象奶奶能看清这些，就说："这群小东西也会玩儿，真是的，小东西。"

今日的船上有两个孩子，一个男孩一个女孩，都是七八岁的样子。大约是同学，他们散了学也大约没事，从新房那里跑来玩。有孩子的相伴，小船就摇荡开来，有了生气。象奶奶能看见两个孩子在船上叽咕，似乎他们手里举着什么东西，那东西又在二人之间热闹。象奶奶看不清。她知道莲塘离这里有好几里路，他们手里不会是莲蓬。那是什么呢？她实在看不清，只是耳朵还好着，可也是听不到那两个小东西在叽咕什么。窗口很温暖，窗口里放着一张桌子，桌子也是很久的木桌，桌子上又散出一股陈旧的木头味儿，太阳恰从窗口进来照了一角。

象奶奶的二儿子坐在门口一角，他是在陪自己的母亲。

"那两个孩子是谁家的？"她问二儿子。

"笙姐的孙子和金主家的孙女。"

"哦。是他们吗？"

"就是的。"

"哦。"

"你又不认识，问那么清楚干吗？"

"我认识他们的爷爷奶奶啊。"

"哦。"

“你记得四五十年前的事吗?”

村里那边的响动还是能传过来的，虽然断断续续，分明是谁家结婚的样子，今日里象奶奶的耳朵显得更清明起来，坐在那里朝远处望，从那远处房舍的尽头冒出一堆人，似乎抬着东西，又呼呼嚷嚷的，领头的人戴着红花。像这样结婚的情景象奶奶见得多了，村里比她小的人结婚她都见过，她是积极去帮忙的，在帮忙里她是少不了和那些爱看热闹的女人一样，总是要把头挤到人堆里去看那红红绿绿里的新媳妇和红红绿绿的新东西，把那些喜庆看了就揣很长时间，怀里有了那股喜，她难过的日子似乎也可以不那么难过了。村里凡比她小的媳妇都是经过她帮忙娶回来的，每个也是经过她眼睛走进洞房成了媳妇的，随后那新媳妇生娃和自己男人打架和邻居吵嘴，并一一变成成熟的妇人，减了水嫩减了脂粉减了白净退了羞怯，这些都是她看着成村里风吹雨淋后的完完全全的能过日子的老媳妇。有的开始还每月从小卖部买了雪花膏搽脸搽手的，过去身后还飘一股子香，到后来出门头上毛也奓起来，连梳子也不到头上去了，嫌麻烦。

今日结婚的，象奶奶知道是曾经被人们挂在嘴边说了几十年的那对夫妇的孙子。那对夫妇的事情她至今记忆犹新，和水里泊着的那条旧得不能再用的小船有关。象奶奶嫁过来时那条小船还是新的，像是才做成不久的样子。泊在水里像个不会过日子的年轻人，也没有多少可以渡的人，只是偶尔要去对岸某个家里说话或者借个东西，才一漾一漾地自己划着过去，身后的船上有时落雀。象奶奶至今怨自己那时为什么颠着小脚还爱跑这跑那的，在一个月明的时候，见到小船上两个人，鼓捣得不安，水面在月光下皱得一片乱。

就在象奶奶三十多的当口，一个夜晚，清月如大乳挂着。象奶奶和自己男人去一个朋友家有事，回来天黑严实了，恰是月中月很大，可路上还是看不清。朋友是真挚的热情，给他们俩手里塞了灯笼，让他们俩提着出门回去，是那天午时刚下过雨的，路上还有积水，不时要提防脚下，可还是让象奶奶踏入了泥水里，差点跌倒，亏得自己男人双手扶了地。在快到自家院里了，他们便踏着石径下到河里洗手，洗手处恰泊着那条小船，船动了，吓了他们二人一跳，仓皇洗了手，想举起灯笼看船上，可也没看清，就匆匆上得径去回来了。

在路上，象奶奶男人说："我看着像是两个人。"

象奶奶问："两个人？看清了？"

"没看清。"

"那咋能说是两个人？"

"就是两个人。"

"不回家去，外面不冷吗？"

象奶奶的男人咕哝："真出了奇事。"

过去不长时间，村里传出两个男女有事了，风言风语，很是有趣。还说是晚上二人常在小船上漂荡，很不合那时人们对恋爱的规矩。两个家里的大人也就有点慌，为了堵口，常是骂一通说闲话的人，可又不知道那闲话是从哪张口里说出的，因此那高昂的骂也是胡乱抛开的。

象奶奶就问自己的男人："你没说什么话吧？"象奶奶的男人是那种即使有话也会把话放在心里放没了的人，像故意点坏豆腐似的，点着点着只一锅稀汤了，根本不可能端出豆腐来。象奶奶男人问："说啥话？"象奶奶说："就是那天我们俩洗手碰到小船上的事儿?"男人说:"我都没看清,我说啥啊? 你真会猜。"象奶奶说:"你没听人家骂得满空里都是的。"男人说:"那与我们有啥关系?"象奶奶看着发凶的男人,说:"没说就好,你凶啥?"

一日里,那个好骂的女人嘴对了象奶奶家门口骂,这是明摆着认为是他们家人说的,这使她很恼火。明明是个清和的天气,被那女人一骂,一个时辰后天上阴起来,还落了几点雨星。这样骂过几回,象奶奶反彻底明白那天他们提灯笼洗手没看清楚的两个人是谁了。

骂了也就过去了,村院里这样骂别人和被骂的事多了,常有家里遭了贼,心里猜是村里谁偷的,就会朝了那个方向骂,骂过了事,即使后来意外捉到贼,不是那个骂错的,也不明着道歉,事了罢就落进土里了,谁也不提。这样的事,不能全然算是丑事,不言不语着也就溜过去了,大声一骂,就是树叶满村飘似的,不丑也被骂丑了,不知道的也知道了。当然后来,曾经在船上的那两个人也没做成夫妻,到底与那次的名声有关还是无关,谁也说不清楚,时间过去了几十年,他们二人且都是各自家里的爷爷奶奶了。

他们俩没成夫妻,可他们俩的孙子孙女却成了夫妻,且很快有了孩子。

在次年的春天,去年结婚的这一对生了孩子。是个大胖小子,听说生下来八斤三两。一家人乐和不住。村里生了孩子,这家的爷爷或者奶奶要煮了红鸡蛋,用玉米叶编的精美小篮子提着,给村里三个最年长的老人送去讨吉利,送去三个红鸡蛋,老人只收一个,篮子里留两个再放一个又送另一位老人。象奶奶已经收了几年这样的红鸡蛋礼了,今年当然也落不了,以后她会一直收到自己谢世。门是半闭着的,推门进来的是那个孩子的奶奶,就是叫笙姐的,花白了头发，咧嘴乐呵呵地送来了红鸡蛋。

象奶奶看见红鸡蛋，喜着问："得孙子啦?"

"得了。"

"奶好吧?"

"好啊。那小东西一天一个样。"

象奶奶有时的记性不错，这时她竟问："是去年秋季结婚的吧?"

那送红鸡蛋的奶奶自然听出话的意思了，就附在象奶奶耳边说："早有了的，去年结婚时就已经几个月了。"

这样的事情现在似乎不是什么丢人的事，多半是这样的，于是二人一起笑起来。笙姐提着篮子离开象奶奶家时，象奶奶才看到那像碗一般大的篮子圆襻上还裹着红绸子，她问："那是红绸吗?"笙姐说："哦，红绸子。"象奶奶说："你真心细。"

这一年的秋天，象奶奶死了，笙姐家的红鸡蛋是她吃的最后一个红鸡蛋。

2019 年 4 月 28 日

九　清　沟

　　到了夏天最热的时候，这里的云多得要变作落雨，今天山头上又飘着一些白云，有的人就担心是不是又有雨，金顺山知道他们这里下雨非得有极响的雷声出来，他就说："没有，昨天才下了，今天也没有雷啊。"果然到天黑也没有雨星。白雨下三场，昨天的是第三场。老天有诺。

　　秦岭的这条沟里六七年前就开始热闹了。自从把这里开发成旅游风景区后，人们视这里的山水为宝，从外面来的城里人，特别是西安、渭南、铜川、咸阳的城里人在炎夏开着车来，欢呼雀跃着，恨不得把这里的空气用袋子笼子盛了带回去享用，大呼这里是神仙地。也难怪，城里热出四十多（摄氏）度了，受罪啊，这里才二十多度，跑这里来说是享福还不对吗？对这些事情，住在沟畔的金顺山琢磨了再三，结果还是认为自己的山里好。

　　金顺山的老老爷是从外面迁住到这条沟里的，已经住了几辈子了。当时来这条沟里是因为这条沟里还有几片地可种，成不了麦子，可苞谷还是能收一些的，喝苞谷糁勉强死不了。到了金顺山这一辈，姐妹都嫁出去了，出了这条沟，余他一人，他在快四十岁时拾了一个三岁女婴，拾回来和自己六岁的儿子一起养，他是女婴的干爸。他老婆在二十世纪八十年代死了。到两个孩子长大后，他做主把干女儿嫁给了儿子，还是一家人不多不少。一家人亲上亲，他心里甜蜜着，也觉得是对儿子和女儿最好的交代。多好的事，又是多好的家啊。外面人看了这个家，也实在以为金顺山这个安排太合适了。婚给两个娃结了，是真正的两口子了，只余把日子过起来给金顺山添个孙子，金顺山也能合眼了。可在前六七年，儿子跟着来旅游的一个细腰女人跑了，没了踪影，再没有回来过。这事把金顺山气爆了。他暗暗思忖，是儿子嫌女儿腰粗吗？可女儿腰也是竹竿一样细，也是好看的眉眼，面又厚道，还不乏灵秀。他咋看咋都觉得自己的女儿是山里的一股溪或一只雀儿。只是说话是直戳的。可说话直戳妨碍过日子吗？他那儿子终是不上心，走不到过日子的正路上。他对女儿说："我们不要那个狗日的东西了，我们父女两个过，这个家是我们的。"可话虽这样说，他总操心女儿这样不是个办法，要重新嫁个人才是。女儿不吱声。

金顺山，名字有个金，可家里极穷，和金一点关系也没有。这条沟里原来曾有人淘过金子，住的十多户人家里也有男人从溪水里淘出金子过，可他没有。他见过人家淘出的沙金，黄灿灿像碎太阳的眼睛，人家还曾故意用手电筒照了让他看，黄灿灿的，嬉笑着说，黄吧亮吧？可他没有淘出过一粒这黄灿灿的。他记得他淘金子时，女儿还小，就每每给他送饭到深沟里，坐在他身边，把脚伸到水里玩耍。用脚去拨溪里的小鱼。他看到女儿脸脏了就撩把水把女儿脸洗净了，说："看你的脸，将来怎么嫁出去。"一个极好看的细嫩若草叶的女儿。他虽这样说，他那时的心里就想着女儿大了就做自己的儿媳妇，他的女儿还是他的儿媳妇。他边吃女儿送来的饭，边问女儿："爸爸淘了金，将来给你买啥东西？"女儿就幸福地说："买个书包我上学，再给爸爸买辆自行车。"金顺山听了女儿的话心里酸酸的。当外面的自行车已经快被摩托车代替得差不多时，这条沟里自行车才被人念说起来。女儿只跟着他两次上过出沟三十里外的一个集市，其后再没出过沟，学校极远，女儿的上学当然是梦。

正是伏天。沟里清爽得宛若天堂。他家门口就是修上山去的路。路旁是溪水。溪水里的石头被捞出去了，因此溪水的下淌无绊挡很欢快，响动也清脆。金顺山有个小院子，院子到路上是石板搭成的小桥。说是桥，也仅两步长，可石板搭在水上，也真是桥。他把院子收拾得清楚，院子西头放着石桌子，石桌子四周有石凳子。院子四角有花，开花有时，可这时已过了花期，都是葱绿的叶子。院子两边用石头砌起来，做成整齐的墙。日子久了，石头里就长出了花或草，没有土啊，硬是长出了花草。这让来人看了也疑惑。有人曾问过他，石头里没土为什么长花长草呢？他说有水就活，它们欠活。山里水边没有什么不能活的。三间房，还是瓦房。可瓦房不漏。瓦房的顶上有绿苔，细草也有一些。金顺山觉得不碍事。在前年时，村干部动员女儿在家里做农家饭，招待游客，说好歹有个收入也好应付日用。这主意金顺山觉得行，就和女儿开了农家乐，他家的农家乐算是村里最小的农家乐。屋里只摆两张桌子，坐七八人而已。女儿做农家饭菜没问题，且还是好手，做得干净有味。金顺山已经快七十了，身体也不大好，就坐在屋外溪前看来往的人，招呼招呼，邀他们来吃饭。这几天里，路窄，常堵车。车上来了要下去掉头又难，在他门前掉头常要把车屁股伸到他的院子里，他就指挥着车，司机又常不信任他，要车里白鱼般的女人下来看车，金顺山有点生气，坐下不管了。信任他的，他忙着把车指挥好离开后又坐在门首。他不用挥扇子，扇子只是到了晚间驱缠腿的蚊虫用。石桌子上是豁了嘴的茶壶。有过往客人要往茶杯里添续开水的，他的塑料壳的热水壶就在面前，他让他们尽管添。水多的是，门首的溪水就是，多得不值钱了，他们吃这水，来客也就吃这水，一把火的事，他从来都是敞开供应。对解衣服大肚子敞了怀去山上转的客人，他便说，山风厉害，不敢敞怀，毛孔开着，山风进肉里就是病，避风如避剑。他知道山风的厉害，不少人就是被夏日山风害得丢命的。他说了有听的也有不听的，他只管说。

他家的农家乐生意好吗？有时也好，有时也不好。

这二年里，沟里来了一位老头，怎么看着也是干部，一问也确实是干部，原来从镇上退休了在这条沟里一家租了房子住下来的，且极懂养生。一个挺圆且光鲜的老头，大约是一辈子在镇上被肉酒细面养得的，眼睛到六十多了也不花不浊，晶亮得像老鼠眼。村里人以为他住过夏天就回去了，可他没有一点离开的意思，果然要长久地住下来了。他不在别家吃饭，就在金顺山的女儿这里吃饭。不多久便和村里人熟了，他穿白挂紫地在沟里走上走下，总怕自己死了，要锻炼。早上起来走到沟顶，回来就是吃饭时候。他径直到金顺山女儿这里，要了饭菜，吃了就去到自己租住的房里床上，再躺出一个滚圆的梦。他非常怕死，整天总算计着自己如何长寿，他还非常清楚孙思邈活了多少岁，彭祖活了多少岁，还知道不少古代长寿的人。他一天的任务就是研究如何长寿，手里提着收音机就是专听养生讲座的，听那些专家如何能让他添岁不灭。有人夸他面色好气色佳，他会邀那个人去他租住的房里掏烟开酒，硬劝几杯酒是常事，走时还恨不得给那个人塞几张钱。倘某个人说他能活一百岁，他几乎要立马给那个人鞠个躬作为谢意。怕死的人，山里的人真看不懂。

他在金顺山女儿这里吃了几个月饭，再不吃了，换了另一家，原因是和金顺山有了一句话的不和。一天金顺山见他那个怕死样子，实在忍不住就说了一句："怕死的反而稍不慎就死了。"意思让他放开活，活得自在点，不要为了活憋屈自己。他陡然恼了。待他提着收音机离开后，金顺山朝他身影说："怕死鬼。"还朝空里喷了一个"呸"。

怕死的干部叫韦德亮。

韦德亮在别家吃饭可没有在金顺山女儿那里吃饭好说话了。他不是常听广播，深信养生专家饮食专家的话吗？若今日专家说不宜多吃辣，他则今日的桌子上要远避了辣，看到谁家门前种了辣子也要远避着走。若明日专家说宜食盐轻，他就要监督到厨间里去，生怕做饭的多放了一粒盐，于他的寿命不利。专家这几年的确在吃肉多少、吃肉肥瘦的问题上做足了文章，韦德亮就是忌肉者里最优秀者之一。他坚决要绝了猪肉以大益于寿命。去吃饭时手里握了一柄放大镜，吃菜前要对着盘子里的菜认真查看，若有一星点的猪肉他便罢饭。这让给他做饭的那家妇人诚惶诚恐起来。倘偶尔谁家的猪不守规矩地出了圈让他看到了，他也不由得犯恶心。恨屋及乌了。

有几家养狗的，土狗。土狗从不拴，到处跑，也不咬人，遇到从山里幽处兀然出来的兔子或野鸡便一起去追，不论追上与否，反正那一整天里沟里的狗吠齐鸣，似乎把那个小小的欢乐放大了万千倍，让沟里的眼睛耳朵都得到了欢悦。韦德亮也和这里的狗熟了。金顺山的那条土狗他尤其熟，在金顺山女儿家吃饭的那些日子里，韦德亮一到金顺山家门口，大良（金顺山家土狗的名字）就扑上去和他闹，共享山里的乐趣。大良可不知道这是个怕死的人。

沟里的什么都能看清，可对人金顺山未必能看清。世事实在难料。某一日里，来了一个人，只在金顺山家门口添了一杯水，就坐在门口歇缓下来，看见一个人从一家门前走过去，他认识是韦德亮，就给金顺山指戳着悄悄说了一句韦德亮是贪官的话，还说韦德亮曾被镇上处分过，他贪的是国家扶贫的款。那个人是另一个乡镇的干部，熟知韦德亮。金顺山问："他不像啊。"那个人说："贪官又不在脸上刻字，你怎么知道呢。"这个底细爆出来后，金顺山觉得这个极怕死的在自己这里游上游下的韦德亮怎么看起来也是贪官，从自己门口过时，也觉得韦德亮的浑身上下没一处是干净的，即使他的脸脖依然白亮如婴，金顺山也觉得他脏。从那天后，韦德亮上下的样子，背影，抬脚动步，侧影，一声咳嗽，在金顺山看来没有不像贪官的。一日他给女儿说："韦德亮是贪官。"女儿说："贪官？不会吧。"女儿有了韦德亮是贪官的话，心里也是一个咯噔。在韦德亮嬉笑着来添水时，金顺山脸一拉，说："没有。"连看一眼韦德亮也不看，怕伤了眼睛。

这个韦德亮是贪官的话不久也飞得沟里到处都是，每家都知道这个怕死的老头原来曾是贪官，现在退休了在这里享受生活，想把自己搞得乌龟一样地活下去。在韦德亮还不明就里的时候，这里人的眼神变了，他吃饭的那家做饭妇人尤其眼神变了，给他做的饭菜若再遭放大镜查看时，那妇人就来一句："不放心就换个吃饭地方，我伺候不起。"这让韦德亮很不解。他说："我掏钱的，不是白白吃的。"那妇人会说："你的钱干净吗？"韦德亮把放大镜朝桌子上一拍，急起来，问："你什么意思？"这家的土狗见韦德亮朝自己主人吼，它也顿时清楚了怎么回事，朝着韦德亮狂吼起来。也从这天起，沟里每家的土狗，当然包括大良，待韦德亮就是吼，再也不和这个怕死鬼做朋友了。

近来这半个月里，韦德亮的变化有两点，一是他为了讨好全部的土狗，手里随时提的收音机没有了，改作手拎零食，随时撒给土狗们以套取喜悦；二是他近来又听了几个养生专家的大论，说人还是要吃肉，老虎狮子不是吃肉的吗？吃肉的动物强大，不吃肉的是要被吃肉的吃掉的。这个理论使韦德亮一下子惊起来，脑洞穿过了风似的，他怕死，更怕被什么老虎狮子吃掉，于是他醍醐灌顶，迅疾开启吃肉新时代，决心要和乌龟赛寿命。因为手里要拎零食讨好土狗们，就把放大镜置在白衣裀的兜子里，吃饭时还要取出来看，不吃肉时是看有没有肉，吃肉时也是在看有没有肉。无肉便不动箸。他为了寿命不得不听专家的。

韦德亮在沟里这个地方待了三年后回去了。他的家在县城。按说他是给这里的农家乐做出很大贡献的，一日三餐，每夜一床，都是付费的。因此他离开时组长（这里是个组）依依不舍，把他送到沟口，土狗们也是多情的，这时反倒不吼不叫的，也依恋起来这个怕死的老头，全部默默昂首着送，听组长的指挥。

就在韦德亮离开这里的次年，也是夏天。沟里的清爽没有变，依然有许许多多的城里人来此消暑，来此享受山之清水之清天之清夜之清。该下雨的时候下雨，该溪水涨起作响的时候作响。金顺山女儿的生意还是那样，金顺山还是坐在门口邀人，也是在看城里人如何消受这里的舒坦。一天黄昏，他的大良也累了，窝在院子里不想动。突然大良"汪"的一声站起来，金顺山抬眼，一个骑摩托戴头盔的人在金顺山家门口溪边停下来，问金顺山的家在哪儿，金顺山说："就在这儿。"那人卸了头盔，给金顺山说："你认识那个韦德亮吧，他在你们这里住了几年。他快死了。"金顺山"哦"的一声。"他要见你女儿。"金顺山问："他为啥要见我女儿？"那人说："韦德亮说你的女儿就是他的亲生女儿，他在死前想见亲女儿一面。"那人说罢就要走。金顺山一时没了反应，不知如何应口，像是被什么棒子敲了一下头，闷着了无语。待那人掉了摩托车头走时，被金顺山唤住了。金顺山慢慢回去，骑摩托的人听到屋里一阵话语，似乎是父女争执的话。一会儿女儿从屋里出来，金顺山给骑摩托的人说："快，把我女儿用摩托带到韦德亮家里吧。"摩托车后座坐着女儿像片叶子离开了。

金顺山一时不知怎么了，坐在门首眼前乌黑起来。女儿在之前还说"他是贪官啊"，这话金顺山听了心里一阵刺痛，他给女儿说："可他是你亲爸啊。"他几乎是向女儿大吼的。

沟里人知道韦德亮死了，也终知道了韦德亮当年超生了，为了保官把自己的亲生女儿丢弃在九清沟里，那个丢弃的女儿就是金顺山拾得的这个女儿，也明白了为什么韦德亮在沟里住了几年，也明白了为什么韦德亮吃金顺山女儿的饭菜从来不挑剔不多语。

秦岭山里，这个叫九清沟的地方，清得实在可爱，谁来了谁舍不得走。

2018 年 8 月 7 日